蓮月

寺井美奈子
TERAI Minako

社会評論社

目次

一　夫の死と出家

山に囲まれた盆地の京都の夏は、風がなければ、座っていてもじっとりと汗が吹き出してくるほどの猛暑の日が続く。

街から離れた東山の山麓にある知恩院の寺領内は深い樹々に覆われていて、日中の陽射しは遮られているので、地面まで熱気で蒸されることはなく、街の中に比べれば幾分かは涼しい。だが、障子を葦戸《よしど》に替え、畳には網代《あじろ》を敷いて夏座敷にしてあるものの、全く風がなく、じっとりとした空気が留まっているときは何ともうんざりする蒸し暑さであった。

お誠《のぶ》は闇の迫ってきた庭に眼をやった。そのうち、涼風が蚊帳《かや》越しにかすかに頬を撫でたのに気が付いた。庭の樹の葉がかすかに揺れ始めていた。それから病の床にある夫の重二郎古肥《ひさとし》に風を送っていた団扇《うちわ》の手を止めた。朝から食事を取る時ももどかしく、ずっと団扇で風を送り続けていたが、腕の疲れは全く感じなかった。

お誠は、音を立てないようにそっと立ち上がって、蚊帳を出、部屋の隅にある行灯《あんどん》に灯《ひ》を入れた。かすかな明りであっても、部屋に灯が入ると、それまでは薄ぼんやりでも見えていた庭が急に真闇になり、何も見えなくなった。月末に近いから、月の出は明け方近くになる。

重二郎はもうほとんど意識がなくなっていた。それでもときどき激しい痛みが起こると、耐え切れないのか呻き声を立て、そのたびに顔を歪め、額から首筋にかけてどっと油汗が吹き出してきた。お誠はそれを冷たい水で絞った手拭いで何度も何度も拭っていた。寝間着の浴衣も、日に何回かは取り替えるのだが、それでも暫くすると、汗でぐっしょりになる。布団が汗で濡れるのを防ぐために花茣蓙《はなござ》を敷いており、それが幾らかは涼しさを感じさせるものの、もはやそれさえも分からなくなっている重二郎であった。

重二郎は三か月前に、急に胃の痛みを訴え始め、それからは眼に見えて痩せ出し、六月に入ると、ついに床に付いてしまった。そのあとは粥というより、重湯に近いものを口にするだけであった。そこへもってきて梅雨の最中《さなか》の連日の蒸し暑さで、衰弱は日に日に眼に見えて進んでいった。今は梅雨が明けたものの、今度は陽が照り続ける暑い日が五日も続いていた。行灯の薄明りがぼんやりと映し出す重二郎の顔には全く生気はなかった。

お誠は十三歳（以下すべて数え年）のときに義兄の亦市賢古《またいちかたひさ》を見送ったのに始まり、続いて養母のお貞《てい》と生母、それに自分が生んだ三人の子どもと、すでに六人もの身内の死を眼の当たりにしてきた。

――今夜なのか、それとも明日の朝まで持ってくれるのか……。

と考えながら、一時《いっとき》でも長く生きていて欲しいとは思うものの、痛みに悶え苦しむ重二郎の姿に共に苦しみを感じつつ、早く楽にさせてあげたいという気持ちの二つが揺れていた。その月の始めに、医者は重二郎の胃に出来ている悪性のしこりが相当大きくなっているので、そう長くはあるまいと、お誠に告げた。そのとき、

――これまでにもう六人、身内の人を送ったというのに、その上にまた……。

そう思いながら、お誠はかけがえのない夫との別れの時が近いことを覚悟しながらも、言い様のない寂しさに陥っていた。そのため、この二、三日、お誠は帯も解かずに、ずっと重二郎の側にいて団扇で風を送りながら、わずか三年半の短い夫婦生活ではあったが、初めて味合った穏やかな、それでいて心の底から触れ合う喜びを感じ続けた日々と、二人の子にも恵まれて幸せな毎日だったことを次から次へと思い出していた。

重二郎は彦根藩の家臣、石川慶二光定の三男で部屋住みの身であったが、文政二年（一

八一九年）、二十九歳のときに京都に出て、知恩院門跡の坊官を勤める大田垣伴左衛門光古《てるひさ》の養子として大田垣家に入り、名を重二郎古肥《ひさとし》と改め、お誠と結婚した。同い歳のお誠は二度目の結婚であったが、重二郎は初婚であった。結婚と同時に、重二郎古肥は知恩院に坊官見習いとして出仕、翌年には義父の隠居に伴い、坊官の職を継いだ。重二郎は義父の伴左衛門から引き継いだ坊官のお勤めの合間をぬって、春の花の盛りの志賀山を越えて、彦根にある実家へお誠を伴って旅をした。帰りには、信楽《しがらき》に寄って陶器を作ったり焼いたりするところも見物した。その旅は大半の時を二人一緒で、仕合わせに満ちた毎日を過ごしたことをお誠は今も忘れずに心に焼き付けていた。そのほかにも、絵を描くことを好む重二郎は、一日の休みがあると、洛中洛外を問わず、寺院の襖絵などを観に出かけた。お誠も、子育てや家事の合間をみては、ときには連れ立って寺回りをした。次々と過ぎし日の楽しいことを思い出しているうちに、お誠の心にはある決心が固まってきていた。

お誠の最初の夫は、伴左衛門の遠縁に当たる但馬国城崎山本村の庄屋である岡（田結荘《たいのしょう》）銀右衛門の四男天造で、文化元年に伴左衛門の養子として大田垣家に入り、元服して直市望古《もちひさ》と名乗った。そのとき、お誠は丹波亀山（現在の亀岡市）藩松平家の二の丸御殿に住む先代のお国御前であった清浄院《しょうじょういん》のもとにお側小姓として奉公していたが、文化三年の暮れに、お暇《いとま》を頂いて家に戻り、年が改まって間もなく直市と祝言を挙げた。

お誠は八歳の時からずっと清浄院のお側小姓として御殿奉公をしていた。京都からは保津川を渡り、山陰道に出て、老いの坂を越えて亀山の城下に入る。大人の足なら知恩院から亀山のお城までは半日足らずの道程《みちのり》であった。しかし、いくら近いとはいえ、わずか八歳で両親から離されて、一人で知らない大人ばかりの、それも窮屈な御殿奉公になぜ行かなければならないのか、お誠には合点がいかなかった。だが、父は恩義のある方が仰せになったためだ、と言うだけで、それ以上の説明はしてくれなかった。

お誠が十三歳の春、兄の亦市賢古《かたひさ》が二十一歳で病死し、その三か月後には、看病疲れと、亦市を失った落胆が重なり、母のお貞も亡くなった。妻や子の野辺送りには夫や父親である男は出ないのが慣習となっているため、伴左衛門は家に止《とど》まり、二度とも、急遽宿下がりをしたお誠が喪主の代わりを勤めなければならなかった。伯母のお種に付き添われて、知恩院裏の東山の北にある粟田口の近くにある墓所に行った時、そのすぐ側に、すでに茶毘に付すための薪が用意されていた。薪に火が付けられ、棺《ひつぎ》が炎に包まれて燃え上がった。お誠が家族の死に立ち会い、野辺の送りに出たのは、兄の時が初めてであったが、兄に続いて母の遺体が茶毘に付されていった光景は、死に別れという悲しみを心に刻み付けてしまった。そのうえ、父を一人にして亀山に戻るのは堪らず、お暇《いとま》を頂いてくれるように泣

いて頼んだが、伴左衛門は首を縦には振らず、

「結婚までというお約束でご奉公に出したのだから、それまでは続けなければならない。それにお前は寺侍の娘とは言え、武家の娘なのだから、ご奉公している間に、行く行く武家の女としてどこへ出しても恥ずかしくないような礼儀作法と教養をしっかりと身に付けておかなくてはならないのだ」

と、苦しそうに、しかし、きっぱりと言った。その時、お誠は伴左衛門が内心は戻してやりたいと思っていることを、その顔色から察したので、結婚後には伴左衛門とともに暮らせるのだと自分に言い聞かせて、兄と母の喪が明けてから、再び亀山に戻った。それまでにも、ときどき伴左衛門が迎えにきては宿下がりを許されて京に戻り、半月もすると、また伴左衛門に送られて御殿に出仕するという生活が続いていた。天造が大田垣家の養子に入って直市望古《もちひさ》と改名したのは、お誠が十四歳のときであり、その折、今少しお誠が成長したなら祝言を、という話を聞かされた。その時、お誠は直市には会ったこともなかったので、別に何の感情も持たず、祝言のことよりも、いずれは父と一緒に暮らせるという期待で、家に戻れる日がそれほど遠くはないと知って、心が浮き立ったのを覚えている。

お誠は亀山に行って以来、清浄院に仕えている中老の喜和の部屋に寝起きをすることになった。喜和は身分は低いながらも公家の出自で、古くから公家の家の風習として基本的

な教養である『古今集』や『源氏物語』を初めとする和歌などを学んでいた。その喜和から、お誠はそれらを手本に和歌と書の道などを学んでいた。お誠が母と兄の死後、京都から戻って二年ほどすると、喜和が病に倒れ、そのまま寝付いてしまった。

初めのうちこそ、喜和はときどき床の上に座って、お誠の書や和歌を添削してくれていたが、そのうち、お誠の毎日は勉学よりも、喜和の看護に明け暮れする時が多くなった。お誠は喜和の部屋で寝起きしてはいるが、喜和が預かっているだけで部屋子ではなく、あくまで清浄院のお側小姓であった。そのため、お誠は、毎日、何回かは清浄院のもとにお茶を運んだりするなどのご用があり、時には、庭の散策のお供を仰せつかることもあった。お誠は喜和に手習いと和歌を習うこととは別に、朝は、他の者から武道の稽古、朝餉のあとは中老からお茶の稽古と礼儀作法をみっちりと教えられた。清浄院がお茶と礼儀作法の稽古を公家出の喜和ではなく武家出の中老に託したのは、武家の礼法を身に付けさせるためであった。そして、昼の御膳が済んだあとは、呉服の間に行き、一刻半ほど呉服の間《ま》頭《がしら》から針仕事を習った。そのあとは喜和から歌と書などの稽古を受けた。喜和の部屋には喜和の部屋子がいて、その者が喜和の身の回りを世話をしていた。

しかし喜和が病に臥せってからは、清浄院から稽古事をきちんと行っていれば、お側小姓としての出仕には及ばないとのお達しを受け、あとは出来るだけお誠に喜和の看護をするようにと申し渡された。そのため、お誠は稽古以外のときは、率先して喜和の介護に当たっていた。だが喜和の病はなかなか回復しないまま、伴左衛門が亀山に訪れることはあっても、お誠の宿下がりの話が出ることもなく、また直市が養子に入ったことは聞かされても婚礼の話も出なかった。

お誠は、長い間世話になり、大層可愛がってくれた喜和の看護は出来る限りのことはしようと心に決めていた。そのため、お誠のほうから京に帰りたいということは一言も口にはしなかった。喜和は亀山藩の家臣であった夫が死んだ後、子どももいなかったので、二の丸御殿に終生奉公の形で入っていた。主《あるじ》の清浄院も病の身を大事にするようにと、たびたび喜和の部屋を見舞ってくれては励ました。

だが、お誠が十六歳の秋の初め、喜和はすでに起き上がることも出来なくなっていた。紅葉が真っ赤に染まった頃のある日の昼下がり、喜和が寝入っているとき、前触れもなく清浄院が喜和の部屋を見舞いに訪れた。その後ろに伴左衛門がいるだけで、ほかには誰一人侍女を連れていなかった。お誠は父が来たことにもびっくりしたが、清浄院とともに揃って、しかも二人だけで見舞うのは初めてのことであったから、なおのこと驚いた。それまで清浄院が喜和を見舞ってくれる時は、必ず二、三人の侍女が付き従っていた。

清浄院は喜和を起こそうとするお誠を制してから、喜和の寝ている奥の部屋に続く居間の縁近くに座をつくるように命じ、そこに座った。そして、お誠に奥の部屋との間の襖を閉めさせ、部屋子を下がらせた。伴左衛門も清浄院のすぐ後ろに控えるように座った。

そこでお誠は考えてもいなかったことを初めて二人の口から聞かされたのである。

伴左衛門は声をひそめて、

「残念なことだが、お医師の話では、喜和さまのお命はそう長くはないと言うことだ」

と言ってから、その言葉だけで、すでに顔がこわばってきているお誠の顔をじっと見詰めつつ、

「お誠、今まで黙っていたが……」

と続けると言葉を飲んだ。そして少し間を置いてから、

「実は、幼いお前をこちらにご奉公に出したのは、ご恩のあるお方のお言い付けとだけ言ってきたが、そのお方というのは、お前の生みのお父上で、喜和さまはお前を生んで下された母上なのだ」

伴左衛門は言葉を選んでいた。〈実の〉とか〈本当の〉といえば、自分たち夫婦は〈嘘の〉父と母ということになってしまう。それは何としても避けたかった。生まれてからずっと育ててきたことで、たとえ養父母ではあっても、自分たちこそ親であるという気持ちは譲りたくなかった。そのために〈生みの〉とか〈生んで下された〉という言葉を使った。

お誠はびっくりして、伴左衛門の顔を見詰めたまま声も出ず、ただ、ぽかんとしていた。

「お誠は、幼い頃に手毬の柄の着物を着たことがあったろう。あの着物はお前の生みのお父上から頂いたもので、それを着て、お寺の境内で、そのお父上にお目にかかったことがあるのを覚えているか。その時、名乗られはしなかったが、抱いて下され、『よい子じゃ』と頭を撫でて頂いたことがある」

小さい時に着た手毬の柄の着物はよく覚えている。そして、そう言われてみれば、その着物を着て、伴左衛門とともに男の人に会ったような記憶が、ぼんやりながら、浮かんできた。しかし、どんな顔の人であったか、また、抱かれて頭を撫でられたかどうかまでは思い出せなかった。

続いて清浄院も、じっとお誠の顔を見詰めながら、

「誠の実のお父上というお方は、すでに亡くなられましたが、前《さき》の伊賀上野のご城代さま、お名は藤堂新七郎良聖《よしきよ》さまと申されました。新七郎良聖さまはわたくしの姉上さまのお子ゆえ、わたくしは脇腹ながらも、血筋で申せば甥御さまに当たるお方ということになります。姉上さまは新七郎さまをお生みなされた後、お身体の具合が芳しくない日が続いたため、わたくしがお屋敷に呼ばれて、幼い新七郎さまのお世話をさせて頂いていたことがあるのです。新七郎さまと喜和は心から愛《いと》しみ合う仲だったそうですが、喜和の父御《ててご》が

ご身分は低いながらも公家の出自というお家の立場から、正室ならばともかく、側室に出すことを断じて許されなかったために、お二人は離ればなれにならざるを得ませなんだ。というのも、その時すでに新七郎さまには奥方と生まれて間もない男のお子がありました。それゆえ、誠は生まれてすぐに伴左衛門どのと、亡くなられた母御《ははご》のもとに養女として渡されたのです。その後も新七郎さまは別れられた喜和のことを大層気にかけられて、せめて、小さい時にお世話したわたくしの眼の届くところに、ということで、生前に親しくしておられた信重院の峰仙《ほうせん》和尚さまが仲立ちとなって、喜和はご当家の家臣である岡本家に嫁いだのですが、連れ合いが亡くなり、子どももなかったので、ここに奉公したのです。それはそなたがここに来る二年ほど前のことでした」

と、しんみりした口調ながら、落ち着いて語った。

お誠は今の今まで自分に出生の秘密があることなど考えても見なかったので、清浄院の言葉は、夢の中の、どこか遠いところから聞こえてくるようにしか思えなかった。

「わずか八歳のお誠を親元から離し、この御殿にご奉公させるように仰せられたのは、お前の生みのお父上が、それも亡くなる寸前の病床にあった伊賀上野のお屋敷にわしをお呼び寄せになり、せめて暫くの間、清浄院さまにお仕えしている喜和さまのもとに、お誠を預けてくれとお頼みなされてのことだった。生みのお父上は、その後すぐに亡くなられたのだが、最後の最後まで、離れていて会うことはなくとも、喜和さまとお誠の二人を殊のほか愛《いと》しむお心に変わりはなく、行く末のことを気にしておられた。そして少しの間でもよいから二人を一緒に暮らせるようにしてほしいというのがご遺言だった。

知恩院の雑務係に過ぎず、貧しい暮らしをしておったわしが、碁のお相手に召し出されたのが御縁で喜和さまとの間に生まれたお誠を養女にとお頼まれして、お前が生まれて十日目に、わしら夫婦のもとに引き取らせて頂いた。わしがご門跡さまのお世話をする坊官という譜代の職に付いて、決まった禄を頂くこととなり、今の屋敷を賜ったのも、殿様はお口には出されなかったものの、皆、お誠を養女として迎えたご褒美のようなもので、すべて殿様のお口添えがあったればこそだった。亀山へ奉公に、と言うお話があったとき、お貞は、まだ八歳の年端もいかないお前を手離すまいと反対したが、ご命令ではないにしろ、ご遺言のようなお頼みをお断りすることなど、わしには出来ようはずもなかった」

伴左衛門は静かに言葉を続けた。

「これまで黙っていたのは、お誠がはっきりと理解するには幼すぎたからで、喜和さまを生みの母上と告げて心を悩ますようなことだけは、どうしても忍び難かった。そこで、清浄院さまと喜和さまに、このことは、せめてもう少しお誠が大きくなるまでご内密にと、お願いしてきた。お二人ともよくご承知して下されて、今日まで語らないで来た。

だが、清浄院さまから喜和さまのお命がさほど長くはないとのお手紙を頂き、せめてご存命中に、お誠をわが子として抱き寄せ、『母上さま』と呼ばれたかろうとの仰せを受け、長年秘してきたことを、こうして打ち明けることにしたのだ。お誠、お前ももう十六歳、詳しいことはいずれ話すとして、この父の言うことを受け止められるだけの年齢《とし》になっているはずだ。それゆえ喜和さまがお目を覚まされたら、『母上さま』と呼んで差し上げなさい。何といっても喜和さまはお前を生んで下されたお方なのだから。どれほどかお喜びになるかしれない」

伴左衛門は、ぽかんとしているお誠に、噛んで含めるように、だが、その実、辛そうな口調で言った。喜和を生みの母と知ったあとのお誠が自分にどのような態度を取るか、今までのように甘えてくれるか、それとも、これから先、妙な遠慮をするのではないかということが、伴左衛門には一番の不安であった。しかし、今、知らせなければ、新七郎良聖にも喜和にも申し訳のない我《が》を張り通してしまうことになる、という気持ちが重い口を開かせたのである。

お誠は暫くじっと黙っていた。その間が持たないのか、伴左衛門は、

「わしがお前に囲碁を教えたのも、喜和さまから歌を習っていると伺い、それでは、お父上がお好きで、わしを、そのお相手にさせて頂いた囲碁を、わしの手から、お前に伝えて

おきたいと考えたからだ」

と、つけ加えた。

——そうだったのか、囲碁は生みのお父上の……。

と、お誠は心の中で反復させているうち、喜和についての様々なことを思い出して、しばらくして、ようやく口を開いた。

「御前《ごぜん》さまと父《とう》さまからお話をお聞きして、喜和さまが誠を特別に可愛がって下さった理由《わけ》が分かりました。こちらにご奉公し始めたばかりのころ、寂しくてなかなか眠れないと、ご自分のお布団の中に誠を入れて抱いて寝て下さったこともありました。それなのに、母《かあ》さまとは違うので、誠はこちらから喜和さまの胸に抱き付いて、甘えることなどは出来ずにおりました。でも、そうやって抱いて寝て下さっているうちに、何時の間にか寝入ってしまったことが何度もありました」

「そのようなことがありましたのか。喜和は心の中では、我が子と愛《いと》しんで抱いて寝たのでしょうね。わたくしにも、幼くして亡くしてはしまいましたが、我が腹を痛めた姫がおりましたから、喜和が我が子を抱いて寝ながら、我が子と呼べずに、さぞかし辛い思いをしたであろうことは察しが付きます。誠、喜和が目を覚ましたら、ぜひとも『母上さま』と呼んで上げなされ。今はそれが何よりの薬にもなりましょう」

　清浄院は懐紙を取り出して、目頭を押さえてから、声を落として諭すように話し始めた。

「なれどな、誠、このことは他の誰にも気付かれないようにしなければなりませぬ。喜和が別の殿御との間に子までなしていたことは、喜和の嫁ぎ先の岡本家は全く知らぬこと。もし、それが知れれば、武家ではすでに別の男に身を任せて子までなした女を嫁に迎えたことは屈辱となりまする。世話をしたわたくしを恨むだけならよいが、まさか先代さまのお国御前であったわたくしを恨んで済むことではなく、今は後を継いで当主となっている喜和の連れ合いの弟御が屈辱を示すために腹を切るようなことにもなりかねませぬ。武家とはそうしたものなのです。そのようなことになったら、お家では大事な家臣を失うことになり、それこそ一大事となります。わたくしが苦しむだけではなく、喜和も死んでも成仏出来ますまい。それゆえ、何も伴左衛門どののお頼みがあったから今まで事実を話さなかったわけではないのです。そのことをよく心に止めて、他の者がいるところでは決して母子《おやこ》と悟られぬように気を付けなければなりませぬ」

　それだけ言うと、清浄院は立ち上がり、黙って手を付いて頭を下げているお誠に、

「喜和が目覚めたら知らせるように」

と言い残して部屋を出ていった。伴左衛門も清浄院に従った。

喜和の父は内裏に出仕しているものの、書陵部に属する無位無官の一官僚に過ぎなかった。ただ、その先祖が平安時代に隆盛を極めた藤原道長の一族であったということを誇りにしている人物であった。そのため、娘には当時持てはやされている『新古今集』ではなく、代々の伝統的な公家の出身の家に生まれた者が教養として身に付ける『源氏物語』や『古今集』を初めとする王朝文化華やかな頃のものを教え込んだ。江戸時代の公家というのは、幕府や大名と特別な関係のある家以外はどこも貧しかった。そこへ追い討ちをかけたのが天明八年（一七八八年）の大火で、禁裏から大半の公家屋敷、大名屋敷が燃え落ちた。喜和の父の屋敷も例外ではなく、ほとんど着の身着のままで父と弟、そして喜和は何とか逃げ延びられたものの、早くに母を亡くしたために、喜和が母代わりに育てていた七歳になる妹が、途中で、何時の間にか喜和の手を離れてしまい、焼け死んだのかどうかも分からないまま行方不明になってしまった。その以来、屋敷の再建の見通しも全く立たないまま、南禅寺の南にある小さな寺の離れを借りて暮らしていた。幸い、十五歳になる弟は書陵部の見習いに推挙されていたものの、家財のすべてが焼けてしまっているため、その日の暮らしを賄うだけで、使用人も古くからいる老婢と男衆を除いては総て暇を取ってしまった。父と弟が仮内裏に出仕した後、妹を失ってしまった自責の念を抱いたままの喜和は、阿弥陀仏に救いを求めて、供もないまま たった一人で知恩院に日参していた。喜和はすでに二十歳になっていた。

一方、藤堂新七郎良聖は藤堂家から内裏の再建の役を命じられ、また堀川にあった京屋敷の再建の監督を兼ねて上洛しており、知恩院の塔頭である藤堂家の香華寺の信重院に仮住まいで長逗留していた。そうしたなかで、喜和は新七郎良聖と顔を合わせるようになり、いつしか互いに愛するようになっていった。そのうち喜和は身篭り、新七郎良聖は正式に側室に貰い受けるために、近習頭の天野重太郎を喜和の父のもとに使者として送り、結納代わりに焼けた土地に屋敷を建てて差し上げたいと申し出た。

だが、喜和の父は、

「陪臣者の側室にとは何事だ。娘を妾に売って屋敷を建てたとあっては世間に顔が立たぬ」

と言う一方で、

「娘を傷物にされた」

と烈火のごとく怒り、それ以降、喜和の外出を禁じてしまった。もともと貧しいながらも誇り高かった父は大火のあとの貧しさでますます意固地になっていた。だがその裏側には、ともすれば武家に抑えられていた公家たちの復権を回復しようとする時代の動きがあった。

ちなみに、新七郎良聖が藤堂家を代表して指揮を命じられていたこの時の内裏の再建は、平安朝以来の荘厳な紫宸殿の再興という朝廷の威信を取り戻そうとする光格天皇の悲願を実現させる大工事であった。光格天皇は後桃園天皇に後継ぎの皇子がなかったため、東山天皇の玄孫に当たる閑院宮家から天皇になった人物である。皇族ではあるものの、祖父以来、僅かな禄しか与えられず、貧しい暮らしを強いられていたこと、三代に渡って、一皇族に甘んぜざるを得なかった閑院宮家から図らずも天皇の位についたのである。そのため、閑院宮家·の家名を示したい欲求もあって、紫宸殿の復興には並々ならぬ意欲を持っていた。幕府は天明の大飢饉の後に行われた寛政の改革による緊縮財政から再興に反対して、わざわざ老中松平定信が上洛して説明したものの、朝廷側は納得せずに押し切られて、結局、島津、細川の両藩が多額の金子を出し、あとは各藩が割り当て金を負担することになった。そうした時代の流れが喜和の父に至るまで、公家たちの貧しさが逆に朝廷の威光を嵩に着た公家の誇りを増長させ、強気にしていた。そして、内裏の造営が完成したのは、お誠が生まれる少し前の寛政二年十一月であった。内裏造営中の新七郎の上洛は公的な長い滞在を要していたもので、その間、まだ若い新七郎は毎日の任務の責任の最中におり、むしろ喜和との愛が新七郎の重要な役目を果たさなければならないという責任ある心を支えてくれていた。だが、重要な役目の最中だけに、喜和の父から二人の愛を拒絶されると、立場上、それを押し通すことも出来なかった。

新七郎は、信重院に滞在するたびに、いつも囲碁の相手にしていた知恩院の門主、住職など上層部の者が外出する時の供侍を勤めていた大田垣伴左衛門（当時は養家の山崎常右衛門と名乗っており、後に実家の姓に戻り、大田垣伴左衛門光古《てるひさ》を名乗る。しかし、ここでは、ややっこしいので、大田垣伴左衛門で通しておく）という藤堂家とは全く繋がりはない、しかしながら、信頼のおける男に喜和の出産と生まれる子を養子として引き取ることを依頼した。伴左衛門にとっては迂闊には出来ない内密な役ではあったが、身分も何もない自分を囲碁の相手にと呼んでくれ、つねに目を掛けて、多額な礼金を頂戴している恩義もあった。またそこまで信頼して内密の頼み事をされると、伴左衛門としては引き受けない訳にはいかなかった。しかし、伴左衛門はもともと因幡の人で、京都に出てきていくらも経っていなかった。妻のお貞《てい》が京都に来たのは伴左衛門よりずっと後で、喜和を内密に出産させる場所など男の伴左衛門には見当も付かなかった。喜和の父との交渉などは新七郎の近習頭天野重太郎が当たり、その天野と伴左衛門は連携して、どこかで内密に喜和を出産させなければならなかった。結局、土地の者ではない男の伴左衛門が相談出来たのは、京都に出てきて間もなく知り合い、世話にもなった色街の三本木で仕出屋をやっている家の先代の女主《おんなあるじ》で、いまは隠居している人であった。

色街では客と芸妓との間に子が出来ることは決して珍しいことではなかった。生まれた子は、情が移らないように顔も見せずに、すぐさま母親から引き離されて里子、または養子に出してしまう。すべてがお金で内密に処理されることがほとんどであった。時には、町方の堅気の女が許されぬ関係を結んで孕んでしまうこともあった。そのような場合、色街の中の秘密の場所が出産に使われることがあった。これは出産を扱う者にとっては「裏の仕事」として良い実入りになった。仕出屋の女主は隠居してから、三本木の中の隠居所で芸妓についてはもとより、そうした「裏の仕事」もしていたのである。

喜和の生む子は伴左衛門夫婦が引き取ることになっていたから、子どもの始末を女主に託する必要はなかったが、喜和の身分は女主にも秘さなければならなかった。そこで、伴左衛門の妻であるお貞が喜和の世話にあたることになり、女主には産婆役を頼んだ。お貞は五人の子を生んでいたから、お産の経験も新生児の扱いにも慣れていた。上の四人は夭折してしまったが、末の仙之助だけが、身体は弱いものの、八歳にまで成長していた。また伴左衛門の姉であるお種も共に暮らしているため、お貞は家と仙之助のことはお種に頼んで喜和の世話をすることになった。もし、喜和の生む子が男の子の場合は、あくまで次男としてかまわないという新七郎の言葉もあったので、お貞は安心して大役を引き受けることが出来た。もし、女の子ならば、成長の暁は、仙之助と夫婦にしてもよいと、伴左衛門自身は内々考えてもいた。

臨月を控えた十二月の初めの晩、喜和は町娘の衣装に着替え、紫の御高祖頭巾を被って、迎えに来た天野重太郎が用意した女駕籠に乗り、借りている寺の庭から密かに外に出た。父からは身軽になったら必ず戻ることを堅く約束させられての久しぶりの外出であった。そして、途中からは伴左衛門が用意して、供をする宿駕籠に移って、三本木の仕出屋の隠居所に入った。喜和は三本木がどのような場所であるのか全く知らなかった。しかし、もはや、すべてを新七郎の命を受けている天野重太郎と、これも重太郎から聞かされている伴左衛門夫婦に身を委ねる以外に方法はなかった。

そして、次の年の正月八日の未明、喜和は女の子を生んだ。陣痛が来るとすぐに女主は絶え間なく喜和の腰を摩り、お貞が驚くほど優しく労わりながらの出産であったため、初産とは思えないほどの安産であった。真冬だというのに、女主はびっしょりと汗を掻きながらも、

「苦しまずに生ませてあげることだけが、せめてこのような母御にして差し上げられることじゃ」

と安堵して言った。同じ女子として、生まれてすぐに吾が子を手放さなければならない者への労わりであった。

お七夜の日は雪であったが、伴左衛門が新七郎からの命名書を預かってきてくれた。そこには、明らかに新七郎の直筆で、生年月日と「誠《のぶ》」という名前が書かれていた。喜和は

嬉し涙を流しながら、赤児をきつく抱きしめて、

「誠さん、これはお父上さまが付けて下さった名前ですよ。とても良いお名前ですよ」

と頬ずりしながら、まだ何も分からない赤児に囁いた。

それから三日後の夜、喜和は誠にたっぷりの乳を飲ませると、伴左衛門に催促されてから、お貞の腕に誠を渡し、再び町娘の装りに御高祖頭巾を深く被って、身もだえしながらも、伴左衛門が用意した宿駕籠に一人乗った。それまでの間、何回もこのまま誠を抱いてどこかに姿を消してしまいたかったか分からなかった。だが、その度に火事の中で手を離してしまったことで行方不明になった妹の顔が眼の前に現れ、自責の念が浮かんできた。妹の手を離してしまった自分は、その償いとして、今度は自らの意思に反して大切な吾が子の手を離さなければならない宿命になってしまったのかと、償いをしなければならない宿命の恐ろしさに身を震わせた。しかし、それをも抑えて、誠を手放す覚悟を決めたのは、頑固さを増してきた父の怒りであり、もし姿を隠してしまうようなことをすれば、父の怒りが新七郎にどんな形でぶつけられるか予測出来たし、新七郎を愛していればこそ、新七郎の立場を窮地に陥れることは出来ないという思いであった。そのため、来たときと同じように一人駕籠に乗り、途中から天野重太郎が女駕籠で迎えに来ていたのに移った。少し離れた後ろの駕籠には、お貞が誠を抱いて乗っていたのを喜和は知らなかったが、喜和が

重太郎の駕籠に移ったあと、お貞と誠を乗せた駕籠はそのまま伴左衛門に守られて、離れていった。

一年後の正月、喜和は信重院の和尚が持ってきた縁談を父が勧めるまま、亀山藩松平家の家臣である岡本家に嫁いだ。すべて、新七郎が松平家の二の丸御殿に住む叔母の清浄院と打ち合わせをしながら、陰で計らってくれての縁談であったが、喜和は全く知らなかった。新七郎は離れざるを得ない喜和の様子を聞くことの出来る清浄院の手の届くところへと喜和を送り込んだのである。

一方、誠を養女に迎えた伴左衛門は、その年の八月に寺侍から、門跡の身の回りの世話をする坊官の地位を与えられ、おまけに譜代の扱いとなって、十石三人扶持の禄を頂く身になり、家も侍長屋から坊官屋敷に移るという破格な出世をした。誰も何も言わなかったが、すべては新七郎の計らいであることは伴左衛門には分かっていた。

ここで知恩院と藤堂家の関係について少し触れておく。知恩院は徳川家の菩提寺である浄土宗の総本山であった。慶長七年（一六〇二年）、家康の生母於大（法名伝通院）が亡くなった時、家康は母の菩提を弔う名目で、知恩院の寺域を拡大し、後陽成天皇の第八皇子である良輔親王を家康の猶子として最初の宮門跡に列し、知恩院を門跡寺院に格上げして大檀那になった。以降、代々の宮門跡になる皇子は当代将軍の猶子となってから門跡に就任することが慣習となっただけでなく、歴代の将軍も知恩院への多大な寄進を行って、徳川家と知恩院の関係を蜜に保ち、門跡寺院としての権威を庇護した。これは幕府の菩提寺である浄土宗の力を高め、京都における宗教上の威力を示す政策であった。

そうしたなかで、藤堂家の藩祖となった藤堂高虎は関が原の戦いの直前から家康側に付いた日の浅い主従関係にあったため、徳川家に絶対的な忠誠を誓うことに懸命な誠意を尽くす意味で、慶長八年（一六〇三年）、知恩院の塔頭の一つである信重院を建て、藤堂家の香華寺とし、代々知恩院及び信重院へ多大な寄進を行ってきた。それだけでなく、家康が没すると、藤堂高虎はただちに知恩院の三二代住職霊巌寂上人と相談して家康の塑像を作らせ、それを上野忍ヶ丘にある江戸屋敷内に祀った。上野忍ヶ丘の地は、三代将軍家光のときに、江戸城の鬼門を守る寺として、京都の比叡山に対して東叡山寛永寺が建立されたため、その時に藤堂家は神田和泉町に移されたが、藤堂高虎が祀った東照宮は旧藤堂家の屋敷内にあったものが、そのままの地に上野東照宮として祀られることになり、高虎が祀った私的な東照宮は公的な東照宮への基礎となった。

新七郎良聖は、高虎の叔父で伊賀上野の城代に命じられた良政の六代目の子孫に当たり、代々通称の新七郎を名乗り、一族の中では新七郎家と呼ばれて、伊賀上野の城代を世襲していた。つまり、知恩院と藤堂家の繋がりは強く、さればこそ、新七郎良聖が娘のお誠を養女として託した伴左衛門に知恩院内での破格の扱いを受けさせる陰の力となったことに不思議はなかったのである。

藤堂新七郎良聖は寛政十年（一七九八年）八月二日、三二歳で没した。法名は覚源院殿惟法以心大居士、墓所は伊賀上野山渓寺（臨済宗東福寺派）にある。

清浄院と伴左衛門が去って、一人残されたお誠は、初めて聞かされた出生の事実を一生懸命に胸に収めようとして、しばらくそのまま座り続けていた。それから、喜和の眠っている側に行き、喜和の寝顔をじっと見詰めた。

――このお方がわたくしを生んで下された母上さまとは……。

つい今しがた、お誠は思い出すままに喜和の優しさを清浄院に語ったものの、そのことで喜和にたいして今までとは違った特別の感情がすぐに湧き出してはこなかった。

――母《かあ》さま……

と呟いてはみたものの、その言葉で浮かんでくるのは、いつものように亡くなったお貞の顔であった。お貞には抱き締められると同時にお誠の方からも自然に抱き付いて育ってきた。そのようなお誠にとって、喜和が生みの母だと告げられても、今はただただびっくりしただけであった。

暫くするうち、お誠は、清浄院も伴左衛門も「母上さま」と呼んであげるように、と言ったことに気が付いた。お誠はいままで、お貞のことを「母上さま」と呼んだことはなく、いつも「母《かあ》さま」と言ってきた。

——そう、わたしには母上さまとお呼びするお方が新しく出来た……。それが生んで下されたこの喜和さま……。

そう思い付くことで、お誠は「母《かあ》さま」とは別に「母上さま」とお呼びすれば良い、と思った。だが、お誠はじっと喜和の寝顔を見詰めながら、次には、どんなときに「母上さま」と呼び掛けたらよいのかを思案していた。

小半刻ほどして、喜和が眼を覚ました。

「ああ、誠さん……」

喜和はやせ衰えてはいたが、穏やかな顔で言い、嬉しそうに笑顔をみせた。

「お目覚めになりましたか」

「ずっと夢を見ていました」

と、お誠の顔を真っ直ぐに見詰めながら、呟くように言った。喜和は、このところ、よく新七郎との逢瀬を楽しんでいた頃の夢を見ていた。喜和は新七郎と一緒にいる夢を見ながら、間もなく逢える日が来ると感じていた。そして、今もまたそうであった。

「若かった頃の楽しい夢を見ていて、眼が覚めたら、誠さんが側にいてくれて……、何と嬉しいこと」

だが、喜和は、夢の内容をお誠に話すことは出来ない。

「よくお休みでございましたもの。喉が渇かれましたでしょう。お白湯など差し上げましょうね」

と言って、お誠は枕元の盆の上に置いてあった茶碗を取り上げ、匙で白湯を二口、三口飲ませた。もう起き上がることも出来ない喜和は、それでもおいしそうにお誠が飲ませてくれる白湯で喉を潤して、満足気であった。

お誠は、喜和が「楽しい夢を見た」と言い、また、喉を潤して満足気な様子を見ているうちに、思わず、

「母上さま……」

と、小さな声で呼び掛けていた。

「誠さん、今、何と……？」

喜和は夢の中で呼び掛けられたのを聞いているような気がしたものの、思わず聞き返した。

「母上さま、と……」

お誠は喜和の顔をじっと見詰めながら、口に出してしまったことを繰り返した。

「誠さん、それは……」

お誠にはもう迷いはなかった。

「さきほど御前さまが父とともにお見舞い下され、その折り、初めて喜和さまが誠を生んで下された母上さまということを伺いました」

と、はっきりした口調で言った。

「まあ……」

喜和はそれだけ言うと、言葉が続かず、お誠の手を取って、両手で握り締めた。起き上がって抱きかかえようとしたが、頭は枕から上がらずに、手を握るのがやっとであった。

「誠さん……、ようやっと……」

喜和が小さな声ながら、感極まったようであった。手にはもうさして力はなかったが、手から手へと喜びの感情が伝わってくるのを感じ取ったお誠も、無意識のうちに、もう片方の手をそれに添えて、しっかりと握り締めた。

喜和は両手で握り締めたお誠の手を顔に引き寄せて頬に擦り寄せた。

「このような日は、来ないものと諦めていましたのに……、御前さまと伴左衛門どのがお心を配ってお話して下さったのですね。何と有り難いことか……」

喜和は涙に咽びながら、お誠の手を、まるでもう離さない、といわんばかりに、弱いながらも有りったけの力を出して握った。

死を間近かに感じていた喜和は、お誠が側に来てくれただけで満足しようとしていた。だが、いま、こうして「母上さま」と呼ばれてみると、やはり心が弾み、あとからあとから嬉し涙が流れて来ていた。お誠は懐紙を取ろうと手を抜こうとしたが、喜和は、お誠の手を弱いながらも力の限り握っていて放さなかった。それに応えるように、お誠も喜和の頬に自分の頬を擦り寄せていった。

お誠の眼からも涙が流れたが、拭こうともしなかった。二人の熱い涙が合わせた頬の間で交ざり合って枕を濡らしたが、二人ともそれにも気が付かなかった。しばらくして喜和はか細い声を絞り出すようにして、

「いま見ていた楽しい夢というのは、誠さんのお父上の新七郎さまと逢うていたときのものでした。新七郎さまがわたくしを呼びに来られたのかと思いましたら、そうではなく、誠さんにわたくしを母と呼ばせて下されるための夢だったのでしょうね。本当に誠さんを生んで良かった……。この七年、誠さんに逢えて、しかもこの部屋で一緒に暮らせたことだけでもどんなに嬉しかったかしれませぬのに、いま『母上さま』と呼んで貰えて、こうして誠さんを抱くことが出来たのですから、もうわたくしは何も思い残すことはありませ

ぬ」

「そのような寂しいことはおっしゃらないで下さいまし。これからは一生懸命に看病させて頂きますから、早うお元気になって下さいまし。もう誠は母上さまとずっと離れとうはございませぬ。いつまでもお側に置いて下さいまし」

その時のお誠は、心の底からそれを願っており、いずれ亀山を去って京に帰ることさえ忘れてしまっていた。

「わたくしも離れとうない……」

「母《かあ》さま……」

お誠は無意識のうちに「母さま」と呼んで、喜和の背中に手を回して抱き締めた。この時のお誠には喜和が自分を生んでくれた母という感じになっていた、というよりも、喜和とお貞の区別もなくなり、幼な子の時から抱いて育んでくれた時の嬉しさの感覚に包まれて感涙に咽び続けていた。


喜和が眠るように安らかに息絶えたのは、それから二十日ほど経った頃で、死に顔は菩薩のように穏やかそのものであった。あれだけ痩せ衰えていた身体が、よくそれだけの日を持ち堪えたものと驚くほどであったが、ようやく母子と名乗りあったお誠との日々を少しでも長くしていたいという執念のようにさえ思えた。

その間、喜和は、眠っている時間が多かったものの、目覚めているときは、とぎれとぎれながらも、早くに母が死んだため、妹の母代わりをしていたものの、天明の大火のときに人込みのなかを逃げまどう途中でその妹を見失ってしまい、とうとう消息が分からなくなってしまったこと、その自責の念に苦しみながら、知恩院の阿弥陀如来に救いを求めて通っているうちに新七郎に出会ったこと、そして語り合ううちに互いに愛《いと》しみ合うようになって、お誠を身籠もったこと、新七郎の使者として小姓頭天野重太郎が父のもとに訪れて、二人の仲と、すでに身籠もっていることを告げ、側室として迎えたいと申し出たものの、それが父の怒りとなって新七郎とも逢えなくなり、ずっと家からは出して貰えなくなったこと、臨月を前にして天野重太郎に付き添われて、人に知られぬように町娘の装りにお高祖頭巾を被って駕篭に乗り、途中からは伴左衛門が用意した町駕篭に乗り換え、三本木という町にある何者かの家に移って出産までの日を過ごしたこと、そして寛政三年正月八日の夜明け前に、伴左衛門の妻のお貞とその家の隠居である先代の女主《おんなあるじ》の助けでお誠を生んだこと、新七郎には会うことは出来なくなってしまったものの、伴左衛門が女児の誕生を伊賀上野にいた新七郎のもとへ知らせに行き、新七郎が名付けた「誠」という名前を書いた直筆の命名書をお七夜に届けてくれたこと、そして、それから三日後、身を切られる思いで、お貞の腕に赤子を渡して別れたことなどなどを語って聞かせた。生みの父親を知らないお誠に、喜和は自分の知っている限りの新七郎のことをいろいろと話して聞かせた。もっともお誠のほうは、喜和の語る生みの父のことよりも、喜和が一日でも長く生きてほしいと、そればかりを願って、帯も解かずに夢中で看病し続けていた。そして、とうとう死を迎えたあとは、ひとしきり泣きくれたあと、悲しみに浸る間もなく看護疲れのための睡魔に襲われ、丸一日の間、こんこんと眠り続けてしまっていた。

お誠が眼を覚ましたときは、すでに喜和の死出の支度が調えられていた。そして、清浄院はお誠の衣服を改めさせ、自分の名代として、喜和の葬儀から野辺の送りまで参列させた。清浄院は最後まで、表に出せない部分は出さずに、新七郎の頼みを誠実に守って、喜和が内心願っていたことをすべて適えてやった。こうして喜和の亡骸は婚家の岡本家の墓地に葬られた。

喜和の四十九日まで亀山の二の丸御殿で供養に時を過ごしたお誠は、清浄院から正式にお暇《いとま》を得て、年の暮れに迎えに来た伴左衛門とともに京都の実家に帰り、文化五年（一八〇八年）と年が改まって間もなく、伴左衛門の養子となっていた直市望古《もちひさ》との祝言を挙げた。お誠十七歳の正月であった。

そして、その年の十月二十二日に長男が生まれた時、お誠は初めて生みの母というものがどういうものかを実感した。産褥にありながら、毎日わが子の顔を見詰め、乳を与えていくなかで、喜和が十日目に身を切られる思いでお誠を渡したという話を思い出しつつ、それがどんなに辛いことであったかを心の底から理解した。

——どんなことがあろうとも、とてもこの子を手放すことは出来ない……

と、身震いし、その度に赤児をぎゅっと抱き締めた。そして、喜和の顔を思い浮かべては、何時の間にか、

——母《かあ》さま……

と呼び掛けていた。このときの「母《かあ》さま」という言葉の前に浮かんでいたのは喜和の顔であった。そしてお貞がどんなに自分を可愛がってくれたにしても、兄の亦市が死んだことを嘆き悲しみ、幼名の仙之助という名を呼びながら後を追うように死んでいったことを思い出した。

——わたしの方は兄《にい》さまと同じように可愛がって頂いて本当の母さまだと信じていたけれど、お腹を痛めた兄さまとわたしとではやはり違っていたのだ……

と、母親にとっては生みの子というものは格別の存在であることを初めて納得した。そのため、すべての愛情を鉄太郎と名付けた赤児に向け、片時も側から放さなかった。

だが、わずか一か月も経たない十一月十七日に、鉄太郎は短い生命を終えてしまったのである（法名・秀詮童子）。お誠は、まるですべての望みを絶たれたように呆然としてしまって、遺体を強く抱き締めたまま、

「葬式を出さなければならない」

と言う伴左衛門の言葉さえ受け付けないほど号泣していた。伴左衛門は心を鬼にして、お誠の腕から小さな鉄太郎の亡骸《なきがら》をもぎ取るようにして棺に納めざるを得なかった。わが子の野辺の送りには両親はもとより、祖父母も行かない。これは逆縁《さかさ》になってしまった子の悲しさである。そのため、直市の兄で、大坂で医者をしている田結荘《たいのしょう》天民夫婦が喪主の代役を勤めた。鉄太郎の野辺送りが済んだ後のお誠は、ほとんど一日中、仏壇の前に座り込んだままであった。

お誠と直市の結婚生活は仕合わせとはほど遠いものであった。というのも、養子として伴左衛門の家に来て以来の直市は、坊官見習いの任には付いたものの、養父との堅苦しい暮らしのなかで、若さも手伝って、家に帰るよりも、華やかな夜の街に魅かれ、遊び場に通い出した。わずかな小遣いで遊べるところとなれば、結局は得体の知れない岡場所通いになる。熟れた商売女相手に欲情を満たせてきた直市には、新妻のお誠は飽きたらず、さりとてそれを育ててみる気もなく、伴左衛門とお誠が強い心の絆で結ばれているのを知る

と、二人に嫉妬に似た感情を持ち、最初から「養子とは種馬だ」と思い定めてしまった。

そのため、お誠は直市と枕を並べて寝る毎夜に疎ましさを感じながら、祝言の夜に直市に抱かれた、というよりも、乱暴された恐怖と屈辱と痛みを受けたことの繰り返しの夫婦生活に歯を食いしばって耐えなければならなかった。お誠の気持ちにあるのは唯一つ、ただただ子どもがほしい、ということだけであった。しかし、そのようにして生まれた鉄太郎がわずか一か月も生きずに息絶えてしまった悲しみは尋常ではなかった。

だが、お誠の不幸は、その後にも続いて起こった。鉄太郎の死後二年目に生まれた長女が可愛くなり始めた盛りの三歳で死んでしまったのである（法名・智専童女）。文化三年十二月二十日のことであった。それから一年半ほど経た頃、直市は大田垣家に奉公していた女中のおみねに手を出し、子が出来たと知ると、伴左衛門にもお誠にも何の相談もなく、おみねに暇を取らせ、儒医として大坂の堂島で開業している三兄の天民の家に住まわせた。そして、直市自身も労咳を患っていたのを理由に、知恩院内にある大田垣の家を出て、兄の家で暮らすようになっていた。その後間もなく、お誠は身籠っていることに気が付いた。

大坂に移り住んだ直市のもとに、見舞い旁々様子を見にいった伴左衛門が見たのは臨月のお腹を抱えた女中のおみねの姿であり、それが直市の子だと知った伴左衛門にたいして直市は、

「わたしも人の子なのだから、わが子が欲しい。だが、大田垣の家はいかなる因果に祟られているのか、生まれた子は次々と皆、死んでしまうではありませぬか。それ故、大田垣とは関わりのないところに子をつくって悪いことはありますまい」

と、逆に食って掛かってきた。伴左衛門は直市がお誠以外の者に子を孕ませただけならともかく、大田垣の家は何かに祟られていて子どもは皆、死んでしまう、と言ったことに烈火の如く怒った。そして、その場で直市に養子縁組の解消を申し渡し、お誠とも離縁させてしまった。

伴左衛門が一時の怒りに任せて、こうした処置をとったというのは、お誠の子だけでなく、伴左衛門自身が、故郷の因州鳥取の大覚寺村の庄屋である養家の山崎家にいたとき、妻のお貞との間に設けた四人の男の子たちをすべて幼くして次々と死なせてしまっていたという苦しい過去があるためだった。伴左衛門は、その苦しさにやり切れなくなって、酒に溺れた毎日を過ごしていたが、そうしたなかで、継母から気に染まぬ縁談を無理強いされているという町娘と知り合い、ともに衝動的に故郷を出奔して、京都に出て来た。しかし、職もなく、極貧の中で、その娘が生んだ女の子は死産で、母親も出産時の出血多量で生命を落としてしまったという人には決して語ることの出来ない辛い経験を持っていた。その後、ようやくにして知恩院の雑務に職を得た伴左衛門のもとに、妻のお貞が、伴左衛門の出奔後に生まれた五男の仙之助を連れ、伴左衛門の姉のお種とともに出てきて一緒に暮らすようになった。そして、たった一人残った仙之助が無事に育ってくれることを願い、養女にしたお誠が成長するのを待って二人を女夫《めおと》にさせることを楽しみにしていたにもかかわらず、元服して亦市賢古と名乗った仙之助までが二一歳のときに死んでしまうという悲劇に再び襲われた。結局、伴左衛門の五人の子は一人として残らなかったのである。そのことが伴左衛門にとって生涯の心の傷となっていたところへ、直市が「因果に祟られている家だ」と口にしたことが、伴左衛門自身、「もしや」と、心の片隅に疑いが生じてはー生懸命に否定していたことだけに、到底我慢ならなかった。しかし、伴左衛門は、この〈祟り〉という言葉が原因で直市を離縁したということは、誰にも語らなかった。そればかりか、伴左衛門自身も忘れるようにして心の奥深くに抑え込んでしまった。そして、お誠には離縁の理由を、直市は病の床にあり、どうせ死ぬのなら兄の側で死にたいからと、こちらの家に帰ることを拒むのでは、もはや大田垣家の人間とはいえないから、一存で離縁を申し渡してきたと伝えた。夫である前に大田垣家の養子だったのだから、直市に情愛を感じていなかったお誠は、六月に出産予定を控えていたことにのみ心を向けていたので、離縁についてはただ頷いただけであった。それは、お誠、二十五歳のときのことであった。

その後、直市とおみねの間に男の子が生まれたものの、その四か月半後の八月二六日には、直市自身が夏風邪をこじらせて、持病の労咳が急変して、二六歳の生涯を終えた。そのため母親のおみねは暇を出され、不動次郎と名付けられた子は兄天民の子として育てられた。

一方、直市が死ぬ二か月半前の六月に、お誠は次女を出産したものの、その子は誕生して間もなくの六月十日に死んでしまったのである（法名・端心童女）。お誠はまたもや呆然として仏壇の前に座り込んだままの日が続いてしまっていた。こうして、伴左衛門が直市の言葉に怒りを爆発させるほど気に病んでいた大田垣の家の子どもたちは、二代に渡って全員早死にしてしまったことになった。

伴左衛門にとって、このような不幸を味合わせてしまったお誠に、再度養子を迎えて再婚させるかどうかは難問であった。お誠自身は、再婚はこりごりで、このまま伴左衛門と二人で暮らすことを望んだ。生母の喜和が生父の良聖と互いに愛《いと》しみ合ってお誠を生んだと語ってくれていたのを思い出し、三人のわが子がいずれも幼逝してしまったのは、直市との間には愛《いと》しみ合うなどという気持ちが全くなく、ただ耐えるだけの毎日しかなかったためではなかったかとさえ考えていた。そして自分には喜和のように相手の男と愛《いと》しむ関係を作ることが出来ないのではないかと、自責の念を心に抱えて、ただ仏に祈るばかりであった。だが、どの道、先に逝くであろう伴左衛門にとっては、お誠に子どもがいないということは、あとにお誠一人を天涯孤独で残すことになることになり、それは考えただけでも耐えられなかった。

「後継ぎのためだけなら、お誠に養子に取れば済むことだ。だが、わしが言うているのは、後継ぎのためではない。あくまでお誠のためだ。直市を養子にしてしまったのは、あいつの人物を見ずに、ただわしの遠縁にあたるという血の繫がりに拘ってしまったためだ。それがお誠に辛い女夫の暮らしをさせてしまった。血の繫がりなどというのは何ほどのものでもないではないか。現にわしとお誠は血の繫がりなど全くなくとも、実の父子《おやこ》よりもずっと心が繫がっている。世の中の男たちが直市のような男ばかりであるわけがない。しかも、三人の子たちが次々に死んでしまったのは偶然に過ぎないのだから、お誠はもう一度婿を迎えて、ぜひとも子どもを生むことだ。貞女は二夫にまみえず、などという世の習いは気にすることはない。さもないと、わしが死んだ後、お誠は天涯孤独になってしまう。それではわしは死ぬに死に切れない。ぜひとも再婚を考えておくれ」

　伴左衛門は懇願するようにお誠を説得し続けた。生みの父母はすでにこの世にない。血縁というのは、新七郎良聖の嫡男で、お誠の異腹の兄に当たるという藤堂新七郎良弼はいるものの、全く付き合いはなく、先方が庶子であるお誠の存在を知っているかどうかも分からなかった（異母兄に当たる藤堂新七郎良弼は、その後、文政二年に三十歳で没している)。すでに、お誠は二十五歳であった。誰かの後添えとして嫁に出すならともかく、養子を迎えるとあっては、二十五歳という年齢はぎりぎりであった。しかも大田垣家は知恩院門主に仕える坊官という名誉ある身分ではあるものの、相続する禄といえば、伴左衛門が隠居した後、わずかに十石三人扶持の坊官の職を継ぐことだけであった。

武家の社会では、家を継ぐ嫡男以外の二男から下の者、とくに妾腹の子となれば、なかなか独立して地位を得ることは難しく、他家に養子として入ることが出来なければ、一生、世帯も持てずに、部屋住みとして、家を継いだ長兄の厄介者の身で過ごさなければならない場合が多かった。そのため娘を嫁がせるより以上に、男の子を何人も持った親たちは養子の口を探すのに、早くからあちこち手を回す。子どもがいない家は勿論のこと、娘だけの家では、娘がまだ若いうちからその婿養子になる相手を探しているから、評判のよい優秀な男は若くして養子先を決められる。娘がまだ子どものときには許嫁ということで、娘の成長を待って祝言という運びとなった。

そうした状況の中で、伴左衛門が優秀な婿を捜すことは容易ではなかった。しかも二五歳のお誠の相手となる婿養子を探すとなると、相手が一つ二つ年下であっても、言ってみれば「売れ残りの男」ということになり兼ねない。そのためお誠が年を重ねれば重ねるほど、婿養子を見付けることは難しくなる。さりとて、これればかりは誰でも良いというわけにはいかない。ろくでもない男は、直市で懲りている。お誠は直市との女夫生活の辛さを伴左衛門に語ってはいなかったものの、一緒に暮らしていて、父親の眼で見ていれば、伴左衛門にもおおよその見当はついていた。子どもが次々に死んでしまったことは、神も仏もない不幸せではあったものの、何とかお誠に少しでも生きている楽しみと安心を与えてやりたいからこそ、再び婿を取ってと考えるのであるから、婿になる男は選ばなければならないと、伴左衛門は考えていた。

伴左衛門は知恩院での知己を通して、あちこちと養子に相応しい相手をと探しまくった。そして、直市との離婚から四年目の文政二年（一八一九年）正月に、彦根藩主の井伊家の菩提寺である清凉寺の住職を仲立ちとして、ようやく彦根藩の家臣である石川広二光定の三男重二郎を婿養子として迎えることになった。

重二郎はお誠と同い年の二十九歳であったが、身体があまり丈夫ではなく、絵を描くことを好む文人肌で、剣術は、稽古には通ったものの、まるっきり駄目であった。現実には、すでに武士にとって剣術の必要はなくなっている時代とはいうものの、やはり武士の身分であるからには、一応の腕が望まれていた。まして養子となる場合は、剣術は全く出来ないでは武家との間での話は進まなかった。といって、重二郎の絵は趣味の域を出ず、とても独立して暮らしを立てていくことなど出来なかった。そのため重二郎は、清凉寺の一部屋を借り、城下の町家の子どもたちに読み書きを教えることで得る束修を小遣いに当てて画材などを買い求め、遊び事は全くせずに絵を描くことに没頭して、その年まで父の家の部屋住みであった。知恩院の坊官の職は、身分は侍で、大小は身に付けているものの、宮の外出の供回りには、別に剣に優れた者が駕篭脇に付くので、剣の力量は必要なかった。そんなことから重二郎は初婚で、お誠は再婚であっても、石川家の方にしても決して悪い縁組ではなかった。しかも重二郎にとって京都で暮らせるということは、彦根にいるのと違って、寺々の襖絵などに残っている大勢の先人たちの絵を観ることが出来るというかねてからの希望を果たすことが出来ると、それだけでもこの縁組の話が持ち込まれた最初から乗り気になっていた。

見合いということになり、重二郎が京都まで出てきたのは、菊の花が開き始めた頃であった。信重院の茶室で和尚を亭主として茶会が開かれ、そこでお誠は伴左衛門とともに重二郎に会った。すでに伴左衛門は六五歳になっており、何としても纏めたい縁組であった。重二郎の人柄については、重二郎と日頃から付き合いのある清涼寺の住職が保証していると、信重院の和尚から聞かされていた。

重二郎に会ってみると、なるほど痩せ型で、骨も細く、武道には全く縁のない男だということは一目で分かった。だが、穏やかな語り口と、きちんとした身嗜みに、伴左衛門は

すぐに気に入り、お誠も好感を持ち、

――このお方となら女夫になってもいい。

と、少し心を動かされた。

それから間もなく、年の明けた文政二年の正月、祝言の運びとなり、重二郎は京都に来て、新しい家族の生活が始まった。そして二人の子どもにも恵まれた。だが、それからわずか五年で、病魔が重二郎を襲ったのである。


お誠は、苦しげな荒い息を繰り返している重二郎の顔を、じっと看続けながら、たえず額に吹き出てくる汗を、冷たい水でしぼった手ぬぐいで拭っていた。

湯浴みを済まして甚平姿になった伴左衛門が入ってきて、

「少し代わろう。その間に夕飯《ゆうげ》を済ませてきなさい」

とお誠に声をかけた。お誠は頷いてから、

「夕飯《ゆうげ》を頂く前に湯浴みをしてきてもよろしゅうございますか。髪を洗いとうございますので」

と尋ねた。

「ああ、いいとも。今すぐに容態が変わるということもあるまい。この暑さだ。さぞかし汗ばんで気持ちが悪かろう。流してさっぱりしてきたらいい。ここはわしが看ているから、ゆっくり浴びておいで」

と伴左衛門はやさしく言った。

湯浴みといっても、坊官屋敷は井戸は各家にあるものの、風呂は共同であったから、夏場は釜で湯を沸かして盥に取り行水を使っていた。お誠は何としても髪を洗いたかった。外出はしていないので埃を被ってはいないものの、ここ暫く洗っていなかったので、髪の毛は汗で蒸れ、油が固まりかけていた。汚れた髪を洗って、さっぱりしたいということもあったが、それよりも何よりも、お誠は自分の決意を形に表わすために髪を洗いたかった。

洗い上げた髪を丁寧に梳き終わると、お誠は空腹のことも忘れて、膳の前には座らず、そのまま居間に行き、箪笥から白麻の着物を出して着た。伴左衛門が頂いている禄では、お誠の着物まで揃えるほどの余裕はなかったし、それに嫁入りするのではなかったので、お誠の着物の多くは、亀山から戻る時に、清浄院の温情で喜和の持ち物の大半を形見として与えられたものであった。白麻の着物もその一枚で、お誠が自分で洗い張りして仕立て直したもので、まだ仕付け糸がついていた。別段、喜和の形見の着物を着ることに決めていたわけではないが、白麻といえば、それしかなかった。しかし、心のどこかに喜和がお誠の父に別れなければならなかったときの悲しみが、ふと浮かんできた。とはいうものの、母上は父上の死も知らず、後に分かったという縁の薄さであったという話を思い出した。

——母上に比べたら、旦那さまの看病が出来るだけ、わたしはまだ仕合わせというものかもしれない。でも母娘揃って、なぜ愛しみ合うた殿御との縁がこんなにも短いものだろうか……。

そんな思いに耽入りそうになるのを断ち切るように、お誠は首を振り、気を取り直して、鏡台を立てると、その前に座り、しばらく鏡に写る自分の顔をじっと見詰めていた。この鏡台は箪笥とともに結婚の祝いに伴左衛門が誂えさせてくれた数少ない道具の一つであった。お誠は三三歳、肌は白く目鼻立ちもくっきり整っており、とくに眼が涼やかで、とても三十歳を過ぎているとは見えなかった。もちろん黒髪はまだ艶を失ってはいない。髪の長さは腰のあたりまである。お誠は鏡を見つめながら決心を堅め、その黒髪を束にして左手に持って前に回すと、もはや何の迷いもなく、剃刀を当て自らの手で髪をばっさり薙下《そぎさ》げに切った。薙下げとは髪の毛を肩に掛かる程度の長さに切るもので、尼の姿である。お誠は目前にせまった夫の死を覚悟して、もはや二度と夫を持たないことを事前に形で表わしたかった。

——あとは何としても二人の子どもたちを無事に育てて行かなければ……。

お誠は以前に次々と死なせてしまった上の三人の子との別れの辛く苦しいことを思い出

していた。

――もう二度とあの辛さは味わいたくない。まして、お芳と順之助は旦那さまとの間に儲けた掛け替えのない子、わたしがしっかりと育てなければ、二人を残して先立たれる旦那さまもこの世に心を残されて成仏なされますまい。わたしがしなければならない旦那さまへの供養は子どもたちを立派に育てることだけ……。

お誠が髪を切ったのは、尼になって夫の菩提を弔うため、という世間一般の考えとは少し違っていて、夫への供養とは二人の間の子どもを無事に育てることに専念することであり、そのために女である自分をさっぱりと捨てる気持ちになったのである。

そこまで心を思い定めて切った髪を奉書紙に包むと、畳んだ鏡台の上に置いて、重二郎の寝ている部屋に戻った。

「お誠、お前……」

伴左衛門はお誠を見るなり、愕然として、それだけ言うと、あとは言葉が出なかった。慣習では、夫が息を引き取った後で髪を切るものである。それを事前に切ってしまったことに伴左衛門はびっくりした。お誠も、そうした慣習を知ってはいた。しかし、お誠には、時々、世間の慣習を無視して、自らの意を通してしまうところがあった。伴左衛門は大抵のことは驚かなくなっていたが、意識不明とはいえ、夫がまだ生きているうちに髪を切ってしまったことには、さすがにびっくりしてしまった。

「父さま、お誠は旦那さまと女夫になって、十分に仕合わせを味合わせて頂きました。二人の子にも恵まれ、今度は無事に育っております。それゆえ、もはや妻であるお誠の心は旦那さまのお供をして冥府に旅立ちます。あとは母として子どもたちを育てながら、父さまとご一緒に暮らしていきとうございます」

「そうか」

伴左衛門は、静かにそれだけ言うと、俯いてじっと眼を瞑った。三三歳と言えば、女盛りを過ぎたとはいえ、まだ決して老いてはいない。最初の夫は離縁した後ではあったものの、その直後に死んでいる。その上、再婚相手までが、間もなく息を引き取ろうとしている。とくに重二郎との結婚は、重二郎の性格も穏やかで夫婦仲もよく、ようやっとお誠が仕合わせな縁を掴めたと、伴左衛門は心から喜んでいた。養女とはいえ、生まれたときから引き取って育ててきたかけがえのない可愛い娘であった。直市の意地の悪さこそ率直に打ち明けてはくれなかったものの、主婦としての気配りを、父の周囲の人にも怠りなく勤め、それでいて、伴左衛門との間に壁をつくるようなことはなく、ずっと仲のよい父子として過ごしてこられた。それだけに、なおのこと、伴左衛門は、

——お誠は男運に恵まれなかった……。

と、この年齢《とし》で尼にしてしまうことになったお誠の運命を呪って号泣しそうになっていた。だが、じっとそれに耐え、涙も声も出さずに懸命に抑えてながらも、これから先のことを考えずにはいられなかった。

——これから先、どう生きるようにしてやれば、お誠が少しでも仕合わせになっていけるのか……。

その一方で、伴左衛門は大きな悩みを抱えていた。伴左衛門自身が隠居して、坊官の任務を重二郎が引き継いでいるために、その死で、折角得た世襲の身分を失いかねない状態にあった。それを回避するためには、早急に相続人を決めておかなければならなかつた。重二郎とお誠の間に生まれた順之助はまだ三歳である。三歳といっても、師走生まれであるから、わずか一年半の全くの幼児に過ぎない。名前だけの当主では坊官の職は勤まらないのが少禄の悲しさであった。必然的に急ぎ毎日のお役目を果たせる年齢にある者を養子として決めなければならない。だが、そうなれば、養子になった者が妻を迎えて、男の子が出来れば、順之助の地位は宙に浮いてしまうことになる。そして、お誠もまた居候のようになって居場所を失う事になり兼ねない。それをさけるためには、順之助を、あらかじめ新しく迎える養子の嫡男とすることを約束させておく必要があった。

そのため、重二郎の生命がもはや間もないと知らされたとき、伴左衛門は重二郎の父である彦根藩の家臣、石川広二光定に、次の養子のことを依頼する手紙を出していた。重二郎の子である順之助を次の嫡男とするためには、何といっても重二郎の実父を頼るのが最良の道であった。大田垣家の嫡男として生まれた実の孫に家督を相続させることが出来なくなる辛さを理解出来るのは、血の繋がった祖父である広二が一番強い、というのが伴左衛門の思案の末に出した結論であった。

広二からは、数日前に「適任と思う男がいるので当たっている」と返事はあったものの、その後の便りはなかった。何しろ知恩院には、嫡子として相続人の者の名前を報告するのが先であり、重二郎の死の届けは、その後でなければならなかった。それは書類上の処置とはいえ、この暑さの中であるから、万一、重二郎が先に息を引き取ってしまったら、急ぎ葬儀を執り行なわなければならない。そのため、広二からの知らせが、たとえ二、三日でも遅れたら取り返しの付かないことになり兼ねなかった。

そのため、昨日、再び広二には、重二郎がすでに危篤に陥っている旨を書き、急いでくれるように、という催促の手紙を出したものの、伴左衛門は、すでに六九歳の老いの身に降り懸かってきた大問題を抱えて、心は乱れていた。

翌日の六月二十九日の夜明け、重二郎古肥は、痛みに耐え兼ねてか、意識も戻らぬなかで悶え苦しみながら息を引き取った。お誠は昨夜切った黒髪を重二郎の遺骸に供えて、菩提を弔いながら子育をして生涯を生きる意思を示した。そして、お誠が自分で切った髪は伯母のお種が綺麗に切り揃えてくれた。

石川広二光定に代わって重二郎の長兄が養子と見込んだ十八歳の若者を連れて大田垣家に到着したのは、その日の昼過ぎであった。若者は広二のずっと後輩である風見平馬の義弟に当たる町人出の太三郎という者であった。広二が話を持ち込んだとき、相手方は幸いにも条件も受け入れてくれたため、話はすぐに纏まった。そして簡単な支度をして、老いた父の広二に代わって重二郎の長兄が太三郎を伴って上洛してきた。

伴左衛門はすぐに太三郎を重二郎の養子ということで、お誠が重二郎の代わりに縁組の杯を交わさし、ぎりぎりのところで大田垣家に入り、大田垣太三郎古敦《ひさあつ》と名乗らせて、重二郎の相続人としての届け出を済ませた。そのうえで、重二郎の死去を届けた。それから順之助を太三郎の養嫡子としての手続きをし、伴左衛門はようやく落ち着いて、葬儀の席に座ることが出来た。

重二郎の野辺の送りに、お誠は順之助を右手に抱き、丸一歳年上のお芳の手を引いて、行列に連なった。そのお誠の前を、重二郎の養子となったばかりの太三郎が喪主として位牌を持って歩いていた。お誠は義理の息子になる跡継ぎがどういう人物であるのか全く分からなかったが、太三郎のことなど少しも気に止めていなかった。東山の北方、粟田にある大田垣家の墓地には、すでに母と兄、それに直市との間に生まれた三人の幼な児が眠っている。わが子のときは慣習上、立ち会えなかったものの、母と兄の葬儀の折りは、伴左衛門の代理で、わずか十三歳のお誠が位牌を持って野辺送りをして荼毘に付されるのに立ち会っていた。しかも今度は夫婦の愛というものを十分に味合わせてくれたかけがえのない夫の野辺の送りである。だが、お誠の心は、夫を失った嘆きや悲しみは薙いだ髪を棺の中に納めた時に一緒に入れてしまったかのように、今は、夫の形見として残された二人の幼児を何としても無事に育て上げていかなければならないという決意の気持ちで一杯であり、ほかのことを考える余裕はなかった。

知恩院の横にある東山の少し北側にある墓地までは急な登り坂で、幼児には長すぎる距離であった。しかし、お芳が、「脚が痛い」とぐずっても、お誠は唇を真一文字にきゅっと閉じ、一言も言葉を口にせず、凛として正面を見詰めたまま、涙も見せないで、お芳の手を引き摺るようにして歩き続けた。

お誠の後を歩いていた重二郎の長兄が心配してお芳を引取り、抱き上げた。お芳は泣きじゃくりながら、初めて会った伯父に抱かれたが、そのうち泣きやんだ。順之助が母に抱かれているのに、自分が歩かされていることに不満を抱いていたが、母よりも伯父の太い腕はお芳を順之助より高く抱き上げてくれたことに満足したらしかった。

墓地の近くに着くと、すでに、腰丈ほどの高さに、互い違いに積まれた薪が用意されていた。そして、その上に重二郎の棺が乗せられた。薪に火が付けられるのを見ても、二人の子どもは、それがどういうことか分からずに、その回りを無邪気に戯れていた。それが参列した人々の涙を余計に誘った。だが、その時もお誠は涙を見せなかった。

夏の盛りの強い陽射しのなかで、参列した人々は、まだ三三歳という若さで死んだ重二郎を惜しみながら、汗と涙に顔をびっしょり濡らしながら、それを手ぬぐいで拭っていた。だが、お誠は重二郎の棺が燃え上がる炎の中に見えなくなっても、じっと一点に眼を凝らし続け、涙もなく、また流れる汗を拭こうともしなかった。周囲の人々は、お誠のあまりの気丈さに何か言いたげであったが、顔を見合わせるだけで、言葉は発しなかった。しかし、お誠の心は、悲しみを表に出さない分だけ、心のうちには涙に溢れており、重二郎を失ったときのお誠の気持ちは、

たちのぼるけぶりの末もかきくれてすえもすえなきここちこそすれ
ともに見しさくらは跡もなつ山のなげきのもとに立つぞかなしき
はらはらと落つるなみだの玉あられおもひくだくる袖のうへかな
かりそめにみしや夢路の草枕つゆのみ袖になほのこりつつ

というものであった。

二　父と娘

重二郎の七七日が済むと、伴左衛門とお誠は第六五世迎誉貞巌大僧正の手で剃髪を受け、出家得度して、伴左衛門は西心、お誠は蓮月という法名を頂いた。ただ蓮月は、父のことを考えて、髪を剃り落とさずに、肩のところで切り揃える薙下《そぎさ》げのままにした。

蓮月と名を改めたお誠は、出家得度を受けた時の心のうちは、

いろも香もおもひすてたる墨染の袖だにそむるけふのもみじば

というものであった。

その年の十一月、太三郎古敦《ひさあつ》が坊官見習いから正式に坊官の役に任じられると、伴左衛門は大田垣家の当主の身分を正式に太三郎に譲った（伴左衛門は西心の法名を頂いた後、この通称名を太三郎に与え、太三郎は伴左衛門古敦と名乗ることになった。しかし、二人の区別が付きにくいため、本書では太三郎古敦のまま通すことにする）。この時、思いがけないことに、伴左衛門改め西心はちょうど住職が不在であった塔頭の一つである真葛庵の住持職の拝命を受けて、父娘、それに二人の孫とともに真葛庵に移り住むことを許された。

西心は塔頭の住持職になれたことで、当主となった太三郎に下される従来の十石三人扶持の禄とは別に、知恩院が真葛庵に下げ渡す維持費と、真葛庵そのものへの布施などの収入を得られるという有り難い扱いを受けることになった。西心は新しく職と住まいを与えられることによって、父娘は誰にも気兼ねなく仏に仕えながら、子育てをすることが出来るようになった。

このことを誰よりも喜んだのは、口にこそ出さなかったものの、西心自身であった。お誠と重二郎の夫婦仲が良く、最初の夫であった直市との時のように心を痛めることこそなくなったものの、心の奥では、お誠が自分から離れていく姿を寂しく眺めていなければならなかった。とくに直市と離縁し、そのすぐ後に次女が幼逝してしまってからは、父娘二人だけの暮らしが続いていたため、父親とは娘の仕合わせを願うものだと、頭では分かっていながらも、西心は二人に気を使い、一歩引いていなければならないのだと、心に言い聞かせながらも、自分の感情に戸惑っていた。だが、重二郎の死で二人揃って出家得度を受け、真葛庵に移り住むことになると、もはやそうした戸惑いもなくなり、以前のような父と娘の繋がりが戻ってきた。まして今度は、二人で幼児たちを育てていくという共通の目的があった。そのため、父と娘の繋がりは、以前にも増して日に日に強くなっていくのを、西心ははっきりと感じ取っていた。もちろん、それを口に出すことはしないが、どれほどか西心の心を満たしていた。

一方、自らの手で髪を薙いで後に、改めて大僧正から剃刀を受け、名も蓮月となったお誠は、以前の名前は夫の重二郎と共に冥府に送ってしまったかのように、身も心も蓮月と改めてしまっていた。それが西心の心の奥に喜びを与えたことまでは気が付かなかったが、蓮月にとって、今や二人の幼な児を育てていくために、頼れるのは父だけであった。もし先頃までは顔さえも知らなかった養子の太三郎に頼らなければならないとしたら、自分はもとより、幼な児たちにも遠慮を強いていかなければならなかっただろうと思うと、

――父さまが元気でいて下さればこそ、こうして幼な児も育てていける。父さまこそ、今のわたしにとっては、一番有り難いお方……。

という思いを強くしていった。二人ともに言葉にはしないまでも、こうした思いが以前にも勝る二人の繋がりを深めていった。

真葛庵は知恩院の塔頭の中では小さな寺で、境内の一番奥にあった。そのため、幼な児の賑やかな声が響いても、他の塔頭にまでは届かず、寺の中で子育てをするというあまり例のないことも、さほど気にすることはなかった。蓮月にとっては、それが気掛かりであったが、その心配もなくなった。

前の住職が急死したために、不在だった真葛庵で雑務のための留守番役をしていたのが、年配の寺男の六助と、まだ声変わり以前の小坊主の安念で、彼等は、そのまま真葛庵で西心に仕えることになった。小坊主というのは住職が私的に預かっているので、普通は死ぬ前に他の塔頭の住職なり何なりに預けるようにして後のことを頼んでおくのだが、先の住職が急死であったため、その余裕がなかった。そのため、安念は寺に入ってから半年足らずの、まだ野育ちのままに近く、文字もほとんど知らず、都言葉も行儀や習慣も身に付いていなかったので、次の住職が入るまでは、六助が預かって寺の生活の基本的なことを学ぶという異例の形になっていた。ただ、住職がいない場合でも、お勤めを疎かにすることは出来ないので、毎朝、当番僧が読経に来ており、その時、安念は僧侶の後に座ってお経を聞きながら少しずつ覚えていった。また手習いも六助に任せるわけにはいかないので、当番僧が読経の終わった後のわずかな時間を割いて教えていた。

西心たちの居間は少し奥の方にあったが、西心は蓮月と話し合い、食事は庫裏で六助や安念と一緒に取るようにして、二人を奉公人とは少し違う同行の者たちとして扱うようにした。六助も安念も最初は戸惑いを見せたが、共に仏に仕える者同士という西心の言葉を段々に受入れ、それがかえって親しみを与えた。それだけでなく、蓮月は安念の身の回りの世話や行儀作法に始まり、読み書きも教えたので、安念は蓮月を母親のように慕うようになって、次々と教えられたことを身に付けていくのも早かった。

真葛庵は同じ知恩院の域内にあっても、それまで西心たちが暮らしていたお寺に出仕する者の家族が住んでいた坊官屋敷とは違って、寺内は女が住むことは勿論、奉公することも出来ない男だけの場所である。蓮月が許されたのは、出家した身であるためで、お芳は初潮を迎えれば真葛庵を出なければならない。しかし、お芳はまだ四歳、そのことは先行き考えればよいことであった。ただ、以前に奉公していた下働きの女中を連れて来ることは許されなかった。だが、それまでも掃除や簡単な炊事などは六助がやっていたということなので、女中がいなくても充分に間に合った。しかも、六助は、雑巾を縫ったり、繕い物などの簡単な縫い物は針を器用に使って仕上げてしまうのを見て、蓮月は、驚きながらも感心した。男が針を持つ姿を初めて見たのである。

「女子のいない寺に暮らしておりますと、針仕事は女子の仕事などとは言っていられませぬ。ちゃんとしたものを縫うようなことは出来ませぬが、繕い物などは慣れれば雑作のないことでございますよ」

と、六助は笑いながら言った。

蓮月は、そうした六助の姿を見ながら、

――それならば女でも慣れれば、男の仕事といわれてきていることも出来るようになるやもしれない。

と考えるようになった。亀山の奥御殿にいたとき、遊び友達になるような他の子どもが誰も居ず、大人だけの中で退屈すると、よく本丸の近くにある馬場へ馬を見にいった。馬場では若い侍たちが乗馬の稽古をしていたが、一人で、時には喜和と一緒に度々やってくる女童のお誠に侍たちが興味を覚え、また馬の世話をしていた男たちも関心を寄せた。そしてお誠が一人で来たときには、馬に近づかせ、撫でさせるなどして馬に慣らしてくれた。そのためお誠は馬と友達のようになり、馬の気持ちもよく解るようになった。だが、女子は馬に乗るものではない、と禁じられて、とうとう乗せて貰えなくて悔しかったことを思い出した。しかし、六助の針仕事を見てからというものの、蓮月は、男だから、女だから、といって禁じるのではなく、何でも慣れれば出来るようになるのだと、考えるようになった。そして手始めに、蓮月は薪にする枝を拾いに行くときに連れて行ってほしいと、六助に頼んだ。

「そんなことは私どもの仕事で、蓮月さまのなさることではございませぬ」

と断られたものの、

「薪は毎日の暮らしに必要なもの。ぜひ連れて行って、どんな枝が薪として相応しいのか教えて下され。六助が針仕事をするのなら、わたしが薪拾いぐらいしてもおかしいことはありますまい」

と、かさねて頼むと、六助は、

「第一、そのようなお召し物では……」

と、蓮月の木綿ながらも白い長い着物と、その上に黒い麻の法衣を着た姿を指摘した。そういえば、六助は常に働き着の作務衣であった。そして他の僧たちも庭を掃いたり雑巾掛けをしているときは作務衣を着ていることに、蓮月は気が付いた。

「そうでした。外の仕事をするためには作務衣を着なければなりますまいな」

六助は驚いて、

「何ということを……。作務衣は女子の着るものではございませぬ」

と止めたが、

「尼になったわたしはすでに女子ではありませぬ。そうであればこそお寺に住むことを許されているのではありませぬか」

と、笑いながら言った。

知恩院の中でも身分のある僧の着るものは、街中の決まった御用達の呉服屋が仕立てて届けていたが、身分の低い僧たちのものは、知恩院に出仕する者の妻たちが内職仕事として仕立物一切を引き受けていた。蓮月は、母のお貞と伯母のお種が僧たちの着るものを縫っていたのを、亀山から宿下がりした折りと、家に戻ってからのお種の内職姿に見ていた。そのなかに作務衣もあった。だが、その時の蓮月には、そこまではしっかりと見てはいなかった。そのため、うろ覚えではあったが、お貞が普段着に着ていた盲縞木綿の単衣を解《ほど》いて、あれこれと思い出しながら、夜業《よなべ》をして、手探りながらも何とか形に纏め上げた。ただ袖は筒袖ではなく、船底にした。そして、袴のそれぞれの部分に足を入れて見たとき、蓮月は、足が二本ある、という事実を、我ながらびっくりするほど、改めて実感した。

「どうして、このように足の捌きがよいものを、女子の着るものではないと禁じているのだろう」

と思わず声を出してしまった。だが、その後すぐに、農家の女たちが働き着に着ているものは、何という名かは知らなかったが、作務衣と同じように股引型になっていることに気

が付き、

――これは、外働きをするには何よりも具合のよいものなのだからであろう。畑仕事をする女子の方がよほど賢いのではなかろうか。

と、いまさらながら、自分が気が付かなかったことにおかしくなって、一人で笑ってしまった。だが、亀山にいた時、武芸の稽古には男袴を穿いていたことを思い出した。そして身体を動かすことをする時には、自分も二本の足の捌きが良いものを穿いていたことさえすっかり忘れてしまっていたことを思い出し、なおさら自分の迂闊さを笑い出してしまった。しかも、作務衣は、幾重にも襞《ひだ》があり裾も絞っていない袴に比べると、ずっと足の捌《さば》きがよかった。おまけに襞を畳《たた》まない分だけ、布地も少なくて済み、仕立ても簡単であった。

翌朝早く、蓮月が作り立ての作務衣を着て庫裏に出ていくと、すでに朝の水汲みをしていた六助はびっくりして、口をあんぐりとさせたまま声も出なかった。

「さあ、薪にする枝を拾いに行きましょう」

と、催促するように言うと、先に立って外に出た。庫裏の外回りを掃いていた小坊主の安念も、蓮月の姿にはびっくりして、ぽかんとし、箒を持つ手を止めてしまった。

「安念、子どもたちが眼を覚ましたら、着替えをさせて顔を洗ってやって下され。朝餉までは戻って来ますゆえ」

それだけ言うと、蓮月はさっさと歩き出した。二本の足が自由になると、いつもよりずっと早く歩けることを実感していて嬉しくてたまらなかった。

――これを着ていたなら、京と亀山の間を歩くのにも、どんなにか具合が良く、早く歩けただろうに……。

秋分も間近になっているせいか、すでに風は秋の気配を漂わせていた。空は明るくはなっているのに、まだ陽は東山の上にまでは昇っていなかった。

ただ驚いているだけの六助は、あたふたしながら、背負子《しょいこ》と縄を持って、蓮月の後に付いてきた。

「どこで拾うのが一番よいのですか」

と、振り向いた蓮月に尋ねられて、六助は、

「そ、それはもっと奥のお山に近い所で……」

と吃りながら初めて口を開いた。そして、

「まさか蓮月さまが本当に作務衣をお召しになって、薪拾いにお出掛けになるとは……」

と、まだ驚きの続きにいた。

一刻足らずで、二人が薪にする枝を背負って戻ってくると、西心が庫裏に座って待って

いた。それを見た六助は、咄嗟に土間に膝を付き、頭を深く下げた。

その口から詫びの言葉が出るのを遮るように、蓮月は、

「父さま、朝の風は心地ようて、いい気持ちでございました。朝飯前の仕事とは心地よいということでございますのね。もっとも、わたしは初めてのことゆえ、わずかしか拾えず、また背負うのもほんの少しだけで、結局、六助のお荷物のようなことになってしまいましたが、慣れれば、もう少しは出来るようになりましょう」

「さようか。それにしても作務衣とは大層な格好だな」

西心の言葉は穏やかそのものであったし、顔付きも蓮月の様子をそのまま受け入れていた。西心と蓮月の父娘の強い繋がりを、まだよく知らない六助が、

「申し訳ないことで……」

と、土間に頭を擦り付けんばかりにして詫びるのを、蓮月は制して、

「六助、何もお前が詫びることはありませぬ。わたしが勝手に作って着たのですから。でも、ねえ、父さま、こんなに歩きやすいものを、武家や町屋の女子は着るものではないというのはおかしなこと。これからの外歩きにはこれがよろしゅうございます」

と、笑いながら西心に微笑みかけた。

「お貞も自分の着物が作務衣に化けるとは思わなんだであろう。今頃はあの世でさぞかし

びっくりしておろうのう」

「それは母さまがこういうものをお召しにならなかったからのことで、もし着る機会がおありになっておられましたら、むしろお喜びになられましたでしょうよ。こんなに具合のよいものだとは私も今日着てみて初めて知ったこと。何でも知ってみればこそ分かるということでございましょう」

六助は父娘の言葉のやり取りに暖かい情愛の深さを感じ取って、羨ましい気持ちになっていた。六助は一度は世帯を持ったものの、子どももないまま、妻が長患いの末に死んだため、それから後は世帯を持たずに寺男となったので、父娘の情愛がどういうものかは味合ったことがなかった。

お芳と順之助が安念に手を引かれて外から帰ってきて、

「母さま、朝餉はまだ……、お腹が空きました」

と、二人して蓮月に纏わり付きながら、催促した。

「母さまは仏さまをお参りしてきますから、六助に朝餉を作って貰いましょうね」

と、子どもたちに優しく言い聞かせて、蓮月は奥に入っていった。その後姿に向けて西心は、

「お勤めの前に着替えなければいけないよ」

と声を掛けた。まさか作務衣のまま仏の前に座るとは思わなかったが、何しろ蓮月は思い付く側から行動に走る癖があり、そのことを西心は決して否定はしなかったが、ときどき気を揉んで、つい口を出さずにいられないこともあった。

安念は郷里の丹後から、口減らしのために、僧になるべく京に出された身であった。西心たちが来るまでは、大人の六助と二人だけで寂しかったこともあって、お芳と順之助の面倒もよく見てくれた。二人が、

「安ちゃん、安ちゃん」

と纏わりつき、

「遊ぼう、遊ぼう」

と言うのを喜んで受入れ、相手をしてくれた。安念は子どもたちが「安ちゃん」と言うのを、郷里にいる弟や妹が「兄《あん》ちゃん」と呼んでいたのと同じ呼び方をしてくれることが嬉しくてたまらなかった。

蓮月は、口減らしという貧しい暮らしがどんなものであるかは知らなかったが、最初、安念を見たとき、顔の表情も乏しく、笑顔が全くなかったため、気の毒な子、と感じ取っていた。塔頭というのは、庭も広く、隣り合っている塔頭との間には少し距離があり、井戸や風呂場はそれぞれにあるから、それまで蓮月たちが住んでいた坊官屋敷のように、毎

日、風呂を共有したりして、自然に周囲の人々と顔を合わせるようにはなっていない。そのため、これまでは当番僧が朝のお勤めと、その後の安念への四半刻（約三十分）ほどの手習いを済まして帰ってしまうと、六助と安念の二人だけで掃除などをしながら留守を守って過ごしていたため、安念は髪こそ剃っているものの、ほとんど寺男と同様の生活であった。それが西心たちが住むようになって、ようやく僧としての基本的な修行も少しずつ始まり、その上に小さい子どもと遊べるという、子ども本来の日常を得たことで、安念の顔付きにも日に日に穏やかさと笑いが出てきて、教えることもどんどん身に付くようになっていった。そのため、蓮月も安心し、子どもたちを任せるようになった。

蓮月は子どもの相手をする手が省けるようになった時間を、お経を習ったりして、仏に仕える出家としての修行が出来るようになった。また、西心とともに、碁盤を囲んだり、歌を詠んだりもした。囲碁は、お誠が喜和から和歌を学んでいるのを聞いた西心が、せめて生父の新七郎良聖の得意とした囲碁を自分の手でお誠に伝えてやりたいと考え、お誠に教えたものであった。また、和歌は、お誠が和歌を学んでいるのを知り、以前、すぐ近くに住んでいた上田秋成から手解《てほど》きを受け、亀山から京に宿下がりの旅の往復を二人で繰り返す合間に、二人して和歌の詠み比べをして楽しんだ経験を持っていた。その楽しみを今また出来ることに西心も心からの満足を得ていた。

それだけではなく、寺は参詣者とは別に、いわゆる文人墨客の知識人たちが集まって来る場所でもあった。しかも、それらの人々は街中ではなく、静かな場所を好んで東山山麓の瀟洒《しょうしゃ》な家に住んでおり、互いに行き来しながら交流を重ねていた。彼等が一同に集まるときには寺のような広い場所が必要となる。当時の僧侶の多くはこうした知識人達と同様の、いやそれ以上の学識のある人たちであったから、あちこちの寺の住職も交流仲間であった。そこで真葛庵の住職が、かつて上田秋成の弟子であった人物だということが分かってからは、さまざまな歌詠みたちが真葛庵に集まって来るようになった。また西心が囲碁好きだと知れると、囲碁好きの人たちも寄って来るようになった。このような場で好まれたのは、それまでの抹茶ではなく、もっと簡単に楽しめる煎茶であった。煎茶は、右手に筆を持ったまま、左手だけで茶碗を取って、喉を潤すために茶を一口飲むといったような塩梅で作法もほとんどなかった。言ってみれば、酒の席で、おしゃべりを楽しみながら片手にする猪口のようなもので、歌を詠んだりしながら、談笑を楽しむためにはもってこいのお茶であった。こうした知識人の集まりに始まった煎茶が、街の人々の間でも好まれるようになり始めていた時であった。こうした人々との交流の場で、蓮月は部屋の隅に座って、煎茶を入れて、客たちに出したりしていた。口こそ出さないものの、客たちがあれやこれやとざっくばらんに話すのを聞くことが出来るようになり、それまで知らなかった知識をいろいろと学ぶ機会を得た。

蓮月はこうした時間を持つ一方で、早朝、六助とともに薪を拾いに行くことも続け、他にも、それまでにしたことのない水汲みなどの力仕事にも精を出して働くようになった。

西心と蓮月母子の四人、それに六助と安念、真葛庵の六人の暮らしは子どもたちの賑やかな声が混ざりながらも、こうして穏やかな日々を重ねていった。


だが、そうした心穏やかな年月は続かなかった。

真葛庵に移ってから二年足らずの文政八年四月二十九日、お芳が下痢と高熱で半日苦しんだだけで、わずか七歳で急死した（法名・蓮芳智玉童女）。そればかりか、その悲しみの涙も乾かない一年半後の文政十年一月の雪が続いた寒い日に、もともとあまり丈夫ではなかった順之助も風邪から肺炎となって、続いて幼逝してしまった（法名・浄夢童子）。享年八歳、実際には六年とわずかな日を過ごしただけの生涯であった。これで蓮月が生んだ子どもは五人が五人とも幼逝してしまったことになる。

逆縁《さかさ》になってしまったため、祖父も母も送れない寂しい野辺の送りの行列が出発すると、蓮月は本堂に走り込んだ。そして、本尊の阿弥陀如来の前にぺたりと座り込み、しんしんと身を切るような寒さが本堂を占めているなかで、顔を畳に擦り付けんばかりにして、己《おのれ》の不注意を攻め立てるように、声も出さずに拳《こぶし》で畳を叩き続けて泣き崩れていた。最初の子の鉄太郎を失ったときも腑抜けになったような日が続いていたが、今度はその時以上の苦しみが胸を塞ぎ、何も口には出来ず、ただ阿弥陀如来の前で狂ったように身悶えし続けていた。お芳といい、順之助といい、あまりのあっけない死であったために、蓮月は自分がもう少し注意していれば、病に気付き、何とか死なせずに済ますことが出来たものと、自分を責め抜いていた。自分の不注意が掛け替えのない子どもたちを死に追いやってしまったという自責の念は、ただ大事な子を失った悲しみだけに止《とど》まらなかった。

蓮月の心を苦しめた最大の原因は重二郎への取り返しの付かない申し訳なさであった。武士の家に生まれながら、剣の道が全く駄目であった重二郎は部屋住みの生涯を覚悟していて、結婚し、わが子を持てるなどとは考えてもなかった。そうしたなかで、計らずも得られた二人のわが子をこの上もなく慈《いつく》しんでいた。お勤めから下がると、子どもたちと遊んだり話を聞かせたりしており、絵を描くのは子どもたちが寝てからであった。子どもと過ごすことを楽しんで、その成長を願っていた子を死なせてしまったことへの申し訳なさは、わが胸をかきむしっても納まらない苦しみとなっていた。重二郎の死の前夜、その死を覚悟して自ら髪を薙《そ》いだのも、今後は子育てだけに専心する決意なればこそであった。それだけに、お芳と順之助を続いて失った苦しみは直市との間に出来た三人の子を失ったときの苦しさの比ではなかった。最初の三人の子は初夜はともかく子どもが授かりたいために、屈辱に満ちた直市との夫婦の営みを唇を噛みながらも耐えて得た子であり、直市は子どもたちに何の愛情も示していなかったため、直市との子という意識は薄かったから、直市への申し訳なさという気持ちはなかった。しかし、重二郎との間の子は夫婦の喜びの中で授かった子であり、重二郎とお誠の掛け替えのない二人の子であった。それだけに自分の不注意で死なせてしまったことは、悲しみだけに止まらなかったのである。そのため、西心は蓮月が本当に狂ってしまうのではないかと思ったほどの嘆き方であった。

順之助が死んだことで、西心は、一時は蓮月を哀れんで涙したのだが、その後、大田垣の家は何かの祟りがある、という抑えに抑えていた恐怖が西心の心に大きく頭を擡げて納まらなくなってしまった。そうなると、蓮月と同様、本尊の阿弥陀如来の前から動かず、じっと手を合わせて、経を口ずさみ続ける以外に身の置き場がなくなってしまった。

かつて、蓮月の先夫の直市が、

「大田垣の家は何かに祟られているから生まれた子が次々に死んでしまう」

と、言ったとき、西心は激怒して、その場で直市に離縁を申し渡してしまったが、その激怒の底には、

――もしかしたら……。

という内心の恐怖があり、それを何とか懸命に否定していたところに、その言葉をぶつけられたためであった。だが、今度は怒りをぶつける相手はなく、〈祟り〉という観念に憑り付かれながらも、一方では一生懸命考えを巡らせていた。そして最後に気が付いたことは、大田垣家にではなく、伴左衛門自身に何等かの祟りが憑り付いているのではないかということであった。

〈祟り〉は日本の古代から近代に至るまで、何か分からない不幸にぶち当たった人々が憑り付かれた観念で、とくに死者の〈祟り〉を恐れてきた。現代でも全くなくなったわけではない。〈厄払い〉とか〈お祓い〉が今でも行われているのも、何か分からない眼に見えない不幸=〈祟り〉を被らないためである。それゆえ、日本の歴史上、人々は〈祟り〉をもたらすと思われる死者を祀り、その霊を慰め、〈祟り〉が自分たちに憑り付かないように願った。何しろ死者の霊というのは、どこをどううろついてくるか分からない。不幸が起きると、本人だけでなく、周囲もあれこれと悪業の報いとか、因果応報ということで、〈祟り〉だと陰口を聞く者も出てくるため、ますます不幸に陥った人は心を苛《さいな》み続ける状態に陥ってしまう。

西心は五人の子に続いて、孫に当たる蓮月の子が五人とも幼逝してしまったという不幸に見舞われたために、出家して仏に仕えている身でありながらも、その〈祟り〉という観念に憑り付かれてしまったのも不思議はなかった。

――それならわしが祟られているために、わしの子すべてと、わしの娘となったお誠の子すべてが祟られたということになるのか。だが、わしが何かに祟られるようなことをしたというのか……。

西心の疑念は深まる一方で、顔付きも恐怖と、それに怯える狂気へと変わっていき、ついに手を虚空に延ばして何かを払い除けようとしながら呻き声を上げるまでになった。

同じように本尊の阿弥陀仏の前で凄まじい呻き声を立てる西心の声を耳にして、我に返ったのは蓮月の方であった。

「父さま、父さま、何となされました」

蓮月は西心の側に駆け寄り、その背中を撫でながら、西心の耳に口を当てて、

「父さま、父さま」

と繰り返して叫んだ。

しかし、西心は呻き声を上げるだけで、蓮月の呼び声に応えようとはしなかった。

「わたくしの不注意が順之助の生命まで奪われるようなことになって申し訳ございませぬ。どうぞ、どうぞ許して下さいまし」

自責の念に駆られていた蓮月は、自分の不注意が西心をこのように苦しめているのだ、

と思った。蓮月は西心が考えているような〈祟り〉などということは全く考えていなかった。もちろん、蓮月も〈祟り〉ということはよく知っていた。しかし、僧侶になっている西心がそのような観念に憑り付かれているとは考えてもいなかったのである。それよりも、重二郎の跡継ぎとなる養子を探す時に、老いた西心が孫の順之助をその養嫡子とすることを条件にしていた苦労は、蓮月も良く分かっていた。ようやく、その条件を受け入れてくれた太三郎を養子に決めることが出来て、順之助の将来の見通しを付けてくれたのに、肝心の順之助を死なせてしまったことは、西心の苦心の努力を水の泡にしてしまったのだから、西心を苦しめ、嘆かせても当然のことだと、ただもう許しを乞う以外に考えつかなかった。もっとも、許しを乞うていても、蓮月自身は自分を許せはしなかったが、西心にたいしては、ただ、そう言う以外に方法がなかった。

ふと意識を取り戻した西心は、

「何でお詫びる？　子どもたちが次々と死んでしまったのは、わしのせいだ。わしが何かに祟られているのだ」

「祟られて？　何で父さまが祟られているなどと……」

「分からん。わしの子を次々に奪い、今度は孫を奪うのは何かの祟りがわしに憑り付いているのだ」

西心は再び頭を抱えて呻き声を出し始めた。

「そのようなことはあるわけもございません。祟りがあれば、わたくしの生命も亡くなっているはずではございませぬか。父さまが一番可愛がって下されているわたくしがこうして生きているのに、父さまに祟りなどありますものか」

蓮月は一生懸命西心の背中を擦りながら、咄嗟に、また耳の側で、今度は囁くように言った。僧である西心が〈祟り〉などということを口にしているのを、この正月、西心の依頼で正式に知恩院の見習い僧の末席に任じられ、西良《せいりょう》という僧名を与えられたばかりの安念や六助に聞かれたくない、という心配があった。

西心はすでに七三歳になっている。順之助の死がどれほどか老いの身に堪《こた》えたかは計り知れない。蓮月は西心の身に何かあれば、それこそ申し訳ない、では済まないと、その一時ばかりは西心のことに気を取られ、重二郎への申し訳なさを忘れるほどであった。しかし、どうやって西心の心を鎮めたらよいのか見当も付かなかった。そのため、まずは気を鎮めるための薬湯を飲ませようと、本堂の廊下に六助を呼び、薬湯を持ってくるように言った。そして、それまでの間は黙って、ただ西心の身体を抱えるようにしながら背中を擦り続けていた。

六助が持ってきた薬湯を一口飲ませると、芯まで冷えきっていた身体が少しずつ温まってきためか、西心の身悶えは少し納まった。

「ご住職さま……」

と、声を震わせながら呼び掛ける六助を去らせると、蓮月は西心に残りの薬湯を飲むように進め、西心もおとなしく薬湯を飲んだ。しばらく背中を擦ってから、

「少しはお気持ちが休まりましたか」

と、蓮月が聞くと、西心は黙って頷いた。だが、まだ〈祟り〉という観念には付き纏われているらしく、顔は怯え切っていた。

「お誠、わしに何の祟りが……」

「少し、お休みなされませ。父さまはあまりに悲しい出来事にぶつかってお疲れになられたのでございましょう。今、お薬湯を上がったのですから、ぐっすりとお休みになれましょう。そうすれば、きっと落ち着かれます」

　蓮月は自信はなかったものの、自分に言い聞かせるように言って、西心に肩を貸し、居間に連れて行くと、すでに六助によって、布団が敷かれ、火鉢に火が入れられてあった。西心は蓮月の言うままにおとなしく横になると、薬が効いてきたのか、間もなく眠りに付いた。

　西心が寝入るのを見て、蓮月は急にがっくりとした。と同時に、これまで西心のことに

気が行っていた心が、再び蓮月自身の苦しみで一杯になってしまった。西心を目覚めさせまいとして、身悶えしながら声を立てそうになる身を、かろうじて抑えると、本堂に駆け戻った。

蓮月は誰かの胸に飛び込んで、思い切り泣きたかった。出来ることなら阿弥陀如来の胸にさえ縋りつきたかった。しかし、そういうわけにもいかない。そのうち、思わず、

——母《かあ》さま……。

と、心の中で声にならない叫びを上げた。すると、阿弥陀如来のお顔にお貞の顔が重なって現れた。お貞の顔が浮かんで来たのは、同じように五人のわが子を失った苦しみに、さぞかし悶え苦しんだであろうという気持ちが重なりあっていたためであった。

「ああ、母さまも、同じように五人のお子をすべて亡くされて苦しまれたのですね」

と呼び掛けると、そのすぐ後に、蓮月はお貞が息を引き取る寸前、苦しそうな声で、

「お誠、父さまを頼みます」

と言った言葉が浮かんできた。その時、お誠はまだ十三歳にすぎなかったが、お貞にぎゅっと手を握られて言われた時の情景ことを、はっきりと覚えていた。兄の死で、死の別れの辛さを嫌というほど感じたあとだけに、今また母が死んでしまうのかという中で託された言葉は強烈な印象を与えたのである。

お貞は最後に残った実の子の亦市の後を追うように逝ってしまったが、今の蓮月には年老いた西心が残されている。その西心のことを、母に頼まれている。お貞にはお誠という西心を頼む者がいたが、蓮月は順之助のあとを追いたくても、残された西心のことを頼む者はいない。しかも、今の西心は普通の状態ではない。

――ああ、わたくしには父さまが残されている……。

蓮月がそう思うと、阿弥陀如来が頷いて、微笑んだように見えた。

「母さまにお頼まれした父さまのお世話をしなければならない役が、まだ、わたくしにはある。それが済むまでは、何卒、子どもたちの後生をお守り下さいまし」

蓮月は、そう言って阿弥陀如来にじっと手を合わせて拝み続けた。

そうしているうちに、蓮月の心は少しずつ鎮まってきた。蓮月は涙に濡れた頬を拭くと、ずっと何も食べずにいて、空腹感もなかったのに、お腹が空いているに気が付いた。生きなければ、という生命力が甦ってきたのである。その途端に、蓮月はあまりの寒さにも気付き、身を震わせ、両手を擦り合わせた。手の先が冷たさを通り越して痛くなっていても、ほとんど感覚がなくなっていた。そうした寒ささえ気が付かなかったのだが、自分はともかく、よく老齢の西心が凍えずにいたものだと、それだけでも身震いがする思いに駆られた。

――父さまを凍え死にさせてしまうところだったかもしれない……。

蓮月は身を震わせながら、本堂を出て、庫裏に向かった。その途中で居間を覗くと、西心はぐっすり眠っているようであった。

庫裏では、六助が茶粥を作ってくれていた。それを茶碗に取り、生卵を一つ割り入れて、急いできざんだ青葱も入れてくれた。そして、蓮月の手に茶碗を渡すと、その後すぐに囲炉裏《いろり》に新しく薪をくべてくれた。六助は良く気が付く男であった。

「何から何まで……、六助がいてくれてどんなに力強いことか……」

「何の、少しでもお役に立てればうれしゅうございます。それよりも、早くお上がりなさいまし」

蓮月は頷いて、熱い茶粥を吹きながら啜った。熱い茶碗に触れて、凍り付いていた指に感覚が戻って来た。

「ああ、生き返ってくる……」

と呟くと、

「お身体がすっかり冷えきってしまわれたでしょう。少しでも上がれると、お力がつきます。たっぷりございますから、十分に召し上がって下さいまし」

六助は蓮月に悔やみの言葉も何も言わなかった。それだけではなく、新しく作られた順之助の位牌は、本堂の隣りにある大田垣家の仏間に、西良の手で置かれており、今も読経しているはずであったが、そのことさえ口にしなかった。順之助を失ってしまったことに、蓮月がどれだけ衝撃を受けているか計り知れない。それだけに順之助のことを少しでも口にして、蓮月をまた苦しみの中に突き落とすようなことを、今はするべきではないと判断したのも、六助の気配りであった。今は蓮月に少しでも立ち直ってほしい。惨いようだが、いくら嘆いても、死んだ者は戻らない。それよりも生き残った者が元気を取り戻し、死者の供養が出来るだけの力を回復することが第一なのだというのが、六助の長年の経験から得ている知恵であった。

西良が仏間から戻ってきて、蓮月が茶粥を啜っている姿を見て、ほっとしたようであった。六助に口止めをされているのか、西良も順之助のことは一言も口にせず、

「ただいま、お居間を覗いて参りましたら、ご住職さまはよくお休みになっておられました。落ち着かれたようで、ようございました。きっと、お疲れが過ぎておられたのでございましょう」

と、蓮月に言っただけで、静かに囲炉裏《いろり》の火を掻き立て始めた。

「父さまももうお年齢ですから、これからは出来るだけ静かにお過ごし頂きたいと思っています。もう西良どのも一人前の僧侶の道の入り口に着かれたのですから、父さまのなさ

っておられたことも代わってやって下され」

「何の、まだまだ見習い僧に取り立てて頂いたばかりの修行中の身で、とてもご住職さまの代りなど勤まりませぬが、短い間に私が何とか得度して頂けましたのも、すべてご住職さまと蓮月さまのお陰でございます。至らないことばかりでございましょうが、一生懸命致しますので、これからもいろいろお教え下さいまし」

「わたくしは尼僧とはいっても形だけのもの。わずかなお経だけは父さまについて何とか読めるようにはなりましたが、修行は何も致していないのですから、西良どのには及びもつきませぬ。それゆえ、この庵のことは西良どのにお願いせねばなりませぬ」

六助は二人のやり取りを聞いていて、西良がすっかり成長してきているのを嬉しく感じていた。

少し前まで、子どもの声が聞こえていた賑やかさはなくなり、真葛庵の中はしーんと静まり返っていた。しかし、三人とも順之助の死について触れまいとしているため、それ以上、話もなく、それぞれが口を閉ざしているため、庫裏の中はいやが上にも静かで、物音一つ聞こえなかった。

桜の花が散り始めた頃になって、ようやく西心は怯えに歪んでいた顔も少し穏やかになり、〈祟り〉という言葉を口にしなくなってきた。その間、毎日のお勤めは西良に任せ、蓮月は西心に付きっきりで看病に当たっていた。食事も西心の寝ている側で一緒に取り、昼間、眠っている間も出来るだけ側を離れないように、床の脇で針仕事をしたりして、眼を覚ました時にすぐに蓮月が側にいることで、少しでも孤独感を感じさせないようにと心を配っていた。そして夜も西心の隣りで寝ていた。

——今のわたくしの役目は父さまのお世話をして、元のように元気になって頂くことだけ……。

と、蓮月は自分に言い聞かせ、子どもたちの亡くなったことも出来る限り思い出さないようにしていた。と言うよりも、西心の介護に身も心も関わっていれば、死んだ子どもたちのことに思いを奪われる暇もほとんどなかった。それでも、毎朝、本堂で阿弥陀三尊に手を合わせ、「南無阿弥陀仏」と繰り返していた。もっとも、順之助の位牌を置いた大田垣家の仏壇の前に座り、供養の読経をしようとすると、読経に集中出来ずに、高熱にうなされた順之助の幻影が目の前に現われてしまい、胸が締め付けられるように苦しくなってきて、読経を続けることが出来なくなる状態になった。そのため、大田垣家の供養の方も西良に任せ、蓮月は一日の大半を西心の側で過ごしていた。血は繋がらなくとも、生まれた時からずっと蓮月のことを大事に考えてきてくれた西心は、蓮月にとってかけがえのない人であった。今の蓮月には何とか西心をもとのように元気になってほしいという思いだけがあった。

西心も日夜、たえず蓮月が側に付いていて、顔を見られることで、あの日、蓮月が、

「父様に祟りがあれば、わたくしの生命が亡くなっている……」

とはっきり言ってくれたことが頭に残っていて、それが徐々に安心感をもたらしてくれるようになってきていた。そして、

――〈祟り〉は一番大事なものを奪ってしまうと聞いたことがある。お誠がこうしてずっと側にいてくれるというのは、子どもたちの死は偶然があまりに重なってしまったのかもしれない……。

と、ようやく思えるようになってきていた。とはいうものの、夜中に怖い夢を見るのか、うなされる事もしばしばあり、そのたびに蓮月は西心を揺り起こし、

「父さま、父さま、お誠がちゃんとお傍におりますよ」

と声を掛けると、西心は蓮月の手を握り、

「ああ、お誠はいてくれるな」

と言いながら、しばらく手を放さずにいるが、やがて再び眠りに付くということもあった。

そのために、西心もますます蓮月が自分にとって掛け替えのない大事な存在だという意

識が強くなっていき、以前に増して、

「お誠、お誠」

と、側から放さなかった。

蓮月のほうも、何につけても、「父さま、父さま」と、他のことはすべて後回しにして、西心の心に沿うようにしていった。こうした二人の様子は、何時の間にか寺の中に知れ渡り、蓮月が養女であることを明かしていない六助や西良は当然こと、知恩院の中で事情を知っている者でも、

「何と仲のよい父娘《おやこ》だろう」

「ご御住職はよい娘御を持ってお仕合せな方だ」

という噂で持ち切りになっていった。

だが、蓮月は
「続けてお子を亡くされてお辛かろうのに、献身的な看護をしておられるとはたいしたお方だ」

などと褒め言葉を言われるたびに、心が締め付けられるようになっていた。お芳と順之助を失った苦しみと悲しみを少しでも紛らわそうとするように西心の世話に打ち込んでいるという自覚が蓮月にはあった。と同時に、今の蓮月には西心の世話をすることで、かろ

うじて自分の心を支えていられるのであり、もし、西心が病の床になかったら、はたして自分はどうなってしまったか分からないとさえ思っていた。そうした自分は決して褒められるような人間ではなく、むしろ阿弥陀如来か観音菩薩かは分からないが、西心の世話という役目を自分に与えて下さったのだとさえ考えていた。そして、ほとんど真葛庵から外にも出ずに西心の側に付き添っていた。

蓮月が知恩院の寺域の外に出たのは、八歳で亀山に奉公に行く前と宿下がりの時に、兄の亦市が友達と鴨川の辺りに蜻蛉釣りに行く時に、何度か後にくっついて行ったぐらいで、亀山から帰って以来、遠出をする時を別にすれば、普段は寺域から外に出るということはほとんどなかった。

もともとは、鴨川の東側は洛外と言い、街の外側に当たる。洛内が人の住む街であり、洛外とは人の住む場所ではなかった。とくに東山の鳥辺野や粟田野などは死者を火葬する場所にもなっており、また墓地が多いため、死者の住む場所と言われてきた。平安末期や応仁の乱から後の戦国時代にかけて、都で騒乱が多かった時代には、鴨川やその河原には沢山の死骸で埋め尽くされていたため、鴨川は三途の川のように言われており、東山と鴨川の間の地は生者と死者の中間地帯のような場所と扱われてきた。実際、鴨川のすぐ東側には、この世とあの世の境と信じられている六道の辻があり、そこには閻魔大王を祀る六道珍皇寺もあって、お盆には先祖の霊をあの世からこの世に迎え入れる六道参りや万灯会が行われていた。

祇園の色街は、祇園社（八坂神社）の門前町として出来た茶店から始まり、鴨川の東も少しずつ開けてきて、江戸時代に入ってからは、だんだんに茶店は京の代表的な遊び場となり、祇園に連なる商いをする人々が住み始めて民家も出来てきたとはいうものの、東山山麓の知恩院のある周辺は樹々の林に囲まれており、風流を好む文人墨客である画家や歌人や町屋の隠居が住んでいる以外は一般の住民の家はほとんどいなかった。

寺域には、ほとんど毎日、物売りが篭を担いで日常品を売りに来るし、お参りの人々も来る。とはいっても、寺域に住む平の僧侶や奉公する者やその家族がそれらの人々と懇意に付き合うということはあまりなかった。また、たまに、こちらから街に出掛けて行かなければ手に入らない買い物があれば、出ては行くものの、そうかといって、街の人々との親密な付き合いはほとんどない。その代わり、知恩院の寺域に住む人々とは大体顔見知りであり、知恩院には尼僧はいないので、いわば尼僧の姿をした美貌の蓮月のことを知らない者はいなかった。蓮月が亀山の御殿に奉公していた時代も、御殿の外の人達と触れ合う機会はなかったから、それまでの蓮月の人付き合いは、きわめて限られた場所に住む人達だけであった。御殿といい、また知恩院内といい、そこに住む人は京の街の一般の人達とは違った世界に生きているともいえる人々であった。しかし、その他の人々がどんな暮らしをし、何を考えているのかについてはよく知らない蓮月は、お寺に住み、仏さまの救いということを知っているはずの人々にまで、褒め言葉を掛けられると、かえって恥かしく、そのために、庵の外に出る回数が、ますます少なくなってしまっていた。

それでなくても、西心さえもが、

「済まないな」

とか、

「お誠が側にいてくれることで、わしは救われている」

などと感謝の言葉を言うので、西心には、

「いいえ父さま、父さまのお世話をさせて頂いていることで、お誠の方が救われているのでございます。今のわたくしは父さまのお世話をさせて頂くことが、仏さまがわたくしに与えて下さった救いへの道だと思っております。父さまには申し訳ないのですが、父さまはお誠を救って下さるためにご病気になられたようなものでございます。それゆえ、お礼を申し上げたいのはお誠のほうでございますよ。ですから、お気などお使いにならずに、もっとゆうゆうと世話をさせてやっている、と考えて下さいまし」

と、気持ちを語ることが出来た。それでも、

「そんなものかのう。わしにはよう分からぬが、そのほうがお誠の気持ちに沿うのなら、大きな顔をして世話をして貰おう」

と言ってはくれたものの、それさえも恥かしく思うこともあった。とは言っても、西心の側にいると、なぜか心が安らいだ。そのために、西心のため、というより、蓮月は自分自身のために西心の側から離れずに、西心が一日も早く回復するようにと心を砕いていった。こうして西心と蓮月はますます互いに相手を欠くことの出来ない大切な存在として、その絆は強まっていった。

西心の具合が少しずつよくなってきても、蓮月は、まだ順之助の位牌の前で読経出来るようにはなっていなかった。だが、ご本尊へのお参りは、毎朝、欠かさずにしていた。

その日も、いつものように明け六つの鐘で眼を覚ますと、西心を起こさないように、そっと寝床を抜け、布団を隅に寄せると、隣りの部屋で着替えをした。そして、洗面を済ましてから、ようやく少し明るくなった頃、本堂に向かった。本堂の扉はすでに新しく入った小坊主の手で開け放たれており、本堂の中まで爽やかな晩春の風が行き渡っていた。仏前で西良が朝のお勤めを始めていた。

蓮月は読経を行う西良の邪魔にならないように、その後ろに静かに座って手を合わせた。蓮月はまだ自分を許せないながらも、中央の阿弥陀如来と両脇座の観音菩薩と勢至菩薩を仰ぎながら、もはや、御仏への帰依に縋る以外に心に出来た空洞を埋めるものはなくなっていた。

西良が読経する若々しい声が響き渡る本堂の中で、突然、両脇座の観音菩薩と勢至菩薩がすぅーと中央の阿弥陀如来に寄り添っていき、阿弥陀如来が両者を膝に抱き抱えたかと思うと、阿弥陀如来は重二郎に、観音菩薩はお芳に、そして勢至菩薩が順之助の姿になり、三人が微笑み掛けてきたのを、蓮月は見た。

「ああ……」

蓮月は思わず声を上げた。

そうした自分の声にびっくりして正面を見ると、そこにはいつもの三尊のお姿があった。ほんの一瞬ではあったが、蓮月は確かに阿弥陀三尊が重二郎とお芳と順之助に変身して、その重二郎が膝の上にお芳と順之助を抱えている姿を見たのである。

――夢を見ていたのか知らん……。

と一瞬は思ったものの、居眠りをした意識はない。それよりも眼の前に、微笑みを浮かべた夫と二人の子どもの寄り添う姿を見たという確信のほうが強かった。

――これはどういうことなのだろうか……。

と蓮月は首を捻った。だが、次の瞬間、蓮月は自責の念がいくらか軽くなっていることに気が付いた。

——ああ、仏さまが救って下されたのだ。旦那さまもわたくしの不注意を許して下され、子どもたちは、仏さまの世界で、旦那さまが側に置いて守っていて下さる……。

早朝の爽やかな風が蓮月の頬を撫でた。蓮月は久し振りで気持ちまで爽やかになってきて、吹いてくる風を心地よく肌に受けていた。

その時を境に、蓮月は法然が広めた念仏に頼る阿弥陀如来に深く帰依するようになっていった。


ももとせもむ月の末のいつかとて持ちしみのりにあふぞうれしき

吉水のながれの末のひろごりて四方にみちたる法のたふとさ

蓮月がこの夢ともうつつとも分からないながらも、その時の様子を西心に話すと、

「それは良かった。もう二人とも成仏してくれて、父親の側で可愛がられて仕合わせになっているということだろうね」

と、心からほっとしたように言った。

その夜、蓮月は寝床に身体を横たえてから、朝方、確かに見た夫の重二郎と、その膝に

抱えられた二人の子どもの姿を思い浮かべていた。三人は身体を寄せあって穏やかな笑みを浮かべていたが、朝方は感じられなかった蓮月を近付けまいとする何かが間《あいだ》を塞いでいることに気が付いた。蓮月が手を延ばすと、三人の姿はすうっと遠のいてしまう。手を引っ込めると、再び三人の姿ははっきりと見えてきた。夜の闇の中で、蓮月は何度も繰り返し、自分の眼の前に浮かぶ幻影に手を延ばしたが、その度に三人の姿は遠のいていく。手を引くと、近付いては来るものの、そこには越えることの出来ない何かが三人と蓮月の間にあった。あの世とこの世とを隔てている何かなのかと考えたが、それはかりとは思えなかった。

そのうち、自分が生まれた時から一番長く一緒に暮らしてきた西心とは血の繋がらない父娘であることに改めて思い至った。二人の夫とは短い年月しか一緒にいられなかったし、お腹を痛めて生んだ血の繋がった五人の子どもたちは、それぞれほんのわずかな時を共に過ごしただけで、皆あの世に旅立ってしまった。生父とは逢ったとは言われるものの、その顔さえも覚えていない。生母とは十年近く一緒にいたものの、それとは知らずに過ごし、生みの母と分かった時は、すでに死の床にあり、母娘として看病したのは一か月足らずであった。蓮月は自分が血縁の者とは誰とも縁が薄かったと、今更ながら、しみじみと思い出していた。だが、その後すぐに西心の顔が浮かんだ。生まれてからこの方、一番長く一緒に暮らし、しかも一番可愛がって大事にしてくれたのは、血の繋がらない西心であり、今も二人だけが残されていた。

——父さまとは血は繋がってはいないけれど、何かの定めによって結ばれた縁、そう、これは仏さまによる結縁《けちえん》というご縁なのだろう。でも結縁《けちえん》は、普通の言葉にすれば結縁《けつえん》、血縁と結縁は文字にすれば違うけれど、声に出せば同じ〈けつえん〉。父さまと私を繋いでいる御縁は結縁なのだ。そう、この世で私に与えられた縁は血縁ではなく結縁なのだろう。こうして旦那さまと子どもたちのいる世界と私を隔ててしまう何かは、もしかしたら血縁という縁なのかもしれない。……

そう思った時、蓮月は一瞬言うに言われぬ寂しさにきゅっと胸を締め付けられる思いに駆られた。が、次の瞬間に、何かが吹っ切れた気がしてきた。そして、

——これまでも、そして、これからもわたくしは、結縁を大事に生きていけということなのかもしれない……。

と、考え始めていた。

蓮月は重二郎が死んだ時、自ら髪を薙いで、その棺の中に納めて、女であることに終止符を打っていた。それだけに、お芳と順之助を亡くしてしまった今、蓮月はもはや血縁とは無縁の存在になっていた。そして、何時の間にか、血縁ではなく、結縁の人との繋がり

の中で生きていくことを自分自身に納得させていた。そのことを自覚すると、寂しさがこみ上げて涙がこぼれてきたものの、暫くすると、それを運命と受け止められたのか、何時の間にか眠りに入っていった。

それから五年後の天保三年（一八三二年）八月十五日、秋風が立ち始めた仲秋の名月の夜、西心は蓮月と西良たちに看取られて七八年の生涯を終えた。順之助が死んだ時、〈祟り〉という妄想に取り付かれ、そこからようやく抜け出たとはいうものの、その後はすっかり弱ってしまい、寝たり起きたりの毎日であったが、蓮月をほとんど側から離さず、だんだんに心身ともに衰えて、最後は安らかに息を引き取った。

養子の太三郎も駆け付け、臨終に間に合った。西心は床に付くようになってから、太三郎に、自分が死んだ後の蓮月のことを、くれぐれも頼むと言っていた。西心にとっては、一人残して行かなければならない蓮月のことだけが気掛かりであった。その年、蓮月は四二歳になっていた。もう決して若くはない。いや、当時として見れば、すでに老いの坂に差し掛かっていた。しかも、西心が死ねば、蓮月は真葛庵に住むことは許されなくなる。その頃の西良は本坊所属の見習い僧となっており、特別に西心の侍僧として、知恩院から遣わされた身分となっていたから、西心亡き後は誰に仕えるかを決めるのは知恩院の本坊で、西良自身さえどこに住むかは分からなかった。それゆえ、蓮月の住居については何も力を貸すことは出来なかった。つまり西心が死ねば、蓮月は住むところさえなくなってしまうのであった。結局は太三郎の住んでいる坊官屋敷に引き取って貰わなければならない。太三郎はそれを心得ており、蓮月を養母として、きちんと遇することを西心にはっきり伝えていた。

だが、肝心の蓮月自身は西心が世を去った後のことを全く考えていなかった。葬儀は知恩院本坊の僧たちが大勢で読経してくれ、生前に交流のあった人々も香花を手向けてくれて盛大に行われた。それを期に、蓮月は肩にかかる程度に薙いでいた髪をさっぱりと剃り落として頂き、剃髪の身となった。そして、野辺の送りが行われ、西心の亡骸が粟田野近くで荼毘に付され、その北側にある大田垣家の墓に納められてしまうと、毎日、蓮月はぼんやりとしてしまっていた。だが、七七日の法要の日までは真葛庵にいられるものの、それが済めば出なければならない。太三郎が坊官屋敷に戻ることを進めても、蓮月はそれには同意せずに、西心の墓の側に小さな小屋を建てて墓守りをして暮らしたいと言い出した。

びっくりした太三郎は、

「とんでもない。粟田口など、昼でも全く人気《ひとけ》のないところでございます。それどころか夜になると獣物さえ出てくると申します。そのような所に母上お一人でお住みになるなどとはとても無理というもの。義理の仲とは申せ、私にとりましては大切な母上でございます。そのようなお方を生命の危険さえあるような場所になどお住ませ申すようなことをすれば親不孝者の烙印を押されることになりまする。そのようなことは出来ませぬ。どうぞ屋敷の方にお帰り下さいまし」

と、口説くように言ったものの、蓮月は承知しなかった。養子になっているとはいえ、重二郎の四九日まで以外は一緒に住んだこともない名ばかりの母子である。それだけに、なおのこと太三郎夫婦が住んでいる坊官屋敷には帰りたくなかった。太三郎夫婦には子どもがなかった。そのため、いずれは大田垣家を継ぐ養子を迎えなければならない。長いこと西心と二人で世俗を捨てて暮らしてきた蓮月は、もはや、すでに太三郎に渡した大田垣家との関わりの中に身を置きたくなかった。それよりも、これからは西心の菩提を弔いながら、出来るだけ人の世を離れて暮らしたかった。

六助も西心の死で、寺男の暮らしを終えたいと考え、神楽岡崎の方に納屋のような小さな家を借り受けて、そこで畑仕事をしながら暮らそうと決めていた。その六助が、浄土宗の宗徒で町衆の隠居所が自分の借りた家の近くにあり、そこに離れがあって、それを貸してもいいという話を持ってきた。今は隠居所そのものも、留守番の老夫婦がいるだけで、離れは六畳と四畳半に小さな厨《くりや》がついているだけだが、玄関は母屋とは別にあるので、女の一人住まいにはちょうどよいのではないかという話であった。持ち主も真葛庵の前住職の娘御ならば家賃などはいらないという有り難い話であった。そこは六助の借りた家からも近く、六助は蓮月とは離れ難いため、なるべく近くにいて、何なりとお役に立てるならば、嬉しいと、一生懸命になって進めた。

蓮月は、その離れを下見に行き、辺りは畑が多く静かで、家は六畳と四畳半の南側に陽当たりよい縁側がついており、六畳間の東側が玄関になっていた。そして厨《くりや》には小さいながらも囲炉裏《いろり》も切ってあり、すでに尼となった身が一人静かに暮らすにはちょうどよいと気に入った。太三郎も六助が近くにいてくれるならば、そこを借りて住むのもよいだろうと言ってくれた。実のところ、太三郎の妻のお鹿は、

「今さら姑仕えなど、わたくしにはとても出来そうにありませぬ」

と、蓮月と一緒に住むことにたいして不満を口にしていた。お鹿は西心たちが真葛庵に移ってから一年ほど後に嫁いできた。入れ替わりのように、それまで家を切り盛りしていたお種が卒中で急死したため、お鹿は姑のような存在のお種の世話をすることもなく、ずっと夫婦二人だけの生活をしてきたのである。しかし、太三郎にしてみれば、蓮月の世話をしなければ、寺内の中でも何を言われるか分からず、体面上、ようやくにして、お鹿を黙らせたのである。それでも嫁がいるところに姑が入るという世間とは逆のことをして、家

の中がうまくいくとはとても思えなかった。それだけに蓮月が自分の意思で、岡崎の隠居所の離れに住んでくれれば、それに越したことはないと内心ほっとしていた。そして、暮らしに掛かる費用は、太三郎が届けるということで、蓮月が暮らしていく方向だけは定まった。

なお、すでに本坊に所属していた西良は、蓮月が岡崎に移るより一足早く江戸へ修行のための下向を命じられ、別れを惜しみながら出立して行った。

三　一人暮らしのはじまり

蓮月は、真葛庵にいる時も、神楽岡崎に移ってからも、毎朝、食事もそこそこに済ませると、西心の墓参りに出掛けた。墓前では日の暮れ近くまで、墓の周囲の掃除をしたり、草を取ったりして、墓に手を合わせ、経を唱え続けていた。さすがに真葛庵から岡崎に引っ越しをした日だけは、早朝にお参りをして戻ってきたが、西心を失った後の蓮月は、その菩提を弔う以外に何の目的もなく、毎日、粟田口近くまで足を運ぶことだけが日課になってしまっていた。

十月半ばに西心の四九日の法要を終えて、すぐに真葛庵を出て、岡崎に移ってから、すでに半月あまり経っていた。

十一月の声を聞くと、木枯らしが吹き始め、日の暮れもめっきり早くなる。この年は閏十一月があるため、雪の季節になるまでには、まだ間はあるものの、全く人気《ひとけ》のない森の中にある粟田口のあたりは、時折、肌を刺すような風が吹き荒れる。蓮月は、その寒さもあまり気にしていなかった。

だが、蓮月の身を案じた六助は、このままの毎日が続いては身体が参ってしまうと、毎日のように畑で取れた野菜などを煮て、隠居所の離れを訪れ、夕食の支度をして待っていた。そして、翌日の墓参りに持って行けるように弁当と竹筒にお茶を入れたものを用意して置いたが、蓮月は墓参りのほうに気を取られていて、それさえも持たずに出掛けてしまうこともあった。蓮月は我が身のことに全く無頓着になってしまっていて、出来ることなら、このまま父の側に行けるものなら行ってしまいたいとさえ思っていた。

たらちねのおやのこひしきあまりには墓の音をのみなきくらしつつ

盆（満月）のころ、みまかりける人をおもひ出（し）て

死手の山ぼに（盆）の月よにこえつらん尾花秋はぎかつ枝折りつつ（カッコ内、寺井）

蓮月の連日の墓参りに不安を抱いたのは、毎日訪ねてきている六助であった。閏十一月

に入ってすぐ、日も暮れかかって蓮月が帰ってくると、六助が待っていた。居間に上がった蓮月の前に、六助は座り直すと、その膝に縋らんばかりにして、

「だんだん寒くなって参りましたのに、このように朝早くから日暮れまで、お墓の側でお過ごしになって、万一、お身体に支障が出ますれば、一番お悲しみになるのは亡くなられたご住職さまでございます」

と切羽詰まったような声を出して言った。六助は、相変わらず、西心のことを以前の呼び名で言い続けていた。

「せめて寒い間だけでもお墓参りはお止めになって、ご仏前で読経なされますように。僭越ながら、どうぞ六助の意見をお聞き入れ下さいまし。この通り、お願い申します」

と、床に頭を擦りつけんばかりにして言った。

「失礼ながら、お頭《つむ》に剃刀《かみそり》をお当てにもならず、お召し物も足袋も汚れたり破れたりで、以前の蓮月さまはどこに行ってしまったやらのお姿。それではみ仏にお仕えする身と申すより……」

さすがに、「乞食のような」、とまでは言えなかったが、六助は、見るに見兼ねて、と言わんばかりに、あまりに身を構わなくなってしまった蓮月に小言めいた言い方をした。

そう言われて、蓮月は、はっと、剃っているはずの頭に手をやれば、伸び出した髪の毛

が掌に当たった。真葛庵にいる間は、剃り方を教わって、毎朝の洗面の際に自分で剃刀を当てていたのに、それさえもしなくなっていた。汚れきった足袋はあちこちが破れ、墨染めの衣さえも、木の枝に引っ掛けたらしく、綻《ほころ》びとなって垂れ下がっている。脚は作務衣の袴を穿いていたため、歩くのに障らなかったので気が付かなかったものの、泥の撥ねが全体に飛び散り、何ともみっともない姿であった。

「見苦しい姿を見せてしまいした」

わが身を恥じた蓮月は、六助に頭を下げた。

「どうぞお頭《つむ》をお上げになって下さいまし。わしのような者が蓮月さまに小言など申しましたが、どうぞ年寄りの言うこととお許し下さいまし」

「いいえ、よう言うてくれました。いくら生きていることに未練はないとは言え、あまりに見苦しい姿を晒していました。長年、共に暮らしてきた仲であればこそ言うてくれたこと。今のわたくしにはそなた以外に小言を言うてくれる者もありませなんだ。言われなければ、このような見苦しい姿をいつまでも晒したままでした。自分では未練もない生命《いのち》なれど、そなたの言うように、自ら生命を粗末にするようなことをすれば、確かに父さまが嘆かれましょう。これからは、そなたの言うように、お墓に詣でるのは暖かい日だけにしましょう。あとは、ご無礼して、ここからお墓の方に手を合わせることで許していただくことにします」

「まずはお風呂にお入りなさいまし。母屋の者に言って風呂を焚いて貰って参りますから」

とだけ言うと、六助は出て行った。風呂は母屋のを使うようにと言われていたことさえ、蓮月はすっかり忘れており、しばらく風呂にも入っていなかった。

やがて、風呂が沸いたという六助の声を聞いて、風呂場に行くと、薪を焚いているのは六助であった。六助とてすでに五十の坂を越えている。外は真っ暗になっているなかで、井戸の水を汲み込み、薪をくべて、湯を沸かしてくれる有り難さに、蓮月はしみじみと人の情けを感じていた。垢が溜まった身体を擦《こす》り、洗い流してから湯船に漬かると、それまでは感じなかった疲れが出てきた。同時に久し振りの湯に、固まっていた身体もほぐれてきた。

――また、一つのことに夢中になり、回りが何も見えなくなっていた……。

と、ときどき出る自分の癖に苦笑しながら、もうそれを注意してくれる父のいない寂しさを改めて思った。

行灯《あんどん》の点《あか》りで頭を剃ることは危ないので、それだけは明日にしようと考えて、その夜はぐっすりと、心地好い眠りに入った。

翌朝、眼が覚めた時は、すでに明るくなっていた。何時もなら明け六つの鐘で起きるのだが、その朝は眠り込んでしまっていた。起きてみると、昨夜は分からなかった畳の上や板の間がきれいに拭き清められていることに気が付いた。六助がしてくれていたことは、すぐに分かった。家財道具は坊官屋敷から真葛庵に移る時、西心と自分の持ち物しか持って行かず、あとは真葛庵にあるものを使っていたため、家財道具と言えるものは少なく、しかも、不要と思われるものは処分して、最小限しか岡崎へは持ってはこなかった。そのため、箪笥が一棹と西心が使っていた文机《ふづくえ》、水屋（現在の食器棚）に使うために居間に置いていた小さな茶箪笥、それに位牌を納めた桐の箱と書物などや鏡台、針箱を入れた葛籠《つづら》と茶箱が一つずつと、その上に西心の形見の碁盤だけであったが、それらは引っ越してきたときのまま片付けもせずに置かれていた。六助も道具類までは手を付けかねたのだろう。ぐっすり眠って、気を取り戻した蓮月は、まず家の中を片付け、暮らしていけるようにしなければならないと思った。

洗顔を済ませてから鏡台を立て、頭に剃刀を当てて、さっぱりと剃ってから、お墓の方角に向かって手を合わせた。その次に、まず六畳の扉戸棚に位牌を納めて蝋燭立てや香呂を磨いて並べ、灯明に灯《とも》を点して、しばらく読経した。それから朝餉の用意に取り掛かった。鍋や釜、それにわずかな皿小鉢はどれも見覚えのないものだった。それまで真葛庵の物を使っていたので、ここにあるのは六助が持ち込んだものらしい。前からの物は西心と蓮月の使っていた湯飲み茶碗ぐらいであり、ここに住んで以来、使っていた御飯茶碗さえも見覚えのない物で、気付かないまま、六助が持ってきてくれていた物を使っていたらしい。

――いつの間にかすっかり六助に頼りきってしまっていた。皿小鉢も揃えなければ……。

と気が付いてから、今日は、これから使う物を買いに街に出ようと決めた。

白木綿の着物の上に黒の衣を着、頭を剃ってから初めての尼姿で街中へ出た。本格的な冬にはまだ間があるものの、風が強く、肌を刺すように寒い。

――こんなに寒くなっていて、よくもまあ墓参りの途中で行き倒れにならなかったものだこと。

と、蓮月は我がことながら呆れ返ってしまっていた。昨夜から何回、自分のことに苦笑し、呆れ返ったことだろう。懐に入れてきた金子は西心が残してくれていた十両余りのものの一部であった。六助が持ってきてくれた物はそのまま使うことにして、その分はほかの物で渡そうと考え直し、足りない品物だけを買うことにした。まず道具屋に行き、少し大きめの手炙りを兼ねた火鉢と、その中に入れる五徳に鉄瓶、それと手水盥と洗濯用の盥を買った。それらを届けてくれるように頼んでから、市に行き、そこで店を出していた老婆から皿小鉢を少し買い、あとは行灯用の油、塩、味噌、醤油、それにお茶などの食糧を少しずつ買った。久し振りで買った食べ物の値段が、一体どうしたことなのかと考え込んでしまうほど随分高くなっていることに驚いた。買い込んだ荷を両手に下げて家に戻ってきたときは、昼をだいぶ回っていた。その日は一日、引っ越したままになっている荷物を整理などで終わってしまった。

それからも六助はほとんど毎日、米や野菜などを持っては訪ねてくれていた。そして、その度に水汲みをしてくれ、薪も割ってくれた。水汲みと薪割りは力のいる労働で、これまでほとんど六助に頼っていたため、蓮月は毎日、台所で使う分だけでも自分で汲むことにした。そして、寒い間に、蓮月は西心の着ていた着物を何枚か解き洗いして、六助の寸法に仕立て直した。これから必要になる綿入れであった。半纏も仕立てた。長い間の感謝の意味もあって、六助のものに縫い直そうと考えて、茶箱の中に入れてきたものであった。十日も経つと気持ちがすっかり落ち着き、西心が亡くなった時の気持ちを詠んだ歌を推敲していく余裕も出来てきた。以前は有り合わせの半紙を使っては、それを綴じていたが、ばらばらになってしまうのが気になり、その後に街に出た時に買ってきたのは大福帳などに使う細長い帳面であった。蓮月は思い付いた時に、その帳面に歌を書き記しては、あとで推敲していった。

閏十一月に入って間もなく、まだ一枚もなかった座布団を作ろうと、表地を縫っていた蓮月のもとに、太三郎の妻のお鹿が訪ねてきた。お鹿は、同じ寺内にありながら、真葛庵を訪ねてきたこともほとんどなく、久し振りで会ったのが西心の葬式で、それ以来のことであった。

「蓮月さん、お元気のご様子で何よりでございます」

お鹿はいささか慇懃《いんぎん》な挨拶から始めた。蓮月が針仕事をしているのを見て、

「蓮月さんは、御殿奉公をなさっておいでの時に、呉服の間勤めの方から本格的にお針を習われたそうで、町のお針のお師匠さんに習っただけのわたくしなどとは違って、大層お上手で、何でも縫われると伺っておりますんですよ」

太三郎は、義理とは言え、十五歳しか年の違わな義母に当たる蓮月をちゃんと「母上」と呼んでいたが、お鹿は「蓮月さん」と呼ぶ。最初からのことなので、蓮月は気には掛けなかったが、そのことで、お鹿が自分のことをあまり好いていないということは以前から分かっていた。嫁に来てから、順之助が太三郎の嫡男となっていることを知って以来、自分の子が後取りになれないというのが不快だということが原因だと分かっていたので、むしろ最もなことだとさえ思っていた。しかし、順之助が死んだ後も、お鹿はそのことを気にしていて、おまけに、いまだに子どもが出来ないために、義母に当たる蓮月が、大田垣

家の養子を決めるのではないか、という疑念を持ち続けていた。西心がいればともかく、亡くなった今となっては、蓮月は大田垣家のことについては一切口を出さないことに決めていた。だからこそ、いくら太三郎が進めても、坊官屋敷には帰らなかったのである。

「お針は一通りは習いましたが、ただ早いだけで、上手なやら何なのやら人さまのものと比べたことがないので分かりませぬ」

「でも、早いということは、それだけで十分お商売になりますなあ」

「お商売?」

蓮月はお鹿が何を言い出すのやらと、首を傾《かし》げた。

「蓮月さんは買い物などなさらないのでしょうから、お分かりにはなりますまいが、この頃、いろんな物が高くなりましてなあ。旦那さまが頂かれるご扶持はすぐに消えてしまいます。ことに今月は閏の十一月がありますので、一年のご扶持で十三か月暮らさなければならず、師走に入る前から、財布の中は、もう底をついてしまいそうな有り様で……」

「わたしも先日買い物に出て、あまりに高くなっているのにびっくりいたしましたよ」

この年、天保三年は、七月に播磨や津軽などで米価騰貴のために騒動が起き、瞬く間に全国に広まった。それに吊られて、米を使う酒はもとより味噌、醤油など毎日の食事に必要な物の値段が上がっていた。質素倹約を旨とした寛政の改革で抑えられ、それが短期間に終焉した後、民衆の暮らしは以前にも増して派手になった。京では寛政年間に平安朝以来の紫宸殿が再興され、朝廷の権威が回復したことを人々は喜び、やはり京は都だと、町衆を中心に豊かな暮らしへの憧れと実現がますます膨らんでいった年月が続いていた。そして貧しい庶民も僅かながらもおこぼれの潤いを得て財布が膨らみかけていた後だけに、物価の高騰は一番弱い庶民の暮らしを直撃した。大田垣家は決して庶民ではないが、少ない扶持であることには変わらず、それだけに暮らしは苦しくなっていたことは事実であった。これは大田垣家だけでなく、京に住む公家侍にしても寺侍にしても、扶持はほんの僅かであり、誰もが長年決まった扶持米を受けて暮らしているので、物価高騰の煽りを受けたのは同じであった。

「それでも蓮月さんはお一人暮らし。わたくしどもは奉公人もおりますから、口は多く、どうやってお正月を迎えたらよいのか見当もつきませぬ。奉公人に暇を出したのでは、旦那さまのお供をする者もいなくなりますし……。さりとて、お供なしのご出仕では旦那さまの体面も何もなくなってしまうことは、蓮月さんはよくご存じでございましょう?」

お鹿がわざわざ何の用事でやって来たのか、そこまで言われれば、蓮月の暮らしのお金を太三郎が来春から寄越すことになっているのを断りにきたのだと、蓮月にも察しがついた。だが、西心が残してくれた十両余りの金子は、いざというときのために出来るだけ手を付けたくなかった。今年はあと二か月足らずなので何とかなるものの、太三郎が寄越すという約束になっているものが入らないとなれば、新しい年から先はどうやって暮らしていってよいか戸惑うだけであったから、お鹿の話にすぐには反応出来なかった。

「今日、わたくしが参りましたことは旦那さまにはおっしゃらないで下さいまし。旦那さまは暮らしのやりくりなどご存じないので、勝手にお約束などなさってしまったようでございますが、やりくりをいたしますのは女のわたくしでございます。いえ、夫婦二人だけなら三度の食事を二度にしても義理のある蓮月さんのもとへは金子《きんす》をお届けしなければ、とは思いますものの、いくら貧しいとは言え、体面上、奉公人を抱えねばならない暮らしではそうは参りませぬ。虫の良い言い方とお思いでしょうが、どうぞわたくしを助けるとお考えになって、何とか蓮月さんの方から暮らし向きのことは、いかようにも自分でするので、心配しないようにと、旦那さまに言うては頂けませぬか」

蓮月は口を噤んだままであった。

「すでに世を捨てられた尼さんの一人暮らしでございますもの。お得意のお針で暮らしのお金ぐらいはどうにでもなるのではございませぬか。他人さまの物を縫って差し上げるとか、若い娘さん方にお針を教えになってもよろしいのでは……」

お鹿は首を曲げながら、蓮月の顔を下から眺めるようにして言った。

蓮月は、子どもの頃から、母のお貞と伯母のお種が知恩院の中以下の僧が着る物を縫って、家計の足しにしていたことを思い出した。あの頃でさえ、十石三人扶持という俸給では家族が暮らしていくのに足りなくての内職であったのだろう。あれから何十年も経っている現在では物価も違っているにもかかわらず、扶持は以前のままであるから、お鹿が暮らしが大変だというのももっともなことだと分かった。それゆえお鹿から金子を出せないと言われれば、まさか太三郎に直談判をするわけにもいかなかった。お種は生存中ずっと裁縫の手内職を続けていたのである。

「何もわざわざお寺までお出でにならないでも、旦那さまに一筆書いて頂いければよろしゅうございます。お会いになるようなことをなされば、旦那さまも西心さんとのお約束だから、と言われるのに決まっております。いかがなものでございましょうかしらねえ」

蓮月は、もう相手にしているのが嫌になってきた。このまま、くどくどと言われるより、早く帰ってほしいという気持ちが先に立って、

「分かりました。もうわたしのことはご懸念なさいますな。なるほど世を捨てた尼の身でございますもの。わずかな銭があれば暮らしていけましょうから、自分でどうなとして参りましょう」

「まあ、早速にご承知頂けてよろしゅうございました。年明けまでには、まだ日もあるこ

と。おついでのありますときにでも、どなたかに旦那さま宛てのお手紙を届けさせて下さいまし。ただ、わたくしがまいりましたことはくれぐれも御他言無用に願いますよ」

それだけ言うと、お鹿は、長居は無用とばかりにさっさと帰っていった。

蓮月は、咄嗟の判断で自分のことは何とかするから、と言ってしまっていたことに後悔してはいなかった。だが、縫い掛けのものを取り上げることもなく、考え込んでしまった。真葛庵に移った時、西心がいてくれればこそ、住むことも食べることもしてくれる人がいると、しみじみ有り難いと思ったことを思い出していた。今は、その西心もいない。養子とは言え、太三郎の世話になるということを周囲が決め、それに対して、何も言わずに従ってしまっていたと、いまさらながら気が付いた。しかし、はたして一度も自分の手でお金を稼いだことのない身が、どうやってお金を得たらよいのか皆目見当はついていなかった。しかも、すでに四二歳、間もなくやって来る正月には四三歳となる。とりあえずは西心が残してくれた金子があったから、それに手を付ければ、当分は暮らしていけるものの、先日、街で知った物価の上がり方では、これから先どうなるのか見当も付かなかった。しかし、取り敢えずは、今少しの間はそれで賄い、金子を得る道を決めてから、正月を迎える前に太三郎に手紙を出せばよい、と考えた。

——父さまがおいでにならなくなった今、わたしは一人なのだ。もう自分一人でやっていかなければいけないことだったのに、父さまが亡くなられた悲しさに浸っていて、父さまの後を追って死んでもいいなどと思ってしまっていたので、もはや自分で暮らしを賄わなければならないことがすっぽり抜けていたのだろう。野垂れ死にのようなことをすれば、六助の言うように、確かに父さまが一番嘆かれるのに、それさえも気が付かずに……。と、呟いた。お鹿があのように言ってくれなかったら、自分は太三郎に甘えたままだっただろう。お鹿の言葉には、あちこちに毒があって、一時も早く目の前から消えて欲しかったが、不思議と怒りも恨みもなかった。

それからの蓮月は、暖かい日には西心の墓参りをし、それも前のように一日中墓の前にいるのではなく、これからのことを西心と相談するかのように、一刻ほど手を合わせていて、その後は家に戻り、なるべくお金の掛からない方法で、家の中を調えたりした。薪割りや水汲みも、六助の来る前に自分でやるようにしながら、何を身すぎのための仕事にしていくかを考えていた。針仕事は嫌いではないから、母や伯母がしていたように知恩院の下級の僧たちの仕立物をさせてくれるようにと頼もうかとも思ったものの、そのようなことをしたら、体面を口にする太三郎に恥をかかせることに成りかねないので、出来ることなら、お寺に頼ることなく暮らしたかった。そのような思案を巡らせながら、わずかな暇を見付けては、以前に読んだ歌の本を広げたり、またすでに詠んで、半紙に書き散らしていた歌を帳面に書き写したりしていた。

そうした歌を書き留めながら、歌を教えることで僅かでも謝礼というものを得られるのではないかと思い付いた。西心に教わった囲碁も教えてもいい、とも思った。碁盤と碁石は西心愛用のものを形見として残してある。

——歌も囲碁も父さまと一緒に楽しんだもの。これで暮らしを立てていくことが出来れば、父さまもきっと許して下さるに違いない……。

と、だんだんに考えが纏まってきた。『古今集』など、わずかながら歌の本も喜和と西心の形見である。

——そう、歌と囲碁の基本の指南、ということで、来てくれるお人に教えれば、やっていけるではないか。京では街の人々も盛んに和歌を詠み、囲碁を打つと聞いている。基本から習いたいという初心者のお人が必ずいるに違いない。

と、考えが定まってきたのは、十二月に入って間もなくであった。そして、立春の日に看板を出そうと決めた。

蓮月は、心が決まったことで、太三郎に手紙を書き、六助に持って行かせた。六助には、お鹿が訪ねてきたことから、その後の蓮月自身の決意については何も話していなかった。そこで、手紙には、六助は何も知らないことも認めておいた。

太三郎が蓮月のもとを訪ねたのは三日後の朝であった。蓮月は家の回りの落ち葉を掃いているところであった。太三郎の世話を受けないと決心を固めた後の蓮月は絹物を一切止め、箪笥に仕舞い込んだ。そして下着から着物まですべて白木綿にし、法衣も黒の木綿を着ることにした。最も、墓参りに行く時や立ち働きをするときは、お貞の木綿の着物を仕立て直した鼠色の作務衣を着た。頭には毎朝剃刀を当て、着る物も綺麗に洗って小さっぱりしたものを身に付けるようにした。その朝も、水汲みと薪割りを終えた後の掃除であったから、作務衣を着ていた。

「お勤めが忙しく遅くなりまして」

太三郎はよほど急ぎ足で来たらしく、寒くなっているのに額に汗をかいていた。懐から手ぬぐいを出して、額の汗を拭いてから、一気に言い出した。

「お手紙は拝見しましたが、一体どういうことでございますか。母上の暮らしのお世話をするのはわたくしの勤めでございます。屋敷にお戻り下さらないだけでも、あれこれ噂されて辛い思いをいたしておりましたが、これは母上のご意思だとお話して、お寺の皆さまもようやっと分かって下さったようですが、その上に、暮らしのための金子も要らぬ、ご自分のことはご自分で何とかすることに決めたから、などとおっしゃっても、歌や囲碁を教えるぐらいで得られる金子など、ほんのわずかなもので、いくら慎ましい暮らしをなさっても、とても出来るものではありませぬ。それに第一、そんなことをなさってはわたくしの立場というものがなくなりまする。少しはわたくしの立場ということもお考えになって下さいませ」

言い方は丁寧であったが、太三郎は口調の激しさを懸命に抑えている様子がありありと伺えた。

「お見えになるとは思っていました。せまい所なれど、まあお上がりなされ」

と、蓮月は太三郎の興奮を宥めるように言ってから、箒を片付けて、家の中に入って、四畳半で作務衣を法衣に着替えた。続いて入ってきた太三郎に六畳の間で座布団を進め、茶を出すまでは黙ったままで手だけ動かしていた。

「母上、お分かりになりましたね」

太三郎は念を押すように言った。

「太三郎どの、そなたはご自分の立場や体面のことばかり言っておられる。わたしはすでに出家した身ですよ。つまりは大田垣家という家から出た者ということ。父さまが真葛庵でお暮らしの間は、父さまに従い、その身の回りのお世話をしながら養って頂いておりましたが、父さまが亡くなられ、しかも真葛庵を出て、このように髪も剃った今は一介の尼僧に過ぎませぬ。そなたは大田垣家の当主として、先祖の位牌とお墓を守り、父さまのあとを継がれたお役目をつつがなく勤められれば、それで、そなたの立場も体面も立つというもの。わたくしはもう一介の尼僧に過ぎないのですから、それに相応しくやっていこうと心を決めたのです。もっとも、どんなに強そうなことを言っても、老いて一人ではやっていけない身体になってしまったときは、そなたとお鹿どのに世話にならざるを得ないかもしれませぬ。でも、自分で動けるうちは一人でやっていきますよ。もし、歌や囲碁を教えることで暮らしを立てることが出来なければ、その時は托鉢にも出ましょう」

太三郎は驚きを隠せず、

「母上、托鉢などと言われても、言うは安し行うは難し、というもの。そのようなことが母上にお出来になる筈がございませせぬ」

「何の、托鉢は僧の大切な修行にさえなっています。尼僧の身が托鉢をすることは少しも恥ずかしいことではありませぬ。それゆえ、そなたが心配して下さるのは無用というもの。どうぞ自分で出来る間は、私のことは気ままにさせて下され」

蓮月は生まれて初めて人の立場に従うことを止め、自分自身の生き方を自分で決めることをはっきりと意思表示していた。その姿は凛としており、太三郎も初めて見た姿であった。そのため、太三郎は威圧されたかのように口を噤んでしまってから、うなだれた。

「わたくしはここへきてからも、毎日、朝早くから日が暮れるまで、父さまのお墓に参っていて、そのまま倒れて死んでしまっても、父さまのもとにいけるなら、とさえ思っておりました。ところが、六助から、もし、そのようなことになれば、一番悲しまれるのは父さまだ、と叱られて、はっとしました。四十余年もの間、誰よりもわたしを慈しみ可愛がって下された父さまを悲しませるようなことだけはしてはならないと、はっきり気が付いたのです。それにわたしの身を案じて小言を言ってくれたのも、寺男だった六助でした。いままで養って頂くだけで自分から自分の口を糊することさえ考えてこなんだわたしでしたが、これからは、動けるうちは自分でやっていこうと思うのです。そのためには父さまに教えて頂いた囲碁と、また二人で楽しんだ歌を教えることで糧を得ることにすれば、父さまのお心がわたしの中で生かせるということになって、父さまもお許しになるだろうと思います。この一月《ひとつき》ほどの間、わたしはこれまでにないくらいいろいろと思案いたしました。そして決めたことなのです。ですから、もし、そなたに親孝行をしなければ、という気がおありなら、わたしの気ままにさせて下されるのが一番の親孝行なのです。大田垣家のことは一切お任せしますので、きちんとするように、お鹿どのと二人にお頼み申します」

蓮月は決心したことを太三郎に向けて言葉に出して言いながら、その一言一言は自分に言い聞かせていて、決心が確信に変わって行くのを感じていた。そして、もうこれで後戻りは出来ないのだということを自覚した。

太三郎は、それ以上何も言えず、ただ、

「それではお年を召されたり、また、もし病に倒れられて、お世話が必要になったときは、必ず屋敷にお戻りになるとお約束下さい」

とだけ言ってから、あとは黙って頭を下げて帰って行った。

太三郎と入れ違いに台所口から六助が、

「蓮月さま」

と、障子越しに声を掛けた。

「立ち聞きをするつもりはございませんでしたが、参りましたら、お寺の旦那さまがお見えになっておられ、ついお話を伺ってしまいました」

「六助さん、こちらへお入りなされ」

蓮月は、それまでは「六助」と呼び付けにしていたのを、この時、初めて、さん付けで呼んだ。六助は障子を開けて居間に入り、障子を閉めると、そこに畏まって座り、びっくりしたように、まず、

「蓮月さま、どうして、急にそのような呼び方をなさるのでございます。びっくりしてしまうではございませんか。そのような呼び方をなさると、よそのお人を呼んでおられるようでまごつきます」

「そなたは今の太三郎どのとわたしの話を聞いていたのでしょう。わたしは自分が話しながら、もっと早く、ここに移ったときから、そなたをさん付けで呼ばなければならなかったことに気が付いたのですよ。真葛庵にいたときの私は住職の娘でしたが、ここへ移ってからのわたしは、そなたに世話になるばかりの一介の尼に過ぎませぬ。それなのに、慣れで、ついつい呼び捨てにしてしまっていました。今までも、これからもわたしはそなたの助けを借りなければならないでしょう。聞いたように太三郎どのの世話は受けないと大きなことを言ってしまいましたが、まず力仕事は六助さん、そなたに頼らなければならないのですから。それだけではない、力仕事以外にもそなたに助けて貰わなければならないことも沢山あるのでしょうから」

「何を仰せになります。わしの方が先日も綿入れの着物を三枚に、それに半纏も頂きました。真葛庵におりました時は、隙間風など入りませなんだが、今の所は何といっても全くのあばら屋でございますから、綿入れの着物と半纏を頂いてどんなにか暖かく、助かっております」

「それはようございました。わたしの出来ることは、これからもいたしましょう。ですから、お互いに助け合って生きていく以上、呼び付けなどにするのは間違っていることに気が付いたのですよ。分かってくれますね、これで」

「でも、それはあまりに恐れ多いことでございます。この頃は、わしが参ります前に、ご自分で水を汲まれたり、薪を割ったりなさってしまわれますので、わしがして差し上げることが少なくなってしまいました」

「何を言われます。薪を割るのは母屋の爺《じい》やさんに教わって出来るようになりましたが、薪にするには、太い木を鋸で切らなければならず、それは、とてもわたしの力では出来ませぬ。これからもそなたの力を借りなければなりませんし、何よりもそなたが持ってきてくれるお米や野菜があればこそ、太三郎どのにあんな大きな口を聞けたのです……。まあ、最初から、大事な食べる物でそなたを頼りにしているくせに、一人でやっていくも何もありませんでしたねえ」

と、蓮月は、自分の迂闊さに声を立てて笑った。その笑い声には少しの暗さもなかった。

「何の、それくらいのことはさせて下さいまし。今の六助には蓮月さまが食べて頂けると思えばこそ、鍬を振るう気力も出て参ります。それまでお断りになられたのでは、わしは生きる気力も萎えて、畑仕事などできなくなってしまいます」

　六助は作っている野菜を売った金で米や炭などを買い、それを届けていた。田畑の作り方など知らない蓮月は米も六助が作っているものだと思い込んでいるようであったが、六助はそれで良かった。今の六助を生かしているのは、蓮月を支えているということがあればこそであった。西心が生きていたときの蓮月自身が、西心に尽くすことが出来ればこそ生きていられると、あれほど自覚していたものの、今の六助も自分がいればこそ、などとは考えてもいなかっただけでなく、そのように考えることは、蓮月の性格では有り得なかった。蓮月に考えられるのは、お互いさま、ということだけであった。

「まあ、大袈裟な……。でも、そのように言ってくれる六助さんの気持ちは有り難く受けましょう。もし、托鉢をすることになったら、一番最初に六助さんの家の門《かど》に立たせて貰いますよ。その時は、ぜひ布施して下さいね。その代わりと言っては何ですが、仕立物はすべてわたしにさせて下さいな。それでないと、お互いさまということになりませんからね」

と笑いながら言った。六助も微笑みながら頷いて、

「蓮月さまに着る物を縫って頂かなくては、六助の身体は凍え死んでしまいますから、それではぜひともお互いさまということで、わしに出来ることはやらせて下さいまし」

二人の間には、冬の寒さに反して、暖かい空気が通いあっていた。

予定通りの立春の日、蓮月は「歌并囲碁初心者指南　大田垣蓮月尼」と書いた看板を門口に掲げた。板は、六助がどこからか探してきてくれた桜の木を綺麗に鉋《かんな》を掛けて削って

くれた一尺五寸余のもので、蓮月自らが認《したた》めた。こればかりは普段使い慣れた面相筆というわけにいかないので、久し振りに太い筆にたっぷりの墨を含ませて書いた。そして、一の日と六の日を歌の指南、二の日と七の日を囲碁の指南と決め、それまでの間に小さな手炙りを二つ、それに時々買っている市に店を出している老婆から客用の煎茶茶碗を数個買い求めた。この老婆が売っている陶器は飾り気のない素朴なもので、蓮月は気に入っており、老婆とも顔見知りになっていた。その頃の京都では煎茶が大流行しており、数人分のお茶を一度に入れることが出来るため、日常用のお茶としては、もっぱら煎茶を使う人たちが増え、茶碗も急須もいろいろなものが作られ始めていた。その他に、着物を解いて何枚かの座布団を縫ったりして、すっかり用意を調えた。

一月も経たぬうちに二人の弟子が来るようになり、三月後には六人になった。どの人も町屋の中年の旦那衆で、女の弟子は一人も来なかった。蓮月は女の弟子が来るものと思っていたので、少し当てが外れてしまった。名前のところにわざわざ〈尼〉の字を付けておいたのは、女の弟子が来やすいようにと考えてのことであった。だが、蓮月の住んでいるところは周囲にほとんど民家もなく、林や畑に囲まれた場所で、昼間でも人通りはほとんどなかった。そのような場所では女の弟子が来ないのも無理はないと思い、男の中にも若い時には商いに忙しく、歌や囲碁を身に付ける余裕もなかった人たちなのであろうと、気の毒に、とさえ考えていた。

弟子が来るようになり、教え始めて見て、蓮月はどの弟子も歌にも囲碁にも、あまり乗り気のない様子であることが気に掛かった。その頃の京都では、町人の多くが教養として歌と囲碁を身に付けていた。しかし、これから学びたい者もいて、そうした人々が入門してくるのであろうと、蓮月は思っていた。しかも若い者は来ずに、三十代過ぎの男ばかりとはいささか気が抜けた思いがした。それに、子供の時や若い頃なら、覚えも早いし、興味さえあれば気を入れて学ぼうとする。だが、三十代を過ぎれば、覚えは遅くなるし、興味をもってくれるまでに日にちを要するのであろうと考え、飽きないように、しかし丁寧に教えるように努めていった。

梅雨に入って間もなく、朝からしとしとと雨が降り続いていた。囲碁の指南の日であったが、朝から一人の弟子も来なかった。

——この雨では、今日はどなたも見えぬかもしれぬ……。

と、縁先で外を眺めながら、帳面を開いて、気の向くまま歌を書き記していた。ようやく昼の九つを過ぎた頃、多賀屋清七という三十代半ばの男がやって来た。清七は汚れた足を洗いたいと、濯《すす》ぎを所望した。蓮月は濯ぎ用の盥がないことに初めて気が付いた。そのことを言うと、清七はぶつぶつ言いながら、井戸端に回って足を洗い、ようやく家の中に入ってきた。蓮月は、すでに用意してあった碁盤の前に座っていた。次に清七は濡れた着物を乾かしたいと言い、蓮月も最もだと、四畳半に置いてある火鉢を持ってきて、炭を注ぎ足した。その季節には火は要らないのだが、鉄瓶を乗せているため、種火だけは入っていた。火鉢や厨《くりや》の囲炉裏《いろり》に使う炭も六助が持ってきてくれるもので、蓮月は大切に使っていたが、弟子が雨に濡れた着物を乾かすために使うことは惜しまなかった。清七は、何やら落ち着かない様子ながら、袖から始めて着物のあちこちを乾かしていた。

「何だか風邪を引きそうで……。蓮月さん、少しでよいので、お神酒《みき》を頂きたいんですけどね」

「申し分けございませぬが、尼の一人暮らし。ご酒《しゅ》は置いておりませぬ。でも、風邪を引かれたらいけませんので、ゆっくり乾かして下され。こんな雨では、もうどなたもお見えにならないでしょうから」

蓮月はそう言ってから、熱い茶を入れて出した。清七は余程身体が冷えていたのか、ふうふうしながら飲み、茶のお替わりを所望した。それから小半刻あまりも火鉢の側で着物と身体を暖めてから、ようやく清七は碁盤の前に座り、黒い石を九目置いた。

次に蓮月が白い石を打とうと、碁盤の上に手を延ばすと、清七はいきなり蓮月の手を掴んだ。

「何をなされます」

と、びっくりして大きな声を挙げた。清七は黙ったまま、右手で蓮月の手を強く握りつつ、左手で碁盤を右脇に押し退けた。その途端、清七の右の膝元にあった碁石入れがひっくり返り、黒い碁石があたりに散らばった。それにも構わず、清七は身体を擦り寄せてきて、左手を蓮月の身体に掛けようとした。その瞬間、身についていた武芸の技が効いた蓮月は掴まれた清七の右手を掴み返し、強く捩じ上げた。清七はもんどりを打つように畳の上に叩き付けられ、柱に肩をぶつけた。

「無礼なことをなさいますな」

と、蓮月は落ち着いた声で凛と言い放った。蓮月はすっかり忘れていたのだが、亀山に奉公している十代のときに、柔道の稽古を付けて貰ったことがあった。その時の身に付いた技が咄嗟のうちに出たのである。相手は全くの町人で、しかも武芸の心得もない。ましてや蓮月がそのような技を身に付けていようとは思ってもいなかったことであったため、一溜まりもなかった。

「おお、痛《いた》、何をするんじゃい」

と言いながら、ようやく身体を起こすと、ぶつけたところを擦りながら、

「男を投げ飛ばすとは、とんでもない女だ。何だい何だい、男と女が一つ部屋に二人っき

りでいりゃあ、こうなりたくなるのは当たり前じゃないか。頭を丸めたからって、お前さんだって、そっちの方の楽しみを忘れたわけじゃああるまい。それより、忘れていたことを思い出させて楽しませてやろうってんだ」

清七の言葉はすっかりぞんざいになっており、恨めしげに蓮月を見上げながら、蔑《さげす》むように言った。

「尼さんっていうのは欲情を抑え込んでいるんだから、寝た子を起こしてやりさえすりゃあ、後家よりはずっと味が深いってえ話だ。そこで誰が一番最初にお前さんをものにするかってえことになっていたんだ。それじゃなけりゃあ、何だってこんな遠くの婆あのところまで面白くもない囲碁や歌なんぞの稽古に来るもんか。今日のような雨の中をわざわざやってきたんだって、俺が最初にものにしてやろうと思ったからなんだ」

蓮月は無言で唇を噛み締めていた。月のものは一年ほど前に上がり、今は自分が女であることさえすっかり忘れていた。

「無礼なことを申すと許しませぬぞ」

蓮月は身動ぎもせずに言った。

「へえ、何だい。いくら器量良しだからったってお前さんの年齢《とし》になっちゃあ、もうかまってくれる男なんざあるまいが、尼だってえところがたった一つの取り得じゃないか」

「お帰りなされ。もう二度とお出で下さいますな」

蓮月は屈辱感を抑えながら、もう一度、凜と言い放った。

「ちぇ、折角いい思いをさせてやろうってえのに……。おお、痛《いた》。誰が二度と来るもんか」

清七は言いたい放題の悪態を残して、柱にぶつけたところを擦りながら、雨の中を帰って行った。

蓮月は唇を噛み締めたまま、じっと動かなかった。畳の上には、清七がひっ繰り返した黒い碁石が、そこいらじゅうに散らばっていたが、それを片付けようともしなかった。

雨の日の夕闇は早い。暮六つまでは、まだずいぶん間があるのだろうが、辺りは暗くなり、すでに散らばっている黒い碁石さえ、よく見えないほどになっていた。

「蓮月さま」

と、六助が声を掛けながら入ってきて、この夕闇の中で、まだ行灯の灯も点していないのを訝りながら、四畳半の行灯に灯を入れてから、間の襖を開けた。行灯の明りを受けて散らばっている黒い碁石がかすかに光った。六助は、この部屋で起きたことをすぐに察した。それは密かに抱いていた危惧であった。急いで行灯を下げて六畳の間に入り、蓮月の前に回ると、蓮月の着物は一寸の乱れもなく、いつもの姿勢で座っているのを見て胸を撫でおろした。

「蓮月さま」

六助がもう一度声を掛けて、向き合って座ると、蓮月は顔をじっと上に向けたまま、身動ぎもせずに、

「六助さん、わたくしは本当に世間知らずでした」

蓮月は、いつもなら許しを乞わずに六畳の間にまで入ってくることのない六助が、何を心配して、こちらに入ったのか分かった。そのため咎めようとはせずに、むしろ正直に言った。

「この年齢《とし》であり、尼になっていることで、自分が女であることをすっかり忘れて、男の弟子を取ってしまっていました」

と言って、蓮月は宙を見詰めたまま唇を噛み締めた。

六助は何も言う言葉がなかった。ただ、六助は、例え髪を剃っていても、蓮月の色白の顔には微かながらも匂うような色香があり、その美しさが時には男の心をくすぐっても決しておかしくはないとさえ思っていた。六助は自分が蓮月に魅かれるのは、蓮月の人となりだけではなく、女としての魅力も十分に思慕の対象になっていた。だが六助はそれを口にすることはなかった。口にすれば、蓮月の性格から、その時は二人の繋がりがぷつんと切られてしまうだろうと確信していたためである。

蓮月は、清七が言い残していった、男が尼を好奇の眼で見ていると言った言葉が耳から離れず、首を振りながら、両手で耳を覆い、

「耳にしとうないことを聞いてしまいました」

と、呟いた。

「蓮月さま……」

六助は、男がさぞかし酷い言葉を浴びせたのだろうと察しながらも、蓮月の名前を口にしただけで、それ以上は何も言えなかった。

だが、蓮月は六助がそこにいるのにもかかわらず、呟きを声に出してしまったことにはっとして、

「つまらぬことを聞かせてしまいました。先ほど、あの人が口にした言葉を耳にしたときは、屈辱感が先に立ってしまい、言葉も出ませなんだのに、今になって怒りの気持ちが出てきて、ついこのようなことを口にしてしまいました。許して下され」

と、溢れそうになる怒りを抑えながら言った。

「何の……、わしに詫び事なんぞ仰せなされますな。それでも、お怪我もなかったご様子に六助はほっといたしました」

と、六助は静かに言い、続いて、

「蓮月さま、もう男の弟子を取らねばならぬご指南のようなことはお止めになって下さいまし。はばかりながら、蓮月さまのお世話は、この六助にさせて下さいまし。今の六助には少しでも蓮月さまのお役に立つことが出来れば、それが何よりも嬉しいのでございますから。いや、お世話などとはおこがましいことでございました。もしお弟子を取ることがうまくいかなんだら、托鉢をなさるとおっしゃったことがございました。その時は、初めに六助の家の門《かど》に立つ、とも仰せになったではございませぬか。されば、お世話などではございませぬ。どうぞ、六助にお布施をさせて下さいまし」

六助は両手をついたまま、頭を畳に擦りつけて、頼み込むように言った。六助は、蓮月に無礼を働いた男が、弟子のうちの誰だかは分からなかったが、誰であろうとも、蓮月がまた同じ嫌な目に会うと思うだけで耐えられなかった。また、蓮月が柔道の技で男の力を防いだとは思ってもいなかったから、着物も乱さぬまま、しかも、散らばっているのが男の側にあったはずの黒い碁石であるのから見れば、蓮月が碁石を投げることもなく、よくもまあ男から身を守ったものだと不思議でならなかった。だが、それにしても二度と同じ思いはさせたくなかった。六助にとって、蓮月が男に言い寄られたりすることは、自分の一番大切なものが汚されるに等しかった。

「これからのことはあとで考えましょう。六助さん、雨の中を気の毒ですが、看板を外して来て下さい。このようなことがあったからには、もう男の弟子を取るような稽古事は止めましょう」

「へい、すぐに外してまいります」

と言って、六助はすぐに外へ出て行った。

蓮月は部屋のあちこちに散らばった黒い碁石を、碁石入れに拾い入れながら。この碁石は碁盤と共に西心が大切にしていたものであり、それをあのような男たちに触れさせたことを悔いていた。まして、扉は閉めてはあるものの、この部屋には西心や重二郎、それに子どもたちの位牌も置いてある。死者たちの霊がさぞかし嘆かわしい思いで、さっきの様子を見ていたのではないかと思うと、申し訳なさに涙が溢れてきた。すぐに六助に見られまいとして、袖で拭ったものの、溢れる涙はあとからあとから止めどなく流れ出てしまい、とうとう碁石を拾うのを止めて、両袖で顔を覆ってしまった。

六助は濡れた看板を抱いたまま、入るに入れず、声を掛けたくとも掛けられず、軒下でじっと佇んだまま、溢れる涙を両袖で覆っている蓮月の姿を見詰めて、

——たんとお泣きなされませ。泣けるだけ泣かれれば、次のこともお考えになれましょう。いつでも六助がお側についておりまする。

と、心の中で言い続けていた。

その夜、蓮月は六助が用意していってくれた夕食にも手を付けなかっただけでなく、遅くまで横にもならずに考え込んでいた。これまでの四十余年の人生を、街中に暮らす人々とは違って、娘時代は城内で、その後は寺域でと、限られた場所で、しかも誰かに守られて生きてきた蓮月であったから、若い娘が男に手込めにされたという話は耳にしたことはあっても、まさか四十歳を過ぎた、しかも尼になっている身が男の好奇の眼に晒されていようとは、全く思いも及ばないことであった。

その夜、蓮月は横にはなったものの、まんじりともしないうちに明け六つの鐘を聞いた。蓮月は起きて床を畳むと、洗面の道具とともに、黒い碁石入れを持って井戸端に出た。昨日の雨と違って、まだ陽は上っていなかったが、空は晴れており、久し振りの五月晴れを望めそうであった。蓮月は洗面を済ませると、改めて、手水盥を洗い清め、その中に碁石を入れて洗い出した。西心が大切にしていた碁石を、あのような男たちの手で触れられたことがたまらなく汚らわしかった。何回も水を代えては濯ぎ直し、ようやく洗い上げると、新しい晒の布を出してきて拭き清めた。だが、昨日味合った屈辱感は、まるで心に刻印されたように、碁石を洗ったくらいでは消えず、曇った気持ちは少しも晴れなかった。

——父さま……。

と蓮月は、あたかも西心に助けを求めるように、小声で空に向かって呟いた。

——父さまのお墓に行ってこよう……。

と蓮月は思った。今日ばかりは、お参りに、という気持ちではなかった。西心が生きている時には心配を掛けまいと、嫌なことは父の耳には入れないように気を付けていた蓮月だが、この世にいなくなった今、自分ではどうにもならない悔しい気持ちを訴えられるのは父しかいなかった。

——父さまなら苦しんでいる私に何らかの知恵を授けて下さるかもしれない。亡くなられても、私が縋《すが》れるのは父さまだけしかいない……。

大急ぎで朝飯を済ませると、作務衣の上に法衣をまとって、蓮月は粟田口近くにある西心の墓所に向かった。途中で陽が高くなり、梅雨の季節とは思えないほど暑くなってきた。しかし、蓮月は汗を拭くのも忘れて山道を登って行った。

粟田口に通じる街道に出たところで、蓮月は、

「尼どの」

と呼び掛けられた。振り向くと、市で焼き物を並べて売っていた顔見知りの老婆であった。少し背中が丸くなった老いの身に、風呂敷に包んだ荷物を背負っていた。

「これは……市の婆どの……」

「そうじゃ。尼どの、こんなに早くからお出掛けかの。何かありましたのじゃな」

蓮月は返事に窮した。婆の店に並べている茶碗に魅かれて、何回かは買ったことがあるが、それだけのことで、決して親しく口を聞いたこともなかった。そのため、「何かありましたな」などといきなり言われても、それを話す気持ちなど全くなかった。

だが、老婆は蓮月の顔を覗き込むように見て、

「尼どの、男に言い寄られましたのう」

と、ずばりと言った。蓮月が顔を背けて黙っていると、婆は、

「京の町屋の人たちは親しい仲でも、入り組んだことには口を挟まぬものだと聞いていますがの。まして、わしはどこの馬の骨か分からぬ市で商いをする在所暮らしのただの婆じゃ。わしもお前さまの名も住まいも知らぬ赤の他人。親しい仲でも口を挟まぬのに、まして赤の他人のわしが余計なお節介じゃと思われるのはもっともじゃ。だがの、そうやって下唇を噛み締めながら歩いておる顔付きを見れば、もしやと思うのは、わしも男には散々嫌な思いをしてきたからの。つい黙ってはおれなかったのじゃ」

と言われて、蓮月はぐきりとした。自分のことをどこの馬の骨か分からぬ婆と言いながらも、あまりに蓮月の心の中まで見越したような口振りだった。

「……」

「わしは伊達に年齢《とし》は重ねてはおらぬ。この世の中は男には分からぬことで、当の男に泣かされている女子《おなご》が沢山おる。何とも理不尽なことじゃがの。お前さまは尼ゆえに余計に許せぬ屈辱だったのだろうよ。だが、芸は身を助ける、という言葉があるが、お前さまは身に付けていた何らかの武芸で我が身を守られたのであろう」

蓮月は、またまたびっくりした。何故この婆はそこまで分かるのか、全く見当も付かなかった。にもかかわらず、蓮月は、まるで小さな少女のように思わず頷いてしまった。

「それは何よりだった。お前さまはお武家の育ちであろうからのう」

「それも分かりますのか」

「何の、その身のこなしはお武家の女子のものじゃ。京はお武家の少ない所ゆえ、すぐに分かる。さっきのことよりずっと簡単なことじゃ。それに手籠めにされた女子の顔付きは、お前さまよりもっともっと深い苦しみになっておるわ。お前さまの顔の表情から分かるのはまだ屈辱を受けただけのものじゃろうがの。何の技を身に付けておられたのじゃ」

「はい、長刀《なぎなた》を少々……」

蓮月は、柔道は女が身に付ける技ではないため、それを言うのは少し憚られた。長刀も稽古をつけて貰ったことがあるのは確かであるため、男を投げ飛ばすような女子とまでは見られたくないという気持ちがあったので、ふと長刀と言ってしまった。

蓮月は亀山城に奉公して間もなく、長刀、小太刀《こだち》に始まって、清浄院の生まれた伊賀上野で行われていた鎖鎌《くさりがま》や柔道も教わった。長刀や小太刀は大抵の大名家でも身に付けるが、清浄院がわざわざ鎖鎌や柔道まで稽古するようにと言い、その稽古を伊賀から伴をしてきた侍女に命じて教えさせたのは、生父である新七郎良聖の生地の武芸を蓮月に覚えさせておきたいと考えたからであったのだろうと、蓮月は後になって気が付いた。それにしても、暇を取ってから二十年以上全く稽古をしていないにもかかわらず、咄嗟に出たことであったが、我が身を守ったことで芸は身を助けるということを改めて実感した。

「それならば心強いのう。何でも若いうちに身に付けておいたことは我が身を守るというものじゃ。尼どのは、その武芸で、女子《おなご》の心を守ったのよ」

と老婆は我が事のように喜んだ。だが蓮月は男に手を掴まれて、卑猥な言葉を掛けられただけでも、すでに心を汚されたと身の毛もよだつ思いに駆られていたため、老婆の言葉に頷くことは出来ずに黙っていた。

「望まぬ男に無理やり手込めにされるのは女子の心を犯されるようなものじゃ。それを守り得た武芸を身に付けていたとは心強いことじゃ。この世の中は恐ろしいことがうじゃうじゃある。金子《きんす》を持っていなくとも、持っていると思われて襲われることもある。そんな時には本当に生命も失いかねない。じゃが、女子は金子目当て以外にも襲われる。それゆえ、悲しいことに女子は男を恐れねばならぬが、尼どのがそれを防ぐ武芸を持っておられることは、これからも生きていくうえに大事なことじゃ。大切にしなされや」

蓮月が亀山の御殿で武芸を習った時、武芸の大切さは女子の生命と操を守るために必要な技とは言われ、一番大事なことは、いざという時、戦った後に、辱めを受けるよりは潔く自害するための技だとも教えられた。それを生きていくために大切にするように、と言ってくれたのは、この老婆が初めてであった。その老婆の言葉に、蓮月は身を守れたことに気が付いた。そして、思わず少女のように頷いていてしまっていた。

「だがのう、多くの女子は武芸など身に付けておらぬし、それに何といっても、大の男の力にはかなわぬ。何も女子に罪があるわけではないのに、多くの女子が男に手込めにされて、泣くだけでは済まぬほどの苦しみを受けておるのを、わしは沢山見てきた」

「沢山の女子を……」

老婆は、もっと話を続けたくなったのか、蓮月が一寸言葉に詰まったのを機会に、

「まあ、急ぐわけでもあるまいに、ここに掛けなされ。年寄りは立ったままではすぐに疲れてならぬ」

と言いながら、老婆は頭に被っていた手拭いを取って、顔から首筋まで汗を拭った。そして、日の陰っているところに頃合の石を見付けると腰を下ろした。釣られるように蓮月も

隣りの石に腰を下ろした。市で買い物をしたことのあるだけの老婆なのに、何故かこのまま分れて行ってしまうのは憚られた、と言うより、自分以上に貶められ、苦しんでいる女たちが大勢いるのだということを、知りたくなっていた。

老婆は続けて話出した。

「とくに若い娘に多いとはいうものの、なかには年増の女子もおる。男に取っちゃ女の年などお構いなしさ。哀れなのは、それだけじゃ済まぬ時じゃ。女子は手込めにされれば、子を孕むこともある。父無し子を孕もうなら、それこそ一大事じゃ。なかには狂ったりして、川に身を投げて大事な生命を絶ってしまった女子も知っておる」

「まあ、川に身を投げて……」

蓮月は自分があまりにも世間を知らずで、今度のことでも、その世間知らずから陥ってしまった屈辱感であったため、始めて親しく口を聞いた老婆ではあったが、この際、いろいろ聞いておきたかった。そして、まずは、自ら生命を絶ったという女たちのために手を合わせ、小声で、

「南無阿弥陀仏、南無阿弥陀仏」

と祈った。

「とくに、村の女子は娘であれ、人の女房であれ、手籠めにされるのはざらにあることじ

ゃ。何せ、街の男や旅の男は村の女子を見ると、もう盛りの付いた獣と同じことさ。村は何といっても竹藪や納屋があちこちにある。そんな場所に引き摺り込まれて、力任せで手込めにされたら、女子はもうどうすることも出来ぬ。そして、時には孕んでしまうこともある。これから嫁入りしようという娘や亭主のいる女子は仕方がなしに、密かに三途の婆に頼んで、始末して貰うのじゃ」

「三途の婆というのは……」

「取り上げて貰って、すぐに口を塞いで息の根を止めて貰うのよ。面と向かっては言わないが、陰では向こう岸に渡す役をする婆ゆえ、三途の婆と呼ばれておる」

「酷いことを……」

「酷いことじゃ。じゃが、気の毒なのはその婆じゃ。生んでも育てるわけにはいかぬからと、誰も引き受けてのないことを拝み倒すようにしてやって貰いながら、蔭では三途の婆などと悪口を言われておる。やれ、わしも同じように言うてしもうた。まあ話のなかじゃ、勘弁してもらおうかい」

と頭を軽く下げて言ってから、続けた。

「もっとも、金のある家では、始末するのは不憫じゃと、生まれた子に金を付けて、全く知らぬ所へ里子にやってしまう者もあるがの。女子が生きていくためには、そうした恐怖と苦しみがあるということは男には全く分からぬ。そればかりか、手込めにされるのは女子に隙があるからとか、油断があったからだなどとぬかす女子もおるわい。これは酷い目に遭ったことのない女子が言うことじゃが、それが手籠めにされた当の女子を二重、三重に苦しみの底に陥れてしまうのじゃ。それこそ酷い話じゃ」

蓮月はびっくりして、言葉が出なかった。すると、老婆は、あとは問わず語りで、自分のことを話し始めた。

「わしは三人の亭主を持ったが、それらの男との間に生まれた七人の子に次々と死なれてのう」

五人もの子をすべて亡くす不幸を味わったのは母のお貞と自分ぐらいであろうと思っていたのに、世の中には、それ以上の子を亡くした人がいることに、蓮月は驚いた。

「婆どのは七人ものお子を亡くされましたのか」

と思わず問い返した。

「何の、もう一人死なれているわ。全部で八人じゃ。三番目の亭主に死なれた後、もう男は持つまいと思ったその後に、理不尽な男に手込めにされて、また一人生んだ。三十を過ぎた田舎女であろうと、男はお構いなしなんだわなあ。じゃが、わしは、そんな父《てて》なし子でも生きていてほしいと願って生んだのじゃ。だが、それも適わず、また流行《はや》り病にかかり死なれてしもうた。わしらのように貧しい者は可愛い子どもが病に掛かったからといっても医者にも診てはもらえぬからのう」

「何とまあ、婆どのは……」

蓮月は目の前にいる老婆が男に手籠めにされたうえに子を生み、そして、その子にまで死なれてしまったと聞いて、もはや言葉を失ってしまった。

「だからこそ、伊達に年齢《とし》を重ねてはいぬと言うたではないか。挙げ句の果てに、身寄りもなく、天涯孤独の身になったことに気が付いた時はもう四十の坂に掛かっておった。しばらくの間は、それさえも気が付かず、ただ恨みと悲しみにばかりに囚われていたのよ。いい年齢《とし》をして、と今では苦笑するがの、その時は悲しみの渦の中にいたようなもので、自分が独りだということさえ気が付かなかなんだのだから、その間、よくもまあ死なずに生きていたものだと不思議な気さえする。それからこっちは、ずっと独りで、こうやって土を捻《ひね》っては、皿小鉢などをつくって、それを市で売って何とか食いつないでいるのじゃ。悲しい身じゃと思うても、我が身を殺すことは出来ぬ。

尼どの、前からわしの品物を買うてくれるお前さまを見ていて、どこぞの尼寺にいる身ではなさそうな。それだけでなく、わしと同じように天涯孤独のお身の上ではないかと見たから、お節介を承知の上で声を掛けたのじゃ。いけなかったかのう」

「何の、ようお話下されました。それよりも、婆どのも随分ご苦労をなされたのでございますなあ」

蓮月はただ顔を見知っているだけの老婆が己が身を問わず語りに口にしたのを聞いて、すっかり同情の念が起きていた。

「私も五人の子を幼いうちにすべて亡くしてしまい、悲しく辛い日を送っておりましたが、婆どのに比べれば、私の苦しみなど、まだまだだったということでございますね」

「何の、先に逝かれた子の数は多いも少ないもないわ。そうか、尼どのも五人の子をすべて亡くされたか。それなら逆縁《さかさ》を見るのは、子を持った女子にとって一番の悲しみと苦しみだということはよくお分かりじゃのう。逆縁を見た者は生きている間は決して忘れることの出来ない、何にも替え難い苦しみよ」

蓮月は黙って頷いた。それから、

「私も最後には父を亡くして、今は婆どのと同じように天涯孤独になってしまいました。そうしたところへ思いも寄らぬ理不尽な男から恥辱を受け、その気持ちが納まらずに、顔にまで見苦しさが出ていたことには気が付きませせなんだ」

「お前さまも身内をすべて亡くされた天涯孤独の身と思うたが、やはりこれも当たっていたのう」

と、老婆は言った。それから、少しの間、沈黙した後で、

「尼どのにこんなことを言うのは叱られるかもしれぬが、わしも初めは死んでしもうた子らに、せめて成仏して貰いたいと仏に縋ったこともあったのじゃが、そのうち極楽浄土とやらが本当にあるものかどうか疑いが出てきての。坊さま方は浄土はあるとは言わるるが、どんな偉い坊さまでも、行って帰ってきた者はおらぬ。そのうち、ふと人は死んで土に帰るということを思い出しての。これは死んだ者を土に埋めるゆえ、確かなことじゃ。若くて死んだ者は誰しも、もっと生きたかったじゃろう。ましてや幼い子らはその願いが強かった筈じゃ。そこで、わしは土を捻ることで死んだ子らをこの世に生き返らせて、他者《ひと》さまの役に立ててやることが何よりの供養になるのではないかと思ったのじゃ。土と言うても、何も墓を掘り返すような真似はせぬ。土ならどこのものでも長い間に人の生命《いのち》を埋めたことがあろうと思ったのじゃ。だが、焼き物になる土は限られているということはやり出して初めて知った。今になれば笑い話で出来るが、無学とはそんなものじゃ。だが、焼き物になる土が取れる所も、いまは遺体を埋めていなくとも、昔は埋めていたかもしれぬ。幼くして死んだ子らはみなが生きていたかったじゃろうと思うのじゃ。我が腹を痛めた子らのものでなくともいい。どこの誰と知らいでも、わしの手で生きたいと思うた子らの心を生かしてやれたら、それ以上の供養はないと思うたのじゃ」

「土の中に眠っている子らの心を、土を捻ることで生き返らせると言われますのか」

と、蓮月はびっくりして聞き返した。

「見た通りのみすぼらしい無学な老婆が言うことなどと笑われるかも知れぬが、わしはそうして土捻りを始めてから、ようよう心が落ち着いてきた。今のわしは、死んだ幼な子たちの心を他者《ひと》さまの役に立つようにしてやっているということで、こうして生きていけるようになったのじゃ。何処の誰とも分からぬお前さまに、自分の昔話を語れるようになったのも、心が落ち着いて、ようやく誰に何を言われようとも、己れの生きようをそのまま受け入れられるようになったからじゃ」

蓮月は老婆の言葉に強く心を揺すぶられた。今までの蓮月は、自分の悲しみにくれ、あとは死者の成仏を祈るだけで、幼くして死んだ者が、さぞかし生きたかったであろうなどと考えたことはなかった。

すでに陽は高くなっており、梅雨の合間とはいえ、暑い陽射しがじりじりと照りつけていた。おまけに梅雨特有の蒸し暑さであった。老婆は立ち上がって手ぬぐいを被り直し、荷物を背負うと、

「もし、お前さまが土を捻ってみようという気になられたら、何時でもわしの家を尋ねてきなされ。教えてしんぜようほどに。土捻りは独りで時を過ごすには面白い技じゃ。わし

の家はこの街道を真っ直ぐに行って、一本杉のところを右に曲がったあばら屋じゃ。分からなんだら、一本杉のあたりで、土捻りをしておるおさわ婆あと尋ねれば教えてくれよう。だがの、土を捻るのは汚れ仕事だから、手も荒れれば、着る物も汚れる。はたして、お前さまに向くかどうかは分からぬが、まあ、もし、やる気になったらいつでも尋ねておいでなされ」

それだけ言うと、老婆は荷を担ぎなおして京の街の方に歩いて行ってしまった。

蓮月はその後姿に頭を下げた後、しばらくぼぉーとして老婆の姿が小さくなっていくのをぼんやりと見ていた。それから西心の墓に向かって歩き出した。

蓮月は、老婆が自分を武家育ちと見抜いていながらも、それに囚われることなく、天涯孤独な尼が独りで生きていくために、土捻りを教えようと親切に言ってくれたことで、もはや我が身は我で守って生きて行かなければならないのだという事実をようやくはっきりと見詰めることが出来た。昨日のような屈辱的な目に会わされたことも、未だかって味合ったことのない乱暴な言葉を浴びせ掛けられたことも、老婆の話を聞いているうちに過ぎたことと思えるようになっていた。そして、女が独りで生きていくということは、老婆と同じように世間という寒風の中に晒され、その風をすべて我が身で受けながら、我が身を守って行かなければならないことであった。そうなれれば、老婆のように心を痛めている見知らぬ人にでも優しく言葉を掛けられるようになれるかもしれないと思った。これからは自分も生活に役立つことを身に付ければ、老婆が土捻りで口を糊しているように、自分もなれるかもしれないと考え始めていた。しかも、それが死んだ者がもっと生きたかっただろうという心でやれるならば、それに勝ることはないという気持ちになってきた。

西心の墓に着いた時には、蓮月は、男の弟子しか得られないような仕事ではなく、むしろ土を捻るなりして作った物を売ることのほうが自分にあっていると確信し始めていた。

蓮月には、幼くして死んだ五人の子どもたちは、それぞれがどのように生きていきたいのかを知るには、あまりに早く逝ってしまった。しかし、どの子も、さぞかしもっと生きたかったであろう。土を捻って皿や小鉢にすることで、我が子たちではなくとも、死んだ者の心がこの世に生き返ってくれるならば、それこそが死んだ者がもっとも喜ぶことであろう。蓮月は浄土があるということは否定することは出来なかったが、浄土は浄土として死者の霊の行く世界であるとしても、土の中に眠っている死者の心をもう一度生かしてやりたいという気持ちには痛いほど共感した。五人の子を亡くした母の気持ちとしては、今は出来ることなら、何とかしてもう一度生かしてやりたいという思いで一杯になっていた。老婆はそのことを自分で気が付き、得心して土捻りをしていたからこそ、老婆の作った茶碗や小皿などには生命が宿っていて、そこに魅かれて自分は買い求めていたのだと、蓮月は思った。

蓮月は、西心の墓の前で手を合わせながら、今の今、思い付いた土捻りを教わってみたいという気持ちを父に話し掛けていた。一刻ほど前に、西心にすがりつきたい辛い思いを抱いて家を出てきた自分とは違って、一つの方向が見えてきての決意になっていた。蓮月は自分独りで考えるだけではなく、人に出会い、話を聞くことで、わずか短時間のうちに考えが広まってきて救われることがあるものだとつくづくと感じ入っていた。しかもそこには同じように何人もの子を失った母の気持ちが強くあった。老婆が、早くに死んだ者はもっと生きることを望んでいるだろう、その死者が土に帰るのは確かなことなので、土を使って人の役に立つものを作ることは、死者の生きたいという心を適えさせてやることだ、と言った言葉は蓮月の中でしっかりと根付き始めていた。そして、そのことを父に語りかけ、自分は老婆の弟子として手捻りで土を捏ねることで生活の糧を求めて見たいという思いを報告していた。

四　自立への道

翌朝、早速に、蓮月はおさわ婆を尋ねることにした。その日も昨日に続いて五月晴れであった。

蓮月は、わずかながら入門のための束修に当たる銭を包み、汚れてもよい仕事着の作務衣のまま家を出た。外は日の光が眩しかった。わずか一日で、おさわ婆に誘われたことから、思ってもいなかった土を捏ねてみようという考えに至り、昨日の朝とは全く違った気持ちになっていることに自分ながら不思議な感じさえしていた。蓮月は、人は、いや自分の気持ちというものが、たった一日で変わって晴れてしまうことがあるものなのだ、というのを初めて味合っていた。それもまだ全く触ったこともない土を捏ねて、それを手で捻り、器を作って焼いて見たいというのだから、その変わり方を言葉に出して説明の仕様もない不思議さであった。焼き物をつくるのは、以前、重二郎に連れられて信楽に行った折に、少しだけ見たことはあったが、そのときでも土にも触ることもなかった。だが、そんなことは今やどうでも良いことであった。ただ、土を捻っていこうという意思だけが目の前に浮かんでおり、その先に見えるのは、老婆から買った皿小鉢などの焼き物だけで、作る過程は分からなかったものの、それだけで十分であった。老婆から買い求めた皿小鉢は自然のままの素朴なものでありながら、どこか人の温みがあることに魅かれていたが、その作り手から「やってみるなら」と声を掛けられたことで、自分もそういうものを作ってみたいという気持ちがふつふつと沸き上がってきていて、わずか一日でその気持ちもしっかり固まっていた。

粟田口から若狭に向かう街道に出て少し歩いたところで、向こうから荷物を背負ってやってきたおさわ婆の姿を見付けた。蓮月は早速、声を掛けた。

「お早うございます。婆どの、お言葉に甘え、早速に……」

と言いかけた蓮月の言葉をおさわ婆は遮るようにしながらも、にっこり笑って、

「尼どの、もうお出でなされたのか。やって見る気になったのじゃな」

「はい、お願い致したく……」

「だが、梅雨の合間の晴れた日は商いに出ねばならぬ。わしは商いで食うておるのじゃ」

「これは気が付かぬことをしてしまいました」

と慌てて蓮月が詫びると、おさわ婆は行き掛けた足を止めて、

「明日は晴れておっても家におるから、明日、出直しておいでなされ」

「よろしいのでございますか」

「見ての通りの年寄りじゃ。この頃は疲れるからのう。いくら晴れた日が続いても、三日続けては出掛けられぬ」

「それでは明日、出直して参ります」

「ああ、待っておる」

と言い残すと、おさわ婆は急ぎ足で行ってしまった。蓮月は後姿を見送りながら、おさわ婆の様子には、決して口先だけのものではなく、誠実さがあると感じ取っていた。

　その翌日から、おさわ婆の都合に合わせて、蓮月はおさわ婆の家に通い始めた。土を選ぶことから始まって、その土を捏ねて下地を作る。それから土を手で捻って形を作り……幾日か乾燥させ、それから釉を掛けてから窯に入れて焼く、ということのすべてが蓮月には全く初めてのことであった。おさわ婆は一つひとつを丁寧に、そして親切に教えてくれた。こうして、蓮月は、連日、陶器づくりにのめり込んでいった。窯は粟田口にある窯元

の登り窯を借りて、窯元が焼く時に一番上の高い場所に一緒に入れさせて貰って焼く。一番上の場所は火の温度が低い物を焼く時に使う所で、おさわ婆の作る物はそうした焼き物であった。

蒸し暑い梅雨が明け、京都独特の暑い日がやってきて、やがて涼風から秋となり、木枯らしが吹くようになっても、蓮月は雨の日も、風の日も、おさわ婆の家に通い続けた。晴れて気持ちの良い日は、おさわ婆は商いのため市に出掛けてしまうのだが、それでも蓮月は一人で、おさわ婆の家で手捻りに没頭していた。そして、時にはおさわ婆の家に泊まり込んでしまい、岡崎の家に帰らぬ日もあった。夜暗くなってから帰るときでも、おさわに「芸は身を守るもの」と励まされて以来、夜道さえ怖くはなくなっていた。

六助は、蓮月の身体を心配していたが、今度は六助の小言に耳を貸さずに、ほとんど毎日出掛けてしまう蓮月のこれからの暮らしのために、畑仕事の合間を見て、隠居所の庭の隅を借りて、蓮月が土捻りをするための小屋を作り上げた。六畳ほどの物置のような土間で、回りは板囲いしただけの雨露を凌げる程度のものであった。だが、蓮月がとても喜んでくれたことで六助は満足していた。

その年のお盆は西心の新盆であった。蓮月は、七月十三日の昼過ぎ、坊官屋敷の太三郎の家に出向いた。すでに座敷には盆棚が作られており、夕方には、霊を迎える用意がされていた。

太三郎は、何の前触れもなく、やってきた蓮月にびっくりしたものの、丁重に迎えながらも、

「正月に伺いましたときに、あれだけ強く仰せになったので、お盆に、母上がお出で下さるのかどうか気を揉んでおりました。本当によくお越し下さいました」

「今年は父上の新盆ではありませぬか。この家が大田垣家の当主のおられる所なのですから、仏さまはこの家にお帰りになられます。それを太三郎どのと一緒にお迎えしなければ、父さまに申し訳が立ちませぬ」

と蓮月は、おかしなことを言うと言わんばかりに、太三郎を窘めるような言い方をした。

蓮月は、この一年の間に、言わなければならないと思ったことははっきりと口にするように変化していた。土いじりをしている間は何もかも忘れて精神を集中していることが蓮月の心に一人生きていく自信のようなものを持たせてくれているようであった。

「左様でございます。ご先祖の霊がお帰りになられるのはここの家でございます」

太三郎は丁寧であったが、妻のお鹿は通り一片の挨拶をしただけで、気が咎めているのか、蓮月と眼を合わせるのを避け、蓮月が何か言うと、それに対しては、短く応えるものの、自分からはほとんど言葉を発しなかった。

「母上、お暮らしの方は歌と囲碁を教えてでございますのか」

と、太三郎は、よほど気になっていたと見えて、一通りの挨拶が済むと、おそるおそる尋ねた。

蓮月は、その太三郎の様子を見ながら、

「人さまに何かを教えることの出来るほど、稽古をしてはおりませなんだので、それは辞めることに致しました。まだ、父さまが残して下された金子《きんす》が少しはありますので、今は知り人から焼き物作りを習っております。とても面白うございますよ」

とだけ言った。

夕方、蓮月は太三郎とともに門火《かどび》を焚き、その火を盆棚のお灯明に移した。蓮月は新盆で迎える西心だけでなく、夫の重二郎と五人の子どもたち、それに母のお貞と兄の亦一、伯母のお種の霊など、大田垣家の人々の霊と久し振りで向かい合った気持ちになった。とくに、盆棚を飾った座敷は、重二郎が息を引き取った部屋であり、夏座敷のしつらえもその時と同じであった。それに短い期間ではあったが、重二郎が当主となってからは、夫婦二人の寝所としても使われていた座敷であった。それだけに久し振りで訪れてみると、蓮月は悲しさと懐かしさが重なり合って、涙が滲んできた。

蓮月は、重二郎の面影を残す座敷で手を合わせると、お芳と順之助が死んだ後のこの十年ほどの間は、西心との絆が以前にも増して強くなっていたために、西心にばかり話をしていた自分に気が付いた。もちろん、夫を忘れていたわけではないが、亀山に行っていた時期も入れれば、四十二年間も暮らした西心との結び付きが強く、いかに蓮月の心を支えてくれていたか計り知れなかった。だが、この部屋に座っていると、やはりそれは重二郎に申し訳なさとして、蓮月は心に痛みを感じた。

太三郎が、

「ここにお出での間は、この座敷にお休み下さいまし。私は西心さましか存じませぬので、母上のほうが他のご先祖ともお話もお出来になりましょうから」

と言って、その座敷を空けてくれた。そのため、お盆の間は西心だけではなく、いや、むしろ久し振りに重二郎との思い出に浸りながら、土捻りを習っていることなどを報告しつつ、ゆっくりとした時を過ごしていた。

そして十六日の夕方、大文字山の送り火を拝んで太三郎とともに先祖の霊を見送った。それが済んでの帰りがけに、太三郎が、

「この家にお戻りになる気になられましたら、いつでもお帰り下さいまし。仏間は母上のお部屋にして頂くように心積りしておりますから」

と、また何か言われるかと思いながらも、養子としての親孝行の言葉を述べた。仏間は西

心が隠居後に居間として使っていた部屋であった。蓮月はその言葉に少し心を和らげて、

「そのような時が来ましたならば、お頼み申しますよ」

とだけ言って、提灯を手に神楽岡崎に戻った。


一年余の月日が経った。その間、おさわ婆は、あたかも徳利から徳利へと酒を移すように、自分が知っていることのすべてを蓮月に教えてくれた。そして、窯はおさわ婆が借りていた粟田の帯山与兵衛のものを、蓮月も借りられるように取り計らってくれた。そうした後に、おさわ婆は、

「もうわしが知っていることは皆お前さんに教えた。何せ、わしの作るものは村に住む素人の技じゃ。あとのことを知りたくば、ちゃんとした焼き物師にでも付いて教えて貰うたらいい」

と言った。その顔は、自分が知っていることを何もかも教えて満足したというようにすっきりとしていた。


翌朝は真夏の太陽が朝からじりじりと照りつけていた。その中を蓮月がおさわ婆の家に行くと、おさわ婆は布団に横たわったまま、息絶えていた。すべてをなし終えて満足したような穏やかな死に顔であった。蓮月はびっくりしたものの、次には、おさわ婆は蓮月に

教えるべきことを皆教え終えて、旅立って逝ったのだと思った。それだけに、これから先、徒《あだ》や疎《おろそ》かには焼き物に取り組めないという意識がはっきりと心に生じてきた。

まずはと、蓮月は窯元の帯山与兵衛の家に知らせに行き、与兵衛の家の奉公人たちが来てから、枕経を唱えた。女の奉公人の一人がおさわ婆の持ち物を開けると、他の物とは別に、白い風呂敷に包んだ新しい経帷子《かたびら》が出てきた。おさわ婆は出来るだけ誰の世話にならないように覚悟を決めて、自分で縫って置いたのだろうと、蓮月はその用意の良さといい、死に方といい、潔い在り様に感服した。慣習では、経帷子は死の知らせを聞いて集まってきた女たちの手で縫い、遺体に着せるもので、蓮月は、自分の経帷子をあらかじめ自分で縫っていた人に出会ったのは初めてであった。だが、天涯孤独の身ならば、自分ではどうすることも出来ない遺体を墓に入れること以外は、かくありたいと思った。その経帷子をおさわ婆の遺体に着せてから、蓮月は再び経を唱えた。

おさわは最初に蓮月と親しく口を聞いた時に、問わず語りで自分の昔のことを話した以外は何も過去のことを語らなかった。与兵衛に尋ねると、与兵衛も何も聞いていなかったので、あとは与兵衛の判断で、遺体は粟田口に近い無縁墓地の一隅に葬ることになった。そして、与兵衛が喪主の役を勤めてくれ、蓮月が経を読んで、野辺の送りを済ませた。その後、蓮月はおさわの家のあとの片付けを与兵衛に頼んだ。与兵衛はそれを承知しながら、

「おさわさんが残していった土や道具などは、蓮月さんが貰ってお上げなさい。そうしてやることが一番おさわさんが喜びますよ」

と言ってくれ、

「あとで残っている土と一緒に家の若い者に届けさせるから」

と付け加えた。そして、

「それから、蓮月さんがうちの窯を使うなら、いつでも声を掛けて下さいよ、入れる物は若い者に取りにやらせて、ついでの時に焼くことになるから、急ぎ仕事は出来ないが、何も遠慮は要りませんよ」

とも言ってくれた。蓮月は感謝して、その後、与兵衛の窯を使わせて貰い、それは与兵衛の代だけでなく、息子の八代目与兵衛になってもずっと窯を借り続けた。蓮月は名を知られるようになっても生涯自分の窯は持たなかった。

こうして、おさわ婆が残した土と篩《ふるい》や竹箆《たけべら》などの道具類は、六助が作ってくれた蓮月の仕事場に運ばれてきた。蓮月はそれらのものに、

——おさわさん、お前さまの思いはこのわたしが引き継がせて貰いますよ。

と、手を合わせながら心の中で言った。おさわ婆の思いとは、これから蓮月が作る物が、土の中に宿っていると思われる若くしてまた幼くして死んだ者の心を生き返らせて、世の

人々の暮らしの役に立つ品物に込めて送り出すことであった。それだけでなく、蓮月は焼き物に関しては、おさわ婆の他に師匠に付くことはしなかった。腕の良い師匠について玄人受けする技巧に富んだ作品を作るよりは、むしろおさわ婆に習ったことに、あとは自分なりの工夫で、出来るだけ素朴さを生かした物をつくり、死者の心をこの世に役立ててやりたかった。そして、蓮月は西心の墓参りに行く時は、必ずおさわ婆の墓にもお参りして、「おさわさん、わたしが父の墓参りに来られる間は、こうしてお参りさせて貰いますから、お前さまを無縁さんにはしませんよ」

と手を合わせ、教えて貰ったことに感謝の意を表わした。

こうして蓮月自身の焼き物作りが始まった。この時の蓮月は、四四歳、満年齢にすれば四三歳の出発であった。

蓮月は八五歳まで生き、明治八年、病に倒れ、二か月後に息を引き取ることになるのだが、病に倒れるまで働き続けていた。八五歳というのは、、この時代ではまれにみる長命であった。

焼き物作りを始めた時の蓮月はこれから独りで生計を立てて生きていく道を模索しながら打ち込んでいくことになる。蓮月が最初の頃の市で売っていた品物は、町屋の人々に買われて、生活の中で生かされ、消耗していったと思われるので、どんな作品であったのかは、分からない。ただ、それが〈蓮月焼〉の出発であり、生活の糧を得るためであると同時に、〈陶芸家蓮月〉として蓮月自身の心を支え、充実した年月を送ることになった出発であった。そして、〈陶芸家蓮月〉を幕末近くの歴史に存在せしめることになったのである。

蓮月は当時の京都の街中で盛んに行われ始めていた煎茶の道具を作っていこうと考えていた。煎茶はかつて真葛庵に集まってきていた人たちが好んでいたもので、蓮月はそうした場で客のために茶を入れながら、話を聞いて、いろいろと学ばせてもらった場で用いられていたものであった。そうしたことを思い出しながら、まずは京都では〈きびしょ〉と呼ばれている煎茶用の急須を作ることから取り掛かることにした。蓮月は、自分の作るものも、おさわ婆の物と同じように自然な素朴さを好む人に使って貰えれば良いと考えていた。そして、ただ、普通の人々の暮らしのために作って売るのだから、好き者が好むようなだけの物は作りたくない。むしろ町屋の人々にこそ気楽に使って貰えるものにしたかった。

それからの蓮月は、毎日、朝早くから日が暮れて手元が見えなくなるまで、六助が建ててくれた仕事場に籠りっきりで、あれやこれやと試作を重ねていた。よく捏ねた土を手で捻っては急須を作っていく。轆轤は使わなかった。一つずつ手で捻るのだから同じ物は出来ず、それぞれがどこか違っている。急須は一度に幾つも使う物ではないから、違っていてもかまわない。しかし、形を作り上げてみると、何か物足りない。蓮月はいろいろ考え込んだ末に、最後に急須の表面に自分の詠んだ歌を書くことを思い付いた。そのままでは、ただの素朴さだけで面白味がない。素朴さの中にほんのわずかながらも華やぎを加えたいという気持ちで歌を書いてみることにした。そこで、大福帳に使う帳面に書き散らしておいた歌の中から、つれづれに季節を詠んだ当たり障りのない歌を拾い出して使うことにした。初めは筆で書いたものの、手捻りで形作った表面はで凹凸があって、また肌触りも紙とは違って思うように書けない。そこで、思い切って釘で彫ってみるとにした。すると、筆のような柔らかさは出ないものの、釘を使ったことが、逆に蓮月の凛とした心を表現することになった。もっとも最初は、そこまでは気が付かなかったが、それでも釘彫りが気に入り、それに決めた。

もともと、知恩院の寺域内で暮らし、あまり人中に出ることのなかった蓮月は、生活のためとはいえ、実際に市に店を出して売ることになったとき、わびしい思いにかられた。

てすさびのはかなきものをもちいでてうるまのいちにたつぞわびしき

市は広い場所に大勢のその日暮らしの物売りが集まってきて、筵の上にわずかな品物を並べただけの小さな小さな店を出す。むろん、屋根も囲いもない露店である。なかには大八車で大きな木箱に売り物を入れ、戸板も運んできて、木箱を足にして、その上に戸板を渡した台の上に品物を並べている者もいたが、ほとんどは土の上にじかに筵を敷いただけの店であった。蓮月もその一人で、おさわ婆のやっていた姿を思い出して、急須を並べた。初めて市に出る日の朝、頭を剃り、白木綿の作務衣の上に黒の法衣を着け、手には小さい数珠を掛けて市に出た。不特定多数の人を相手に初めての商いを、人が大勢集まる市で開くことは、蓮月にとって極めて苦痛であった。覚悟は決めてきたものの、いざ市に立ってみて、がやがやと大声が飛び交う場に身をおくことは、恥ずかしさと侘しさで、顔を覆いたくなるほど辛かった。出来ることなら、その場から逃げ出したかった。父の残してくれた金子はまだあった。だが、いずれ、それを使い果たしてしまえば、否応なしに市に立って作った物を売らなければならない。今は逃げることが出来ても、いつかは逃げられなくなる日がくることは分かっていた。それに、暮らしのための金子を自分で稼ぎ出さなければ、自分ですべてを賄って暮らしていたおさわが精魂込めて教えてくれたことに報いるという覚悟のほどもあったものではなくなってしまう。そのほかに、与兵衛に窯の借り代を支払わなければならない。いろいろの感情が入り乱れる中で、蓮月は市に出た。

──もう、逃げることは出来ない……。

蓮月は、心の中で手を合わせ、

──おさわさん、見守っていて下さいね……。

と呟いた。こうなると、頼りになるのは、おさわ婆だけで、西心の顔さえも浮かんで来なかった。

それから蓮月は腹を括り、意を決して、深く息を吸い込んでから吐き出して、背筋を伸ばし、急須を並べた筵の奥に座った。

だが、一刻《とき》経っても急須を手にする人もなく、二刻経っても一つも売れなかった。意を決した筈なのに、だんだんわびしさだけが膨らんでくる。その度に深い息をしては背筋を伸ばした。だが、他の者のように、客を呼び止めようとする声は出せなかった。時が経つに連れて、夕暮れが近付いてきて、家路へと急ぐ人の足は早くなっていった。

結局、その日は夕暮れ間近に、一人の若い僧が急須を手にはしたものの、買わずに行ってしまっただけで、一個も売れずに終わった。

蓮月は残り物、というより、持ってきたすべての急須を籠の中にしまい、大きな風呂敷に包んで帰らざるを得なかった。

翌朝、足は重かったが、そんなことを言ってはいられず、蓮月は再び昨日と同じ荷を背負って市に出た。早くから焼き物を並べたものの、覗く人はいても、買ってくれる者はいない。

四つ（午前十時頃）を過ぎた頃、昨日、手に取っただけで行ってしまった若い僧が老僧とともに訪れた。老僧は急須を手に取り、そこに彫られた歌と最後に彫られた名前を見て、

「尼どのが蓮月どのか」

と尋ねた。

「さようでございます」

「それでは、この歌も……」

「お恥ずかしいかぎりでございます」

と、少し顔を赤らめながら答えると、老僧は、

「これは釘彫りじゃな。鋭い釘と素直な歌がかえってぴったりといい間合いをなしておって面白い。そなた、なかなか良い感性をお持ちじゃな」

「おそれいりまする」

と頭を下げた蓮月に、

「一つ貰おうかの」

と言い、包んでくれるように頼んでから、他にも手を伸ばして、歌を見てから、

「この二つも貰おう」

と言ってくれた。

「有り難うございます」

蓮月は思わず、手を合わせて礼を言ってから、急いで一つずつを反古紙に包んで若い僧に渡した。初めて往来で、しかも自分の手で作った急須が三つも一度に売れ、その代金を手にした蓮月は、深々と頭を下げた。

老僧と若い僧の二人が立ち去ると、遠くから様子を見ていたらしい人たちが二人、三人と寄ってきて、次々と急須を手に取り、書かれてある歌を詠んで貰ってから、買っていった。

陽が西に傾く頃までに、結局、二十個持ってきた急須のうち、十五個が売れた。

——あのお坊さまがきっかけをつくって下された……。

と、蓮月は感謝の気持ちで残りの五個を籠に入れて、昨日とは違う少し晴れやかな気持ちで家路に着いた。二十個のうち十五個売れれば上々であった。

家に帰ると、台所に布巾を掛けた夕飯のお膳が用意されていた。六助が作ってくれたも

のであり、昨日は、その側に六助が座っていた。売れなかったことを口にすると、あとは自分が売りに行くと言い出した。しかし、蓮月はそれを、

「これはわたしの仕事です」

と、きっぱりと拒否し、そのようなことを言い出すなら、出入りを禁ずるとまで言ったため、今日は食事だけ運んできて帰ったらしい。蓮月は、それだけでも十分に有り難く、感謝の念で一杯であった。しかし、それ以上、甘えることは出来ないし、六助はもはや使用人でも何でもなかったのだから、

「市で売ることまでやって貰ったのではわたし自身が駄目になってしまうから」

と、断ったのである。それをあまりに凛として言ったため、六助は、

「申し訳ございませぬ。ほんにお節介なことでございました」

と、詫びて、うなだれて帰っていったのである。

蓮月は、今日は十五個も売れたことを話して、喜んで貰いたいと思った。だが、それは次の朝、家を出る前に、六助が来たらと、そのことを書き残して、残りの五個に、仕事場に置いてあった別の十個を籠に入れて出掛けた。

そして、蓮月は、今日はどのようなことになるのかと案じながら、昨日と同じ場所に店を開いた。ところが、昨日買ってくれた人から聞いた、ということで、町の人々が次々と

訪れ、九つ（十二時頃）近くには十五個すべてが売り切れてしまった。どの人たちもそれぞれに歌を読み上げて貰い、手に入ったことを喜びながら、大事そうに包みを抱えて帰って行った。

初日には一つも売れなかったのに、昨日、老僧が買ってくれたのを皮切りに次々と売れ、それが今日に続いていることに、蓮月は狐につままれたような顔で、品物がすべてなくなっても、しばらくは筵の上に座ったままでいた。

そのうち、あの老僧は何者なのか、と考え出したが、思い当たることはなかった。それは、いずれ市に店を出している人と親しくなったら尋ねてみようと思い、その日は筵だけを入れて空になった籠を背負って家に帰り掛けた。

蓮月が市を離れて、いくらも経たぬ木陰に、六助が待っていて、

「ようございました」

と、嬉し涙でぐちゃぐちゃになった顔を手ぬぐいで拭きながら、声を掛けてきた。

「お叱りを受けるかとは存じましたが、書かれたものを拝見して、どうしてもご様子を見に来ざるを得ませなんだ。本当によろしゅうございました」

蓮月も涙を浮かべながらも、笑顔を見せて、

「わたしのような素人が作った物でも買って下さるんですねえ。有り難いこと」

と言うと、六助は何度も何度も頷いた。

　それからの蓮月は、毎日、仕事場に籠って、土を捏ねることから始めて、手捻りの急須作りに打ち込んだ。そのうち、少し欲が出てきて、急須と組になる煎茶茶碗も作ってみることにした。

　陶器作りは一人で静かな時間を過ごすことが出来、しかも、その時間が経ったのを忘れるくらい仕事にのめり込むことが出来た。歌を詠む時は、考え込んではいるものの、気づかぬうちに、つい、雑念が入って来ることがあった。しかし、絶えず手を動かし、その手が形を作り出していく陶器作りは雑念など入る余地は全くなかった。

　朝は御飯を焚き、茶粥にして、これも六助が持ってきてくれた漬物で済ましてしまい、昼飯のために握り飯を二つ作ってから仕事場に入る。夕飯は、断っても断っても六助が運んできた。

「わしが持って来なければ、蓮月さまはいずれ茶粥と漬物だけで済まされてしまいましょう。それではお身体が持ちませぬ。せめて夕飯のお菜《さい》だけは運ばせて下さいまし。これはお布施なのでございますから、お布施をお断りになるとあっては、尼であるあなたさまが仏の道に外れるのではありませぬか」

とまで言うので、お菜だけを貰うことにして、飯は朝焚いた分を食べることにした。

　十一月の中頃になって、暮れの市に出す予定で作った急須三十個と五個組の茶碗二組が出来上がり、乾燥を待つばかりにして、与兵衛のもとに窯入れのことを頼みに行くと、与兵衛は待っていたとばかりに、いきなり、

「蓮月さん、水くさいじゃありませんか、わたしにまでご身分をお隠しになることはないのに、とんだ恥を掻いてしまいましたよ」

と、以前とは打って代わった丁寧な口振りで言った。

「この間、大泉院さんへ伺ったら、ご住職さんが、最近、街中に出始めた、蓮月という名で歌を彫り込んだ急須の作り手が、どこの窯で焼いているのか知らないかと聞かれたので、それならわたし共の窯で、とお答えしたら、蓮月さん、お前さまは知恩院の真葛庵の前のご住職の娘御だったお人だと聞いて、もう、びっくりしてしまいました。お前さまからも、おさわさんからも以前のことは何も聞いていなかったものですから、まさかそうしたお方とは……」

　蓮月は急須に自分の名を彫り込んでしまったことに、はっとした。自分の名を知っているのは知恩院の中だけのこと、ましてや「大田垣蓮月」とはせずに名前だけで前の身分を知られてしまうとは思ってもいなかった。ただ、歌を彫り込んだついでに何の気なしに書い

たまでのことであった。あえて言うならば、他人の歌とは思われたくない、という気が働いて、書き留めたに過ぎない。

「それは別に隠していたわけではありませぬ。おさわさんはお聞きにもならなかったので、お話しませなんだが、父が亡くなり、知恩院を出ましてからは、わたくしは世を捨てたただの尼に過ぎませぬ。その尼が身すぎ世すぎのために作りましたもの。まさか苗字なしの名前だけのことで、それが大泉院のご住職のお眼に止まって、以前のことが知られるとは思いもよらぬことでございました」

と、蓮月が恐縮したように言うと、与兵衛は、

「ご住職は余所でご覧になったそうで……。素人が作った物だということはすぐに分かるが、その稚拙さのなかに、手捻りの凸凹と、しっかりとして気合のこもった釘彫りの文字がぴったりしていて、かえって作り手の持っている品格が滲み出ている、と大層褒めておられました。そして、ぜひご自分も求めたいものだ、とおっしゃって、わたしに窯元をお聞きになったんですよ。今度の物が焼き上がったら、わたしが大泉院に持って行かせて貰いますよ」

「それは……、お恥ずかしいことでございます」

「何の、恥ずかしいことがあるものですか。あちらがお望みになるからお届けするまでの

こと。坊さま方でも、ご自分が作られた焼き物や書画などを人にお分けになっては、お礼として金子をお受け取りになっておられる。ご出家も人の子ですから、食べなければ生きてはいけませぬ。そのためにお布施以外にも、そうしたものでお礼を受けとられる。まあ、市へ出すのとは違って、こちらから値を付けることは出来ないが、その代わり、市で売るのとは比べ物にならないほどの金子をお下げ渡しになるはずですよ。そうなってくれば、何も市の冷たい地面に敷いた筵の上に座って、買い手を待つようなことはしないで済みますよ」

「いいえ、それでは人さまのお袖にお縋り申して身すぎ世すぎするようなことになってしまいます。ぜひにとお望み頂けるなら、お譲り出来るのは有り難いことでございますが、どうぞ、お前さまから昔のわたくしのことを余所さまにお話になることだけは止めて下さいまし。お寺の坊さま方はそれぞれ長い間のご修行をなされて、ご身分を得られた立派な方ばかり。そういう方がお作りになるものは大層なお品でございましょう。わたくしが尼になりましたのは、夫に死別いたしましたために髪を下ろしただけのこと、修行も何もしていないのでございますから、お偉い方々から金子を頂けるような品物ではございません」

与兵衛は、それ以上はただ黙って聞いているだけであったが、内心は、口を閉ざしているつもりはなかった。むしろ出来るだけ蓮月を応援したかった。

品物が焼き上がると、蓮月は与兵衛がぜひにと言う急須と五個の茶碗の組合わせを二組渡した。そして、残りの二八個の急須は暮れの市に運んでいき、前のように筵の上に並べた。最初の時は、人中で物を売るということが、ただ無性に侘しく、恥ずかしかったのであるが、与兵衛の口から父の名が出てしまったため、今度は人に知られて、父の名を汚すのではないかという恐れも生じてきた。だが、止めるわけにはいかないと腹を括った。父が養子の太三郎に蓮月のことを託したことさえも、自分で断ってしまったのだ。父の名を汚すようなことになっても、その責めは自分が負うことであって、それを恐れることは生きることに背を向けてしまうことになると思った。

思いがけず、並べた急須は夕方までにすべて売れた。しかし、買い手のすべては町人で、蓮月の名にも関心を持った様子はなく、ただ歌を彫った急須を売っているという話を聞き、手に取って見たら、気に入ったというようなことを言った者がいただけであったので、ほっとした。木枯らしが吹きすさぶ暮れの市で、その日のうちに二八個のすべての急須が売り切れたことは有り難かった。それだけの売り上げがあれば、与兵衛に窯の借り料を払っても、切り詰めれば、春の訪れまでの間は、寒さで指の感覚まで無くなってしまう土を捏ねることを休める、と思った。

京都の冬の寒さは底冷えで、何もしないでいても、身体の芯まで凍りそうになってくるときがあった。まして岡崎の辺りは知恩院よりずっと北に当たり、おまけに素人の六助が作った仕事場は肌を刺すような冷たい隙間風が絶えず吹き込んでくる。それでなくとも冷たい土に触れる時の指の感覚は痛いほど冷たいのから始まって、そのうち全く感じなくなり、指自体が動かなくなってしまう。土を捏ねようにも捏ねられないのである。まして、正月を迎えた後の寒さは暮れよりもずっと酷くなる。

蓮月は、冬の間に、縫い物をしておこうと思った。考えてみれば、この一年半の間、陶器作りに夢中になっていて、一度も針を持ったことがなかった。仕事着に着ている作務衣は汚れていても破けていても構わないが、市に出るときなどに着る白の作務衣は四回着ただけで、汚れが目立っていた。その上に羽織っている木綿の法衣は肩の辺りが籠の背負い紐ですり切れてもいた。法衣は上に着るものだから、新しく縫わなければならなかった。その他にも襦袢はほとんど着潰してしまっていた。最近の蓮月はほとんど作務衣を着ており、父の墓参りや市に出掛ける時は、白の作務衣の上に法衣を纏っていた。法衣を木綿にしてからは、下に着ている作務衣の上衣は外に透けないので、襦袢の衿を重ねていれば、着物を着ているように見える。そのため、作務衣の上衣の上から細い帯を締めしまえば、一寸見には着物を着ているようにしか見えない。もっとも、足元は袴であるから違いは分かるものの、蓮月は作務衣の袴姿が歩くのに極めて便利なことで気に入っていた。それだけに、冬の寒い間に白の作務衣と法衣、それに肌襦袢を何枚か縫っておきたかった。とくに、まだ綿入れの作務衣はなかったので、それもぜひ縫いたかった。一年半の間の土いじりで、手はすっかり荒れ、節くれ立ってしまっていたが、この手が冬を越せるだけの金子を稼ぎ出したのだと思うと、昔の綺麗な手が懐かしくなることはなく、この荒れた手こそが、自分で働いている今の蓮月その者の手であると思い、かえって愛《いと》しかった。

次の朝、与兵衛の家に窯の使用料を支払いに出掛けようとしていたところへ、思いがけなく与兵衛の方からやってきた。与兵衛が蓮月の家を訪れるのは初めてのことであった。

「なかなか瀟洒なお住まいでございますなあ」

と、与兵衛は家の造りを眺め回しながら、そう言って褒めた。

「これは与兵衛さん、今、窯焼きのお代を払いに伺うところでしたのに」

と蓮月が言うと、与兵衛は、

「行き違いにならずに済んで良かった。蓮月さん、何よりのことでしたよ」

と、笑みを浮かべながら、蓮月を家の中に戻すようにして言った。

「大泉院のご住職には、二組のうちのどちらかを選んで頂こうと思って、両方お預かりしたんですが、これが何と、ご覧になって、両方ともにお気に召し、二組ともほしいとおっしゃったんです」

と言ってから、懐から金包みを出して、蓮月の前に置き、

「そして、これを礼金としてお預かりしてきました。開けてご覧になって下さいまし」

蓮月は促されるまま、金包みを手に取り、開けてみた。小判が二枚入っていた。

「まあ、二両もございます」

と蓮月は言ったまま、あとが続かなかった。普通、お寺に納める道具類は特別に合わせて作られた木箱に入れられていることを、蓮月は真葛庵にいて知っていた。真葛庵では、そうした物は、檀家ないしは信者がお供物として持参してきていたので、こちらから礼金を包むということはなかったため、与兵衛がどういう風にして持参したかは分からないが、あまりに金額が多すぎることに、蓮月はびっくりしたのである。市では、急須一個二百文で売っていた。この金額は与兵衛が決めてくれたものであった。だから、二八個売っても、一両と一分二朱であった。その中から二分を窯の使用料として支払うことにしていたから、手元に残るのは一両足らずである。それでも、切り詰めれば、女一人が何とか一冬の間暮らしていける金額ではあった。

「いいんですよ。坊さん方が礼金を出されてまで、お求めになるというのは、よっぽどお気に召したからなんで、めったにあることじゃありません。お寺はいろいろお布施が入るんで、金子は持っておられる。真葛庵におられた蓮月さんにこんなことを言っては申し訳

ないが、坊主丸儲けというじゃありませんか」

「では、この金子の半分を頂きますので、失礼ながら、半分は与兵衛さんの分としてお納め下さいまし」

「何の、わたしはご住職のご依頼で持って行っただけなんだから、そんな必要はありませんよ。金子なんていうのは、あって困るものじゃないんだから、蓮月さんがお貰いになっていいんです。多すぎるとおっしゃるなら、それは次の焼き物作りの時に生かすなり何なりに使われたらいいではありませんか。私は、窯をお貸しした二分だけ頂けばいい」

「でも、ほかに土を頂いておりますし、運んだりすることなど、いろいろお世話になっております。こんなことでもなければ、今のわたしには、とてもお支払い出来ないのですから、どうぞ一両はお持ち下さいませ」

「いやいや、そんなことは気になさるには及びませぬ。ただ窯代だけはお約束だから、商いの常道としてきちんと頂きますが、それ以上のことはなさいますな」

と言って、与兵衛は聞かなかった。そして結局、蓮月が窯代として包んで置いた二分を受けとって、与兵衛は帰って行った。

その後で、蓮月は、この金子でずっと世話になりっぱなしの六助に、布地を買って新しい冬の綿入れの着物を縫ってやろうと思い付いた。今日まで、ほとんど毎日のように夕飯のお菜を運んできてくれたお陰で病気もせずにやってこられたようなもので、土捻りの最中に自分一人でいたら、きっと六助の言ったように、お腹が空いた時に何か食べればよいと、毎回茶粥ぐらいで済ましていただろう。人に食べ物の心配をさせて仕事をしているのでは、まるで六助が女房の代わりをやってくれていたみたいだ、と蓮月は自分でもおかしくなって、笑いが出てしまった。そして、これだけ頂けたのだから、今後はあまり気を詰めずに仕事をして、自分の食べることの世話ぐらいは自分でしなければ、とも思った。長いこと、妻であり娘でありで来た身にとって、食べ物から身の回りのことまで、こんなに構わなくなってしまったことはなかった。何かを思い付くと、どうしてもそのことに夢中になり、回りのことが見えなくなってしまう蓮月に、以前はよく父が注意してくれたのだった。もう、その父もいないのだから、これからは自分で自分に注意を促すようにしなければなるまい、とも思った。そして、こんなことをゆっくり考えられるのも、思いがけない金子を頂いたことで、余裕が出てきたためだと気が付いた。

同時に、蓮月はこの二両という金子は、自分が真葛庵にいた西心の娘だと分かったからこそ下されたものであり、決して自分の焼き物そのものへの価値として下さったものではないとも思っていた。急須一個の値段は、市で二百文で買ってくれた人たちの方が正直なのであり、急須一個と、急須に彫った歌と同じ歌を彫った茶碗五個で一両というのは、あまりに多すぎた。もし、その値段で市に並べても誰も買ってはくれないだろうということも分かっていた。もし売るとすれば、せいぜいが五百文ぐらいなものではないか。西心の娘が市で焼き物を売っている姿に同情されて出されたものに違いない。だから、二両の金子を頂けたのは父の名前を知られてしまったことによるものであり、言うなれば、父のお陰である、と思った。

——父さまはあの世に逝かれても、誠を守って下さいますのね。誠は父さまの娘で本当に良うございました……。

と、胸の内で呟いた。

すでに四つ（午前十時頃）を過ぎてはいたが、寒くなると行けなくなるので、西心の墓参りをしてこようと思い立った。与兵衛を尋ねるために着替えもしていたので、蓮月は金子をしまうと、そのまま家を出た。

すでに紅葉していた木々はすっかり葉を落としているため、初冬の柔らかい陽射しが地面まで明るく差し込んでいた。

天保六年の年が明けて、蓮月は四五歳になった。

一昨年の正月は西心の喪中であり、昨年はおさわのもとに通い続けていたため、おさわ

から、

「何もないが、せめて雑煮ぐらい祝おうよ」

と言われて、初めて正月だと気が付いたくらい土捻りに夢中になっていたため、天保六年の正月は、久し振りに気持ちだけでも祝おうという気になっていた。

暮れに、六助と母屋の留守番をしている老夫婦の四人で、餅をついて、お供えの飾りを仏壇に供えた。また、わずかなばかりのお節の料理を作り、元旦には六助と、いつも風呂を焚いて入れてくれる母屋の夫婦を招いて、四人でささやかな新年の祝いをしていた。六助は、暮れに蓮月が新しく仕立てた綿入れの着物を着て来た。前に仕立てて渡した着物は西心のものを仕立て直したものであったが、暮れに仕立てた着物は布地も中に入れた綿も新しく買ったものであり、六助はそのことをとても喜んだ。そして正月に着ると言っていた通り、元旦に、初めて着て来たのである。

そこへ与兵衛がやってきた。まさか正月早々訪れる人もないと思い込んでいたで、蓮月はいささか戸惑った。与兵衛は新年の挨拶をしてから、

「蓮月さん、良いお年玉を持ってまいりましたよ」

と、にこにこしながら言った。

「私のところの品物を売ってくれている亀屋さんという店が三条通りにあるんですが、そ

こで蓮月さんのものも売りたいというので、ご了解を得てはいませんが、話を纏めてまいりました。金額も市で売っていたままで引き取ってくれるということで、まあ、向こうはそれに儲け分を乗せて売るので、市よりは少し高く売るわけですが、それはそれ、市と違って街中《まちなか》の店で売れば、人目にもつきますし、何よりも大道売りとは違って箔もつくので、少し高くしても売れるんですよ。そうなれば、蓮月さんが市で売ることはなくなる。いや、前の値段のまま市では売らないことが亀屋さんの条件ですけどね。だが、そうすれば、蓮月さんは重い荷物を背負って市に出掛けたり、冷たい地面に座っているという労力もしなくてよくなる。それに何よりも作ることに専念出来ましょう。

ご相談もしないで、私が勝手に決めてしまったことでお叱りを受けるかもしれせんが、ご相談すれば、きっと遠慮なさると思いましてね。品物は全部買い取ってくれるというものだから、こんな良い話はないと思いますよ。私のところの物は売れた分だけ支払ってくれているのですが、蓮月さんの品物はそうではなく、買い取りにしたいということです。ただ急須だけでなく、茶碗を五個つけた組物も作ってほしいということです。これは大泉院の住職に納めた物と同じですから、お出来になりますよね。組物の値は五百文で、ということです。いずれにしても、売れ行きが良ければ、だんだんに値の方も上げてくれるということです。いかがでしょう、これなら良いお年玉になるでしょう」

と、蓮月の顔を覗き込んだ。

「わたくしに同情して下さっているのでしょうか」

と蓮月は尋ねた。蓮月は真葛庵の前の住職の娘が気の毒だからと、同情をかけられるのは嫌だった。

「蓮月さん、亀屋さんは商人《あきんど》ですよ。商いになると見たからこそ言い出したことで同情などでやるわけはありゃあしませんよ。商人とはそうしたもんです。だから何も遠慮なさることはありません。堂々と取り引きされたらいいんです」

と、与兵衛は、蓮月の西心の娘としての誇りと同時に、世間知らずに少し歯がゆい思いをしながらも、はっきりと言った。

「蓮月さま、こりゃあ願ってもないお話でございますよ。わしは最初から蓮月さまが市で売られているのが何ともお労《いたわ》しくてならなかったんで……。何度もわしがするからと申し上げても聞いて頂けない。わしもこれで安心致しました。帯屋さん、こりゃあ、わしへのお年玉でもございますよ」

と、蓮月が何も言わないうちに、六助が喜んで言った。

「やっぱり六助さんも気になっていたんだねえ。私も蓮月さんが身体を壊されたらと思って、何とかしてあげたくてね。そこへ亀屋さんの方からこういう話があったので、きっと喜んで頂けると思って、その場で話を纏めたんだよ。ま、亀屋さんとは長い付き合いだから人柄の方は、私が保証しますよ」

と与兵衛が六助に言うのを聞いて、母屋の老夫婦も声を揃えて、

「蓮月さん、いいお年玉をお貰いなさいましたなあ」

と言って喜んでくれた。

蓮月は与兵衛の親切と回りの人たちが喜んでくれているなかで、ただ、ただ頭を下げるだけであった。

蓮月は、以前から人中に入ってガヤガヤと過ごすことが好きではなかった。それよりも一人で何かに夢中になっている時が一番充実していられたので、出来れば市での物売りはやりたくなかったが、そんなことは言っていられない身であればこそ、始めたことで、これを誰の迷惑もかけずに、亀屋が商売として利益を上乗せしてやってくれるというのであれば、こんな有り難い話はなかった。市では大勢の売り手が大声で売り声を張り上げていたのに、蓮月は全く声を出せずにいた。これから先も市で売り続けて、はたして売れるのかは全く自信がなかった。

街から離れている蓮月の住む神楽岡崎の辺りまでは、蓮月の急須が街中で話題になっていることは聞こえてこなかった。しかも、蓮月を尋ねる人もないまま、蓮月は自分の急須

が話題を呼んでいることは全く考えてもいなかった。だが、最初の窯出しで売った三十個の急須を見た大泉院の住職が関心を持ったように、蓮月の知らない所で、蓮月の急須は街の中で話題に登っていたからこそ、暮れの市では二八個が一日で売り切れたのであった。そのことに気が付かなかったのは、作り手でありながら、世間とはほとんど交流のない蓮月とその回りにいる六助も母屋の老夫婦も同じであった。

蓮月は土捻りに専念出来れば、自信のない市での販売に携わる必要もなく、出来る品物の数も少しは増え、収入も多くなるだろうから、お金のことを考えずに暮らしていけるだろうと思い、何よりの話として受けることにした。そして、蓮月は与兵衛に、

「すべてお任せいたします」

とだけ言って、頭を下げた。

五　小沢蘆庵に心酔

一昨日《おととい》の大寒の朝から降り始めた雪は、今日もずっと続いていて、外は一面真っ白で、物音一つしなかった。

雨戸を開けると、外と部屋の中を仕切るのは障子一枚だけであったから、火鉢にかけた鉄瓶が沸騰して湯気を立てているものの、部屋の中も凍えるような寒さであった。

蓮月が焼き物を亀屋に買い取って貰うようになってから、すでに数年経っていた。その間、蓮月は仕事に追われ、隙間風の入る仕事場での作業では、寒さで指の先が動かなくなる時期以外の毎日は、ほとんど休むこともなく土を捏ねては捻り、焼き物を作り続けていた。

それだけに、毎年、土を捻ることの出来ない寒いうちに一年の間に必要な縫い物を仕上げておくのが慣例になっていた。すでに何枚か残っていたお貞の着ていた木綿の着物は、すべて作務衣に仕立て直して着潰してしまった。そのため、その年は安くても生地のしっかりした無地木綿の着物地を買ってきて、作務衣を五枚も縫い上げた。それに船底の袖にした合わせの上衣も一反で二枚仕立てた。それだけでなく、今年はそれまでの作務衣に念願の工夫を加えることが出来た。土間での立ち仕事ではどうしても用を足すのが近くなってしまう。そのたびに、袴式の作務衣では、いちいち長い紐を解かなければならず、また終えた後の始末も面倒で、そのうえ、土で汚れた手は綺麗に洗ったつもりでも、土が落ちずに、長い紐が汚れ、その土が乾くと、紐がごわごわになってしまうのが気になって仕方がなかった。それを、いろいろ思案した末に、ようやく作務衣の脇を開けずに腰回りを太くして、上まで縫ってしまい、上の部分に紐通しをつけて、裾と同じように絞って紐を結ぶようにしてみた。それで穿いたり脱いだりの手間がずっと楽になり、紐に土の汚れがつくのも少なくなって、気になっていたことが解消したとようやくほっとしていた。

蓮月は、ときどき火鉢に手を翳して暖め、指を揉み解した。そうしなければ、針を持っている指が動かなくなってしまう。身体の方は綿入れの着物と襦袢の間に、伯母のお種に教わったやり方で、西心の着物に入れていた真綿の抜き綿を背負っていたから、何とか寒さをしのげたが、指の動きを良くするほどに部屋を暖めることは出来ない。それに土をいじり続けているため、手も荒れてきていて、糸をしごくにも指もがさがさになってしまっていて、指を十分に暖めないと、うまく滑らなくなっていた。

だが、蓮月は土を捻っていることに全く後悔はなかった。それよりも、自分の十本の指が作り出す焼き物の面白さに喜びを感じており、しかも、そうして作り出す焼き物で、誰にも頼らずに自分の暮らしを成り立たせていけることが有りがたかった。生きる支えにしていた父の西心が世を去って、すべての身内がいなくなり、たった一人残されてしまったあと、絶望的な孤独のなかで、父の後を追って死ぬことが出来たら、とさえ思っていたなかで、六助から、そのようなことをしたら一番嘆くのは西心だと言われて、死ぬことこそ思いとどまったものの、もう二度と自分は喜びを感じることはないだろうと思っていた。それなのに、父や夫、それに五人の子どもたちを失った悲しみこそ消えないものの、心一杯に覆っていた嘆きの壁を少しずつ和らいで、喜びの感覚が出てきたことは驚きでもあった。

特に亀屋が焼き物を売ってくれるようになってから売れ行きが増えて、蓮月は追われるようにほとんど休む間もなく土捻りに熱中していた。そのため、墓参りに行くのは、雪が積って歩けないときを除いては、毎月、西心の月命日の十五日と、夫の重二郎の月命日である二九日だけとなっていた。墓参りに行く日は、明け六つの鐘が鳴ると起きて身支度をし、しらじらと明けて来る頃には家を出た。そして、父と夫、それに五人の子どもたちが眠る墓をお参りして、そのあと、必ず、近くにあるおさわ婆の墓にも手を合わせて、大急ぎで帰ってくるという忙しさであった。あとの日は、いつも同じように明け六つの鐘で起き、身支度をしてから、まずお墓の方に向かって手を合わせると、そのあと、仏壇の前に座ってしばらくの間読経してから、急いでご飯を炊き、朝餉を済ます。それから、すぐに仕事に取り掛かった。そうしなければ間に合わないほど注文に追われていた。その代わり、売上げは順調に伸び、収入も増えていった。

六助は前の年の春先にこの世を去っていた。近所に住む女が、六助が風邪で高い熱が下がらず、うわ言で蓮月の名を呼んでいる、と知らせてくれた。急いで行って見ると、蓮月が縫った綿入れの着物を掛けて寝ていたが、すでに意識がなかった。それでも蓮月が手を握って呼びかけると、眼も開かず、口も利けなくなっていたものの、頬に一筋の涙を流した。

「あれ、分かったんじゃ。ほれ、嬉し涙を流していなさる。良かったなあ、六助さん」

と、蓮月を呼びに来た女が声を掛けた。

蓮月は身内の者以外に男の手を握ることは始めてであったが、何のためらいもなかった。

それよりも父の西心が死んで以来、ずっとわが身を支え続けてくれてきた六助は最後に残った身内も同様の気持ちになっていた。

四半刻ほどして、六助は蓮月に手を握られたまま静かに息を引き取った。

それ以来、六助が届けてくれていた米や野菜は近所の百姓から買うようになっていた。炭や行灯用の油など、近くで手に入らないものは、町まで野菜を売りに行く者に頼んで買ってきてもらうことで、六助がいなくなった暮らしの不足の部分は何とか埋めることは出来た。だが、三日にあけず蓮月のところに来ていた六助が死んでしまったことは、何でも話の出来る相手を亡くしただけではなく、もはや西心との思い出を語り合える人を全く失ってしまった寂しさとなった。それはまるで心の中にいる西心が過去の人となって口を閉ざしてしまったような感じに近い悲しみとなって蓮月の心を襲っていた。蓮月が焼き物にのめり込むように精を出して働き続けたのは、夢中になっている間は父のことも含めて、すべてを忘れていられたという面もあった。もともと思い込むと、ほかの事が見えなくなり、のめり込んでしまう性質《たち》であったが、六助の死はますます蓮月を土捻りへとのめり込ませた。もっとも、その結果は、売れ行きを伸ばし、収入の増加へと繋がった。

だが、売れ行きが伸びるに従って、夏を過ぎた頃から人の訪れが増えてきた。それは歳には見えぬ色白な美貌の尼が僧が着る作務衣を女だてらに身に付けて土捻りをしているのを面白がって覗きにくる冷やかしの人を始め、自分のところにも品物を置かないかとか、亀屋よりももっと高く買い取るからなどという商人が何人か繰り返しやってきたり、また、特別注文の形であれこれ作ってくれないかという人もやって来た。そのたびに仕事も中断しなければならなかったが、それよりも蓮月の嫌なことはいちいち見知らぬ人にわが身を晒して応対しなければならないことであった。蓮月はもともと見知らぬ人との付き合いは好まず、しかもやってくるのが冷やかしや商いの話の人となると、煩わしさだけが胸を覆ってくる。亀屋との取引きさえ相手に任せっきりで、しかも買い値を上げてくれるのも亀屋次第で、月に一度、番頭か手代が、その月に納めた分の代金を届けてくれるのを受け取るだけであった。それが次から次へと見知らぬ人が訪れるということは何とも気が重くなる毎日となっていった。

その日は晒し木綿の肌襦袢を縫いにかかっていた。晒しは、冬に入る前に、五反買っておいた。土いじりを始めたら縫い物などしている暇はないので、肌着と腰巻きは何枚でも縫っておきたかった。針仕事は布を裁つ時と箆《へら》付けをする時は集中力を要するが、縫い始めてしまえば、急所を除いては、他のことを考えていても、ほとんど無意識に針が動いていく。そのため、どこか人に邪魔をされない静かな場所に引っ越したいと考え始め、場所をあれこれと思い浮かべてみた。だが、京都に暮らしていながらも、蓮月は重二郎が生前中に著名な寺の襖絵を見に行く時に、たまに連れて行って貰った以外はあまり知恩院の寺域から出掛けたことがなく、知っているのは知恩院の近くぐらいのものであって、あとはさっぱり分からなかった。

引越しのことのほかに、蓮月にはもっと大事なことがずっと頭にあった。歌を考えたり詠んだりするのは、夕餉を済ましたあとの夜の一時であったが、二、三年前から、筆を持ちながらも、なかなか気に入った歌が出来ないことが多くなっていた。だが、急須や茶碗に自作の歌を彫るようになってみて、だんだん自分の歌に飽き足りなさを感じてきていた。蓮月が歌の手解きを受けたのは喜和からで、その後は亀山から帰って、すぐに結婚して、じきに身篭ったため、長男の鉄太郎を出産するまでの懐妊中の短い期間、家事の合間に詠んだ歌を、西心が指南を受けていた上田秋成（一七三四年～一八〇九年）に、西心を通じて、ほんの少しだけ添削を受けたことがあっただけであった。その後は秋成が没したこともあって、西心に見て貰いながら、二人で楽しみとして詠んでいた程度で今日まできてしまっていた。そのため、一度、師匠に付いて、添削などして貰いながら、きちんと教えを受けたいと考えるようになっていた。

そうしたなかで、蓮月の頭に最初に浮かんだのは小沢蘆庵であった。確か西心の遺品の中に蘆庵の歌集である『六帖詠草』があったことを思い出し、葛篭の中から紙に包まれた厚さ三寸ほど、重さは五百匁ぐらいの本の包みを取り出して手にした時、蓮月はその量から昔の記憶の糸口を見出した。

文化七年（一八一〇年）九月に長女が生まれた翌年だったかに、蘆庵の歌集である『六帖詠草』七冊が梓行（二条通富小路東江入町・京師書林・吉田四郎右衛門による）された時、西心が買い求めてきて、自分が読んだあと、蓮月にも読むことを勧めてくれた。その時、西心は、上田秋成が蘆庵の晩年に親しくなり、しかも蘆庵を大層賞賛していたという話を聞いたと言って、いろいろ話してくれたことがあった。だが、蘆庵は蓮月が亀山に奉公に行って間もなくの頃、亡くなったということも聞いた覚えがあった。その話を聞き、『六帖詠草』を読んだのは、確か、蓮月、二一、二歳の頃のことであった。

小沢蘆庵（一七二三年～一八〇一年）は尾張犬山藩の家臣の子として大坂住吉で生まれた。しかし、身体が弱かったため、母の勧めもあって剣を棄て、文学で身を立てようと志した。そのため、最初は秋元渓州に漢学を習い、その後、入洛して、冷泉為村（一七一二年～一七七四年）に入門し、国学と和歌を学んだ。為村は『新古今集』（正式名『新古今和歌集』）の選者の一人で、かつ中心的な人物でもあった藤原定家（一一六二年～一二四一年）の子孫で、京の堂上公家はもとよりのこと、江戸城大奥の公家出身の御台所や上臈たち、そして大名やその奥方までが師事している当代では最も有名な歌人であった。だが、蘆庵が五一歳の頃、なぜか為村から破門されてしまった。蘆庵は、『古今集』（正式名『古今和歌集』）の選者の実質的な棟梁で、その序を書いた紀貫之（?～九四五年）を崇敬しており、「ことのはは人の心の声なれば思ひをのぶるほかになかりけり」と詠み、「ただ今思へること、わがいはるる言葉もてことわりのきこゆるやうにいい、出づる、これを歌といふなり」という〈ただ言歌《ごとうた》〉を和歌の基調として唱えた。それは平易な言葉を用いて真情を述べることを中心として、技巧を排したものを良しとする歌風であった。そして『古今集』を賞賛すると同時に、深い洞察力を持って独自の見解を披瀝していた。三五歳からは岡崎村で和学教授の塾を開いて、生活を立てており、門人は結構いたものの、いささか奇人変人とも言われ、親しい付き合いは極めて少なく、晩年に出会った上田秋成は親しく付き合った数少ない友人の一人であった。秋成もまた奇人と言われていた人であった。蘆庵は岡崎から洛内に移った後、一時太秦に仮寓している時に、妙法院宮真仁《しんじん》法親王（一七六八年～一八〇五年）が、すでに六四歳になる蘆庵を歌の師として迎えた。

妙法院宮真仁法親王は閑院宮典仁親王の第五王子で、光格天皇（在位一七七九年～一八一七年）のすぐ上の兄に当たる。十一歳で妙法院の門跡となり、二十歳の時に天台座主に任じられたが、当時は十九歳で、丸山応挙は宮の絵画の師であった。その後、蘆庵は洛内に移住したものの、六六歳の時、天明八年（一七八八年）の大火で家を焼け出され、それからは、太秦に隠遁してしまい、貧しい暮らしにも平然としていた。

そのようななかで、少ない付き合いの中でも親交のあった画家の丸山応挙と、歌人の伴蒿蹊《こうけい》が間に立って、宮が蘆庵を妙法院に招請されていることを伝えた。ところが、蘆庵は、「貧賤の身の楽しみは尊貴に屈しないことにある。不敬の罪はお許しを」、と言って断ってしまった。その後、宮自らが嵯峨の花見の帰りに蘆庵の陋屋を訪ねて、弟子としての礼を尽くしたため、蘆庵は妙法院に出向くことになったと言われている。蘆庵は東山山麓にある妙法院に出向くようになってからは、再び洛内に居を移し、たびたびの妙法院での歌会にも出席して、その時の出席者の歌や歌会の様子を『六帖詠草』として書き残した。

蓮月が手にした文化八年板の『六帖詠草』七冊は抜粋本で、蘆庵の歌を中心に編んだものであり、『六帖詠草』そのものは抜粋本の約九倍ほどの量がある膨大なものである。その他に、蘆庵には歌論書『振分髪』や『ふるの中道』（『塵ひじ』『芦かび』『或問』の三著を纏めたもの）などの書がある。

妙法院宮は身分や格式などと面倒で、また寄ると触ると、そういうことを含めて陰口が多い公家などよりも、率直にものを言い合う市井の優れた文化人を何人も妙法院に師として招かれており、蘆庵もその一人として招いて、大層気に入られた。蘆庵は、当時、伴蒿蹊《こうけい》、僧澄月《ちょうげつ》、僧慈延《じえん》と並んで、平安の四天王と称されていたほど優れた歌詠みであった。

享和元年（一八〇一年）、蘆庵が七九歳で死去した時、真仁法親王は大変残念がられ、心性寺（明治六年二月廃寺）に葬られた蘆庵の墓標の「小沢蘆庵墓」という文字を、自ら筆を取って書かれたほど、その死を悼んだほどの人物であった。

蓮月に歌の道を付けてくれた喜和が『古今集』を手本にして歌を学んだため、自ずから蓮月の歌も『古今集』を下地にして手解きを受けていた。そのため、『古今集』を賞賛していた蘆庵の歌を学ぶのが一番良かろうと言って、西心は蘆庵の『六帖詠草』を勧めてくれたのである。その時、西心は秋成から、「歌を学ぶためには、良い歌を真似することが上手になる稽古の第一だ」と指導されたという話もしてくれた。蓮月は長男を産んですぐに亡くしてしまっていた悲しさのあとに、ようやく長女が生まれ、今度は何とか無事に育ってくれていた時であったため、歌に関心を取り戻し、夜、赤児を寝かせつけた後、遊びに出たままの夫の直市が帰らない短い時間に、『六帖詠草』を少しずつ読み始めて、蘆庵に心酔していった。そして、これからは蘆庵を師として、その歌を真似していきたいと考え始めていた矢先、まだ『六帖詠草』そのものも読み終えないうちに、すでに片言ながらしゃべり始めて可愛い盛りになった長女が流行風邪にかかり、あっという間に生命を終えてしまった。二人目の子をまたもや失うという悲しみに突き落とされたため、もはや歌はもとより読書どころではなくなってしまった。その後も生まれたばかりの次女を失った。再婚した夫に先立たれた後に、またまた二人の子を失うという不幸に見舞われ、それからは父の介護に関わっていたため、たまに自分の慰めに歌を詠むことはあっても、蘆庵の歌から学ぶだけの心の余裕もないまま、いや、蘆庵から学んだという記憶さえも薄らいで来てしまっていたのである。

久しぶりに、蘆庵の『六帖詠草』のことを思い出し、西心が残してくれたものの中から紙に包まれた『六帖詠草』(「春」「夏」「秋」「冬」「恋」「雑・上」「雑・下」の七冊)を手にした時、本の包みの重量がかつて心酔した蘆庵の教えの手応えにもなって記憶を呼び起こしたのである。今度はすべてが自分の時間であるため、ゆっくりと、時には九つの鐘が鳴るまで読み耽ったりもして、七冊すべてを頭に叩き込むように読むことが出来た。

『六帖詠草』の初めの〈春の巻〉は、

「ふるとしに春たつ日梅を見て」の詞《ことば》書きがあり、

年のうちにはるきぬめりと梅やさくうめさけりとて春やきぬらん

から始まり、

かすみを
年のうちに日かずをこめてあら玉の春の霞はたな引にけり
年内立春
かぞふればとしの日数はつきなくに花まちつべき春は来にけり
さらでだにとまらぬ年を急がせて残るひかずも春になしつる

と続く。

かつて蘆庵に心酔したことがあったとはいうものの、わが子の死で記憶が薄れていたものが蘇ってきて、改めて、蓮月は蘆庵の素直な歌振りに魅せられた。

その一方で、今まで、焼き物に彫っていた歌について、批判めいた声こそ聞こえてきたことはなかったものの、自分の慰みと楽しみだけに詠んでいた時とは違って、自分の歌が世間の人の眼に触れていることを自覚するようになってくるように従って、今までの歌を詠み返してみると、なかには、よくもまあこんな歌を平気で人目に晒すようなところに書き記してきたものだと、行灯の灯りのもとで、一人で顔を赤らめることも一度や二度ではなかった。それればかりでなく、思い出したくもないことではあったが、よくもこんな歌を詠んでいて、人様に教えようなどと看板など出したものだと、過ぎたことながら、我ながら呆れかえってしまった。それだけに、今度こそ本格的に歌を学んでみたくなってきていたのである。ただ師を選ぶにしても、すでに蘆庵は亡くなっているのだから、せめて蘆庵の門人であった人を師匠としたいと考えたが、誰が蘆庵の門人だったのかについては、その道の人と付き合いのほとんどない蓮月にはさっぱり分からなかった。

それを調べるには、まず西心と交流のあった人々を訪ねて歩けば分かるかもしれない。しかし、蓮月は真葛庵に集まってきていた人々とそれほど親しく付き合っていたわけではない。ただ集まりの時に、部屋の片隅でお茶を入れたりしながら話を聞いていただけであり、親しく話をしたことはなかった。しかも真葛庵で集まりを持っていたのは、西心が病気になる前のことであったから、あれから何年も経っていた。西心の娘と言えば、覚えていてくれるであろう人はいるかもしれないが、そうした人々のもとを女の身で訪ね歩くのは何とも気が引けてならなかった。

結局、蓮月が、引越しのことと、蘆庵の門人だった人がいないかということを相談したのは、窯元の帯山与兵衛であった。暖かくなって、最初の窯入れを頼みに行った時、それとなく与兵衛に話してみた。与兵衛なら、以前に大泉院の住職から蓮月が真葛庵にいた西心の娘であったことを聞かされて、焼き物の注文を受けてきてくれたのであるから、その住職にでも尋ねてみてはくれまいかと思っていた。ところが、与兵衛は引越しのことは、すぐに探してみようと請け負ってくれたが、蘆庵の門人のこととなると、自分にはさっぱり分からないから、誰かに尋ねてみようと言う答えしか返ってこなかった。そう言われてしまうと、蓮月の方から大泉院のご住職にでも伺っては頂けまいか、とは甘えているようで言えなくなってしまった。

新しい家の方は、それから幾日もしないうちに、与兵衛が聖護院村に適当な家を見つけてくれた。

蓮月が行って見ると、畑に囲まれたところにある古い農家で、少し前に一人暮らしをしていた人が死んで、今は空き家になっていた。畳を敷いた六畳間とその奥に小さな納戸があり、六畳と上がり框の間は一間幅の板敷きになっており、そこに三尺四方の囲炉裏《いろり》が作られていた。それまでの家は町衆の隠居所の離れだったから、それなりに瀟洒な作りになっていたが、今度の家は農家であるから、すべてにわたって粗末な作りであったものの、隅に竈がある台所を兼ねた農作業用の広い土間があり、そこがそのまま仕事場になるのが気に入った。それに何より気に入ったのが、南側が広い空き地になっているため、手捻りの終った陶器を陽に干して乾かすのに最適であった。ただ外後架《そとごうか》（＝トイレ）になっているのは困るので、与兵衛に話すと、出入りの大工の松兵衛を紹介してくれ、上がり框の北側に新しく厠《かわや》を作ってもらった。その他にも位牌を並べる場所などが必要になったが、松兵衛はこまごまとした蓮月の希望を気持ちよく引き受けて直してくれた。この大工の松兵衛とは、それから後も蓮月が引っ越すたびに、細かな手間のかかる仕事であったにもかかわらず、蓮月が気に入るように心を込めて手を入れてくれるため、蓮月の住まい作りにはなくてはならない付き合いとなった。

梅雨の季節に入る前に、すべての造作が出来上がり、与兵衛が若い者を手伝いに寄越してくれて、蓮月は聖護院村の新しい家に移ることが出来た。蓮月は出来るだけ荷物を減らしたかったものの、父と母の遺品の着物が入っていた茶箱は、二人の着物をすべて縫い直して空いたため、そこに鍋釜から盥などの他に、こまごまとした皿小鉢などを納めることになり、結局は、真葛庵から持ってきた所帯道具と同じ分量になり、その上に焼き物作りに必要な道具類もあったため、大八車一杯になってしまった。

聖護院村に移ってから三か月ほど経ったある日、亀屋の主人がわざわざ蓮月のもとに訪ねてきた。亀屋の店の者が蓮月の家に来ることはあっても、それまでは番頭か手代であり、主人が来たのは始めてであった。

「与兵衛さんの話だと、本格的に歌を学んでみたいとのことで、そりゃ、あたしも大いに結構だと思いますよ。蓮月さんがもっと良い歌を詠まれるようになって、それを焼き物に彫ってくれたら、今のように煎茶の道具だけでなく、他にもいろんな物を作りなさるといい。そうすりゃ評判も高くなって高値で売れるようになる。失礼だが、お前さんのお歳で、今のように休む暇もなく煎茶の道具だけを仕事にしていて食べていけるだけ稼ぐ暮らしは、じきに無理になるのが見えている。今のうちに勉強しなさって、これから先もちゃんと食べられるようにしておかれることだ。そのために働く時間を少し減らすことなら、及ばずながらもあたしも協力しますよ」

と言ってくれた。蓮月は自分がやがては衰えて、今と同じように仕事が出来なくなることは考えていなかったので、言われてみて、初めてはっとした。確かにその通りで、自分で暮らしを立てていかなければならない以上、歳を取っても働かなければ食べていけない。手捻りで形を作ることはともかく、土を捏ねることは相当の力仕事であり、何時まで今のように出来るのか、考えてみれば覚束ないことであった。ついつい銭のことにうとい蓮月は、食べられればよいとしか思っていなかったのである。さすがは商人の亀屋なればこそずばりと老後のことを指摘してくれるのだと感心しながら、有りがたい忠告として受け取った。

「それから肝心な話ですがね、小沢蘆庵先生というのは、岡崎で和学塾を開いておられて、門人は結構あったそうですが、天明の大火で太秦に移られたりしてからは、あまり人とのお付き合いは好まれなかったということでした。それに、もう随分前に亡くなっていて、お弟子方もほとんど存命の方はないとかで、なかなか分からなかったんですが、あちこち当たってみたら、何と、最近、世間では桂園派と呼ばれて立派に一派をなしておいでの香川景樹（一七六八年〜一八四三年）先生が晩年の門人だったらしいということがようやく分かったんですよ」

と教えてくれた。

「香川景樹先生のことはお名前だけは聞いております。左様でございましたか、香川先生が蘆庵先生のお弟子でいらしたとは……。でも、蘆庵先生が亡くなられたのは、わたくしが子どものときだったそうでございますから、すでに四十年以上も遠い昔のこと。それにしても、よく探して下さいました」

と蓮月が礼を言うと、亀屋の主人は、

「失礼だが、蓮月さん、いくら香川先生が、昔、蘆庵先生の門人だったからといって、今の香川先生は著名なお方ですよ。その門下に加えて頂くというのは、ちょっとばかり難しいんじゃありませんかね。わたしが聞いたところでは、あちらは千人以上の門人がおいでになるということですから、お礼も相当に掛かるだろうし、また、いちいち教えて頂くというわけにはいきますまい。そこでいろいろ聞き合わせてみたら、香川先生のご門人で、富田泰州《やすくに》先生（一七九二年〜一八四〇年）というお方が、最近、蛸薬師富小路東で私塾を開いて、弟子を集めて教えておられるということを聞いたんですよ。女のお弟子もあるようだから、そこへ通ってみたらどうですか。月のうち二日ぐらいは稽古日として仕事を休んで、出掛けられたらいいじゃありませんか」

と勧めてくれた。

だが、蓮月はすぐには受けられなかった。いくら蘆庵先生の孫弟子に当たるとはいえ、富田泰州という名前は聞いたこともなかったし、はたして蘆庵先生の系統をきちんと受け継いでいるだろうかと、いささか訝しい気がした。蓮月は蘆庵の歌風がどんなものであるのかをもっと知りたかったし、出来ることなら蘆庵先生の直弟子に添削を受けたかったのである。だが、亀屋の言うように、今の蓮月には、金額の張る稽古に通うことは無理であった。

「泰州先生という方は、何でも彦根から出てこられたお人だそうですよ」

と亀屋が何気なく言ったことに、少し蓮月は心を動かされた。いうまでもなく、彦根は亡くなった夫の重二郎の出身地であり、蓮月も夫とともに訪ねたこともある土地であった。富田泰州がどんな歌を詠むのか分からなかったが、歌の私塾を開いているのだから、まずは入門すれば、いろいろな歌人を知るきっかけになるかもしれないだろうと考え直した。

そうすれば、どこかで蘆庵のことも少しは分かるかもしれない。いずれにしても名の知れた歌人に入門するほどの余裕のない身では、取りあえずは亀屋が話を持ってきてくれた富田泰州に弟子入りしてみるのも良いかもしれないと思った。

もともと彦根の重臣の家来であった泰州は、以前から香川景樹の門人として歌を詠んでは景樹の元に送り、添削をして貰っていたが、好きな歌の道で立ちたいと志し、独り身の気楽さから、その職を捨てて上洛し、蛸薬師富小路東に私塾を開いたのは、上洛の翌年の天保四年（一八三三年）のことであった。蓮月が泰州に入門したのは、天保七、八年以降のことだったので、蓮月、四六、七歳以降のことである。泰州は天保十一年（一八四〇年）に死んでいるので、蓮月が泰州の門下生であった期間は、二、三年、泰州が病床にあって弟子を取れなくなったことを考えれば、それより短かったかもしれない。いずれにしても、蓮月は、最低の暮らしではあれ、まず自活の目途が立ったときに、現代風にいえば、自分に投資していく学びの道を歩み出したのである。

蓮月は泰州のもとに通いだした頃とほぼ同じ頃から、どうせ街中まで出掛けるならばと、写生画、とくに花鳥を得意としていた四条派の画家・松村景文（一七七九年～一八四三年）について絵を習い始めた。ただ絵に関しては、他の師匠に師事した形跡はない。景文は天保十四年（一八四三年）に死んでいるので、長くて、その間だけ絵を習ったようである。泰州が彦根の出身ときいたことから、この際、重二郎がやっていた絵も学んでみたくなったような思い付きで始めたのだが、始めてみると、面白く、少しは描けるようになりたいと持ち前の向上心を発揮した。

蓮月は月のうち、父の命日の十五日と、重二郎の命日の二九日の朝は墓参りに行くことに決めていたので、その日の昼前に泰州のもとへ行き、途中、近くの寺の境内で、早めの昼飯として握り飯の弁当を食べ、昼からは景文のもとへ稽古に通うことにした。絵は全くの初心であるから、稽古場で絵筆の使い方を学んだ上で、出された手本を模写するため、夕方、暗くなるまでの時を要した。

そして、毎夜、歌を詠んだり、絵を描いたりする稽古に時を過ごした。とくに四十代も後半になってから初めて絵を習い始めたのであるから、それを習得するのに時間が掛かったが、間もなく人並みの模写は出来るようになったものの、自分なりの絵を描くのは並大抵ではなかった。だが、習う以上、いずれはと懸命に稽古を続けた。もちろん、その間も、稽古に行く月の二日を除いた毎日は、土を捻って焼き物に精を出した。歌と絵の稽古のためのお礼の他に、絵の道具と紙を買わなければならないので、出費がかさみ、その分、余計に働かなければならなくなったが、ようやく自分の道を歩み出した蓮月は寸暇を惜しんで、仕事と学ぶことに精を出して、充実した毎日を過ごし始めた。

泰州が病に倒れ、稽古が出来なくなってからは、蓮月は泰州の口利きで、泰州の師匠であった香川景樹のもとに師事することになった。だが、五年後の天保十四年（一八四三年）

に景樹が死亡した時、蓮月はすでに五三歳になっていた。その折、折角師匠に付いたのだからと、蓮月は、昔、西心が秋成から教えられた「歌を学ぶためには、良い歌を真似することが上手になる稽古の第一だ」という言葉を忠実に守って、泰州や景樹の歌を真似て稽古に励んでいた。だが、どこかで物足りなさを感じていた。しかし、それはあくまで自分が未熟なためと考え、繰り返し蘆庵の『六帖詠草』を読み返して諳んじるまでになるなどして、ますます勉学に精を出していた。

その間にも蓮月は岡崎や聖護院村へと何回も引越しを繰り返した。また祇園社の鳥居の近くに住んではみたこともあったが、何しろお参りの人が大勢やって来て、しかも蓮月の住まいと知ると、興味本位で仕事場を覗いていくため、落ち着いて仕事も出来ない。稽古に通うには便利と簡単に考えて、街中に近い所に引っ越してしまったのは間違いであったと分かると、蓮月はもう我慢が出来なり、すぐに引っ越してしまった。西心と一緒に暮らしている間は、時には自分が「これ」と思うことに一本調子で突き進んでしまうことはあっても、少しぐらい気に入らないことがあっても我慢も出来たし、落ち着かなくなることもなかった。それなのに、一人暮らしを始めてからは、見物の人が覗いたりするのが煩わしくなり、また、周囲の環境や手直しの出来ない家の造作が少しでも気に入らないとなると、落ち着かなくなって、夜、寝床に入ってもなかなか眠れなくなってしまい、次の日の仕事に支障が出てしまうほどであった。

そのため、面倒な引越しも厭わずに屋越しをしてしまう。しかも、その度に家の中の造作も直さなければ落ち着かず、松兵衛に頼んではあちこち手を入れて貰う。それなのに、また気になることが生じると、惜しげもなしにその家を引き払って引っ越してしまう。そのために、蓮月は後半の半生だけで少なくとも三十数回は引越しをすることになって、「屋越しの蓮月」と言われるほどになってしまうのだが、何回引っ越したかは自分でも覚えていないくらいであった。人の訪れが煩わしい時は、家にいても「蓮月るす」という札を掛けていたというくらい、自分の好まない人が訪れるのは嫌いであった。時には自分でも我が儘だなと思うことがあったが、引越しと家の中の造作を調えることだけは止められなかった。仕事をするためには、周囲の環境が自分と一体化して、あたかも周囲という子宮の中にすっぽり包まれている状態でいたかったのである。ただ、引越しが多くなってからは荷物を動かすのも大変なので、婚礼の時に父が買ってくれた大切な箪笥も売ってしまい、柳行李を一つ買って、衣類はそれに入るだけに整理し、水屋（＝食器棚）も売って、小さな蝿帳（＝蝿が入らないように紗や金網を張った食器棚で、蝿が入らないだけではなく通気性がよいので、食べ残しの物などは室温で保てた）に買え替えた。これで父の形見は文机に碁盤と碁石、それに僅かな書物だけ、そして喜和の形見は、喜和自身が自ら写した写本の『古今集』などの書物だけになってしまった。だが、それらの物さえ手放さなければ、形見としては充分であり、荷物を少なくすることで、かえってすっきりした。それらと書物や硯箱、それに絵の道具を葛篭に納めた。しかし、その上に焼き物の道具があるため、まだ身一つという訳にはいかなかず、引越しには大八車が必要で、しかも車を引くためには男手も必要だった。与兵衛の窯場の若い者がやってくれることもあったが、松兵衛と知り合ってからは、大体、松兵衛のところの若い職人が引いてくれるようになっていた。それでも出来る限り自分に合った粗衣粗食の清貧ながらも気楽な、そして心のままの生活を楽しむようになっていった。

蓮月が心のままに行動するのは引越しだけではなかった。いや、それは引越しして周囲を自分の気に入ったように調えるのとは違って、周囲のことには全く眼もくれず、急に外出したくなると、他のことは放り出したまま、ふらりと出掛けてしまうことにも見られた。何時のことかは分からないが、次のような逸話が残っている。

ある春の日、某氏が蓮月の家を訪ねると、七輪に懸けてある土鍋が煮立って、ふきこぼれていいた。蓋を取ると炊いているのは粥であった。しかし、いくら声を掛けても蓮月は出てこない。仕方がないので、某氏は鍋を七輪から下ろし、それでも七輪の火が気になるので、炭を火消し壷に移してから帰って行った。数日して、その人が再び、蓮月のもとを訪

ねると、今度は在宅していたので、いろいろ話をした後で、

「実は……」

と先日のことを話すと、

「まあ、あなたが火の始末まで下さいましたのか。それはばかりさまでございました」

と礼を言ってから、笑顔になって、

「いえねえ、粥を炊いているうちに、菜にする豆腐を買っていないことに気がついて外に出ましてから、ふと吉野の桜のことを思い出しましてね、ああ今頃がちょうど花の見ごろだなと思ったら、見たくてたまらなくなりまして、そのまま行ってしまいました。ところが豆腐を買うだけの銭しか持ち合わせておりませなんだので、宿賃もなく、見知らぬお宅に一夜の宿を乞いましたが、断られてしまいました。そこで、仕方がなく野宿をしてしまいましたが、そのお蔭で朧月夜のもとで思うままにたっぷり花見を楽しんでまいりました」

と嬉しそうに話し、懐から懐紙を取り出して某氏にみせた。そこには、

　　宿かさぬ人のつらさを情けにて朧月夜のはなの下ぶし

という一首が書いてあった。単純な歌だが、いかにも一晩中花見が出来た喜びが溢れていて、後にまで人に知られるものとなった。とにかく、気が向くと、ふらりと出掛けてしま

うのは、おさわから「武芸は身を守るもの」と褒められてからというもの、蓮月は物取りも含めて襲われることにも怖れなくなっており、野宿さえ平気になっていた。ときたま、このような突飛な行動に出てしまうのは、八歳から十六歳までの御殿奉公の間、遊び相手の子どもは一人もいずに、大人ばかりの中で、しかもほとんど一日中ほとんど覚えなければならない窮屈な稽古ばかりが続いて緊張していたため、ふっと気を抜きたくて堪らなくなった。そんな時、初めは広い庭に飛び出し、蝶や蛙などと戯れていたが、そのうち、庭を抜けて、本丸の馬場にまで足を伸ばし、馬と仲良しになったことがある。喜和を始め、奥女中は最初の頃はびっくりして探し回ったが、そのうち行き先が大体馬場だと分かるようになった喜和は、清浄院に報告して、お許しを得た以外は、誰にも言わずに、そっとやって来て、蓮月が馬と戯れるのを眺めていたが、蓮月の様子を見ていて、少し息抜きさせてやらないといけないと思うと、喜和の方から、

「馬と遊びに行きましょうか」

と言ってくれるようになった。そして、他の誰にも知られずに、そっと二人で御殿を抜け出していく「秘密の楽しみ」を共有するようになった。その頃は、まだ喜和が生母とは知らされていなかったものの、蓮月が何をしても叱られずに、喜和の方が蓮月に付き合ってくれて、二人で笑いこけたりしながら、蓮月は気の向くままの一時を過ごすことが出来た。

そのような少女期の体験が一人暮らしになってからは、誰に気兼ねすることもなく出来るので、ときには、火の始末もせずに出掛けてしまうというような行動に走らせてしまうようになった。

香川景樹のもとに入門して、景樹の歌にじかに触れてみると、歌風が蘆庵とはいささか違うことがずっと気になっていた蓮月は、入門してからしばらくして、景樹とも少しは気楽に口を聞けるようになった頃、思い切って景樹に、

「先生は蘆庵先生をご存知と伺いましたが……」

と聞いてみた。

「わたしが蘆庵翁にお目に掛ったのは、翁の晩年でな。その頃、わたしの方はまだ二十代の頃だったがの。翁をご存知なのかな」

景樹は蓮月が自分より若いので、訝しげに聞いた。蓮月の方は、景樹が蘆庵のことを〈先生〉と言わずに〈翁〉と言ったため、それでは師弟の間柄ではなかったのかと思いながら、

「いいえ、蘆庵先生はわたくしがまだ幼い頃に亡くなられたそうで……。父の遺品の中にございました『六帖詠草』を読みまして、もしかしたら、ご存知かと……」

「刊行されている『六帖詠草』は前《さき》の妙法院宮のご前で歌会が行われていた時に、翁が詠まれた歌を纏めた本じゃ。だが、あの本は翁の書かれたものの抜粋で、歌会で詠まれた他の方の歌や、その時の様子も書かれたものがどこかにあると聞いたことがあるが、どこに残されているのかは分からない。わたしも最後の頃の歌会には召されて末席に伺候しておったが、宮のもとでの歌会はいろいろな方々が出席されていて、若いわたしにはとても勉強になった。宮は尊いご身分のお方であられるのに、出席していた方々は市井の方ばかりで、誰もが宮を奉るようなこともなく、伸びやかに話して、しばしば談笑もあり、寛いだ雰囲気だったな。それに、蘆庵翁は宮の歌の師であられた。他にも宮の師であった方が何人もおられたそうじゃ。宮は確か三八歳の若さで亡くなられてしまったが惜しいことであった。何でも、雷で焼けてしまった大仏再建のために江戸に下向されたお疲れがもとで急死なされたそうだが、皇族であられながら、あのように市井の者と打ち解けて話されるお方はめったにあるものではない」

景樹は若い頃の思い出に耽っていたが、蓮月は手持ちの『六帖詠草』が抜粋で、どこかに蘆庵の書いた全文があると聞いて、ぜひ拝見して見たいという思いを抱くようになった。直筆を拝見出来れば、蘆庵の書体も知ることが出来る。歌は歌そのものの出来と同時に、どのような書体で書かれているのかということも、蓮月にとっては大きな関心であった。

蓮月の書体は喜和から歌と合わせて習っており、そのことが蓮月の心にずっと残っていたためで、蘆庵があのような素直な心を詠んだ歌を、どのような書体で書かれていたのかを知りたかった。それだけでなく、思い切って景樹に尋ねたことで、思いがけないことを教えて頂いたという経験で、蓮月は、知りたいことは遠慮せずに思い切って聞いてみるものだということを思い知った。

天保十四年（一八四三年）、景樹が死亡するまで、蓮月は景樹の門下生として身をおいていた。また同じ年、絵の師匠である松村景文も没した。その後は、しばらくの間、誰の弟子にもならず、もっぱら『六帖詠草』七冊を師として、独学の道を歩みながら、相変わらず、仕事に精を出して毎日を送っていた。

真葛庵を出てからの蓮月が坊官屋敷に行くのは、年に一度、お盆の時だけであった。行けば、どうしても太三郎の妻のお鹿に面倒を掛けなければならない。お鹿が蓮月を好いていないことは分かっていたから、そのお鹿に面倒を掛けるのは嫌であった。

——大田垣家のことは太三郎夫婦に任せたのだから……。

と考えていた蓮月は、夫婦に子どもが出来ないため、養子を太三郎の実家の遠縁に当たる者を迎えたいと太三郎から報告を受けたときも、内心は気に入らなかったが、

「結構でしょう」

と一言言っただけであった。町人出の太三郎の遠縁となると、同じように町人の出ということになるので、いささか不足ではあったが、太三郎が町人の出である以上、なまじ武家の者を養子にすれば、うまくいかないだろうと思って異は挿まなかった。そして謙之輔が大田垣家の養子となり、坊官見習となった。

だが、その翌年の弘化元年（一八四四年）、太三郎の妻のお鹿が病死した。下働きの女はいるものの、家を仕切る主婦を失った家庭はどうすることも出来ない。そのため、太三郎はお鹿の新盆を済ますと、一周忌の前に同じ寺侍の妹であるゑみを後妻に迎えた。ゑみも再婚で、子が出来ないために実家に戻された身であった。そのため、すでに後継ぎの養子がいることに何の障りもなく、縁談はすぐに纏まった。二人とも再婚であるため、祝言はごく内々で行われ、仲人の他には蓮月と謙之輔、ゑみの方からは当主である兄だけが席に連なった。

蓮月はゑみを一目見ただけで気に入った。嫁して五年、子が出来ないために離縁され、すでに兄の代になった実家での暮らしはさぞかし肩身が狭く、表情に暗い影が漂っていても仕方あるまいと思っていたのに、丸い顔に影は全くなく、むしろ晴れ晴れとした明るさがあった。

　祝言は夜に行われるので、その夜、蓮月は坊官屋敷に泊まった。そして何時ものように明け六つの鐘で眼が覚めたが、音を立ててゐみを起こしては気の毒と、そのまま床の中にいるうちにとろとろしてしまい、再び眼が覚めた時は明るくなっていた。台所で包丁の音がかすかに聞こえていたので、洗顔のために出て行くと、すでに朝餉の膳が並べられており、竈の火を落として釜を蒸らしている炊き立ての飯の匂いが微かに台所一杯に漂っている。流し元では、片襷姿のゐみが味噌汁の実にする大根をきざんでいた。蓮月が台所に入ってきた気配を感じたのか、振り向くなり、急いで襷を取ると、

「おはようございます」

と頭を下げてから、にっこりと微笑んだ。

「おはよう。疲れたでしょうのに、早起きしてくれて。いい嫁を迎えることが出来て安心しました。今朝は出来たての朝餉が頂けるのですね」

と蓮月がねぎらうと、

「手前勝手な味でございますから、お口に合いますかどうか……。でも、わたくし、お台所を任せて頂けるようになれましたことが嬉しくて早くに眼が覚めてしまいました」

　ゐみは半分恥かしげに言ってから、急いで襷を掛けると、井戸端で水を汲み上げ、洗顔用の盥に入れてくれた。

実家とはいえ、すでに兄の代になっていて、嫂が家を仕切っているところへ戻されたゑみの辛さはどんなであったろうかと思っていた蓮月は、嫁入りの経験はないものの、ゑみの気持ちが晴れ晴れとして明るい表情になった理由がはっきり理解できた。

それからのゑみは、太三郎から蓮月に何の世話もなされていないことを知ってか、豆や昆布、野菜の煮付けなど時間を掛けて煮込んだ物の他に保存の利く漬け物などを作っては、たびたび蓮月のところを訪ねてきて、その都度、僅かながらも蓮月が食べる程度の米を持ってきては、そっと米櫃に入れていた。そして仕事をしている蓮月の邪魔にならぬように、音も立てずに、普段、蓮月の手の届かないところをさりげなく掃除していった。それだけでなく、いつの間にか、洗濯して干してあったのを見たのか、蓮月が工夫した独特の作務衣を仕立てて持ってきてくれたりした。また、昼食をこまごまと作ってくれて一緒に食べるようになり、その間に二人でいろいろと話をした。そして、蓮月が冬の間、寒さのために土捻りが出来ないので、その時、一年分の縫い物をしておくのだと話すと、

「それならば、その間だけは屋敷にお戻り下さいまし。お寺はこちらより南にありますから、縫い物をなさるのにも、幾分かは暖こうございます。

わたくし、母上さまのことは前からいろいろと耳にしておりました。四十歳を過ぎてからご自分お一人で暮らしを立てていかれるようになられたと伺いまして、兄の家に出戻り

で肩身の狭い思いをしていたたまれなくなっていたところでございましたから、お坊さま方の仕立物をするようになり、わずかではございましたが、頂いたお金を嫂に渡すようになりました。嫂は黙って受け取るだけでございましたが、それで私の気持ちはすっきり致しました。何よりも、お金を頂く仕事をするようになりまして、自分ではお針の腕が上がったように思えるようになりましたことで心強くなれました」

ゑみは大田垣家の人には、蓮月も含めて黙っていたものの、実家に戻った時与えられた部屋は、北向きの、全く陽の当たらない暗い三畳間で、そこに婚家から戻された嫁入り道具だった箪笥などが詰め込まれていたため、ようやく布団一枚を敷くのが精一杯の空き間しかなく、食事とその後片付けの時を除いた一日の大半をそこで仕立物もしていたのである。もし坊さま方の仕立物をしなかったら、居る場所もなく惨めさに打ちのめされていただろうと、振り返っても身震いがした。そして、蓮月に、太三郎との再婚が纏まる前から、ゑみは蓮月のことを耳にして、もう少し仕立物が早く縫えるようになり、稼げるお金も増えてきたら、町のどこかに小さな家を借りてでも、蓮月のように自分一人で暮らしを立てられるようになりたいと考えていたと話した。蓮月は、話に聞いていただけだが、それだけで、出戻りの身のゑみの気持ちがどんなに辛いものであったかが理解出来た。女が一人で暮らしを立てていくことの大変さがどんなものであるかをよく知っている蓮月であったが、出戻ってきて、居候のような暮らしをするのは心の辛さであり、蓮月はお金を得る苦しい暮らしをしながらも、誰に気兼ねすることもなく自由を得たことが嬉しかったから、ゑみの語ることに黙って、いちいち頷いた。

「お目に掛かったこともないのに、出戻りの身のわたくしを導いて下さったお方を、思いがけず、こうして母上さまとお呼び出来るようになり、一緒に過ごせるようになりましたことは夢のようで、これは仏さまのお導きと感謝しております。どの道、昼間は旦那さまも謙之輔どのもお勤めに出られてお留守でございますもの。母上さまとご一緒にお食事をしながら、いろいろお話が伺えれば、どんなに嬉しいことか……」

と言って、熱心に勧めた。

　また、ゑみは、

「母上さまがお年を召されてからのお世話はわたくしにさせて下さいまし。嫁となりましたから、当然のことでございますが、それだけではなく、わたくしを導いて下されたお方のお世話が出来るのは、嫁という立場を超えた何かご縁を感じて嬉うございますので、わたくしの方からお願い致しとうございます」

と、手を付いてまで願い出た。

　ゑみは夫と息子の着るものの仕立て直しを一通り済ませた後、夫の許しを得て、僧たちの仕立物を引き受ける内職をしていたのである。嫁いできてからも、賃仕事をすることに何の抵抗もなく、たとえ僅かでもお金を得ていたから、家計の心配など考えずに、蓮月のところにさまざまなものを運んで来ることも出来ただけでなく、冬の間だけでも屋敷に帰られるように勧めることも出来た。ゑみは訪れるたびに冬の間だけは寺内の屋敷に戻るように繰り返し勧めた。そのため、蓮月はゑみにたいして、娘が出来たような親しみを覚えてきて、とうとう二年目の冬から、寒い間だけは坊官屋敷に戻るようになった。戻るのは、大体、霜月の晦日の夕方で、年越しと、新年の雑煮を一緒に祝うようにしていた。そうして、ゑみとともに暮らすようになってから、ゑみも行き届いた世話と、しかもそれを喜んでしてくれる様子に、蓮月の心は段々に、ゑみに世話をして貰っても、気兼ねなしにいられると感じるようになり、老いて動けなくなった時がきたならば、坊官屋敷に帰って、ゑみに死に水を取って貰おうと思うようになってきていた。

嘉永二年（一八四九年）、蓮月は、六年の空白を経て、六人部是香《むとべよしか》（一八〇六年～一八六三年）の門に入った。蓮月はすでに五九歳になっていた。是香の門に入ったのは、一つには少し国学を学んでみたいという気になっていたためではあったが、大きな理由は、このままでは、どうしても知的なことに関心のある人との交流がほとんどないため、蘆庵直筆の『六帖詠草』がどこにあるのかを知りえないという現実的なことがあった。とくに、この六年の間にそのことを痛感したのである。

是香の門に入って間もなく、同門の一人から景樹の『桂園一枝拾遺』が刊行されたことを知った。続いて、蘆庵の『六帖詠草拾遺』上下二冊が出されたことを耳にすると、すぐに買い求めた。再び蘆庵の歌に接してみて、改めて蘆庵の歌が自分の気持ちに合っていることに心が躍ってきた。

――もっと早くに生まれていれば、蘆庵先生の直弟子になれたのに……。

と、悔しささえ生じてくる思いであった。

そうなると、せめて、蘆庵の直筆を何とか見たいという思いがますます募ってきた。

しばらくして、やはり同門の一人から、初めて小沢蘆庵の遺本が妙法院にあることを知らされた。泰州、景樹と歌の師匠は代わったものの、どうも二人とも蓮月が望んでいる歌の傾向とは違い、共に自分の心を出さない歌を良しとするため、教えを受けている間に詠んだ歌は、自分でも余り気に入らなかった。それでも続けていたのは、蘆庵の遺本の所在を知りたいがためであった。しかし、二人の師匠が死ぬまで弟子として稽古に通っていたものの、結局、その在り処は分からず仕舞いであった。それが六年の間を置いて、是香のもとに稽古に通うようになって、しばらくして、門人の一人からようやく『六帖詠草』の稿本が門跡寺院の妙法院にあることを聞いたのである。

だが、折角蘆庵の遺本の在り処が分かっても、相手が門跡寺院の妙法院とあっては、とても蓮月には近づける寺ではなかった。しかし、妙法院にあると教えてくれた人に聞いても、

「いや、ただそういう話を聞いているだけで、とてもとても貸して頂けるようにお願いすることなどということは出来るわけもない」

と、にべもなく断られてしまった。

――折角、蘆庵先生のご本の在り処が分かったのに……。

と、今までさほど悔しがるようなことのない蓮月であったが、このときばかりは、いわば恋焦がれていた本であったため、心の底から悔しさが吹き出してきていて、まるで垣間見ただけで惚れてしまった人を慕いながらも、手の届かないところにいて遭えないかのように身もだえする思いであった。

だが、それからしばらくして、偶然のことから、蓮月は蘆庵の稿本を読む機会を得ることが出来ることになった。

その頃、蓮月は聖護院村に居住しており、近所に、十一屋伝兵衛という曹洞宗の寺院の御用達として法衣を納めている老舗があった。蓮月はその家族と親しくなって、貰い風呂

をするほどの付き合いになっていた。十一屋の当主は五代目で、本名を富岡維叙《これのぶ》というなかなかの文化人で、話好きであった。十一屋は、以前は街の中心部の三条衣棚に店を構えていた豪商であったが、五代目の維叙が商才に恵まれず、それよりも学問の方が好きであったため、屋体骨が揺らいでしまい、代々の大きな店を始末して、店を夷川に移し、聖護院村に住居を置いていた。

秋のある夕方、いつものように蓮月が貰い風呂から上がって、礼を言って、帰りかけると、

「お茶を一服どうぞ」

と主人の維叙に誘われて、茶室でお茶を頂いた。その時、維叙が、話の流れの中で、

「わが家の先々代、わたくしの父に当たりますが、早くに家業を弟に譲って隠居してからは好きな学問の道に入り、いろいろな方に付いて学んだのですが、和歌にも関心を持ち、蘆庵先生の弟子でございました」

と、蘆庵の名を口にした。

蓮月はびっくりして、

「まあ、お父上さまが蘆庵先生のお弟子であられたとは……」

と言ったまま、あとが続かなかった。

「先祖には石田梅岩先生（一六八五年～一七四四年）の弟子であった者もおり、それ以来、梅岩先生の立てられた心学は我が家の家学のようなものになっております。先々代は心学を学ぶ傍らで蘆庵先生のもとに入門して、歌の道にも精を出したようでございます。でも、蘆庵先生が亡くなられたのは、もう随分昔のことでございますが」

「はい、わたくしが幼い頃に亡くなられたと聞いております。誰《どなた》か蘆庵先生のお弟子であられた方はお出でにならないかと探しておりましたが、あまり昔のことなので……。お身内にいらしたということを伺うのは初めてでございます」

「それはそれは……。つい最近も、蘆庵先生の『六帖詠草拾遺』が出たそうでございますが、今でも蘆庵先生のお歌を好む方は多いようでございますなあ」

「蘆庵先生のお歌を拝見いたしまして、もっと早くに生まれていれば、お弟子にしていただけたのにと、悔しい思いをしております。以前に出ました七冊本は『六帖詠草』の抜粋本だと景樹先生から伺ったことがございます。それから考えますと、今度の上下本も抜粋だと存じます。さるお方から、蘆庵先生直筆の『六帖詠草』は妙法院にあるということを伺ったことがあるのでございますが、何せ、あちらはご門跡さまでございますから、何とか拝見したいとは思いましても、雲の上のようなところで、とても手が届きませぬ」

「『六帖詠草』の稿本をご覧になりたいのでございますか」

と、維叙は静かに聞いた。

「それはもう……。でも、わたくしのような者には、それは大それた望みでございます。どうぞ聞き流して下さいまし」

維叙は少しの間、口を噤んでいたが、

「叶えられますかどうかはとんと分かりませぬが、全く伝手がないわけではございませぬ」

「……」

蓮月は声も出ずに、維叙の顔を眺めてしまった。

「何分に妙法院さまとじかにお知り合いではないので何とも言えませぬが、妙法院さまに関わりのあるお方が時たまお見えになります。そのお方がお見えになったら伺ってみましょう。でも、あまり当てになさらないで下さいまし。何分にも大切なものでございましょうから、はたして何とおっしゃるか分かりませぬので」

「ありがとうございます。今の今までは夢のまた夢の願い事と思っておりましたのでございますから、万が一にも叶えて頂けるならば……」

蓮月は両手を付いて礼を言った。その声は抑えているものの、嬉しさに溢れていた。

「それでは、そのお方が手前共にお見えになりましたら、お声を掛けましょう。脇からお口添えを致しますので、じかにお頼みになられたらよろしゅうございます。その方がお気持ちが通じましょう」

と、維叙は言ってくれた。

蓮月は、たとえ駄目であっても、それは仕方がないことであると思った。何しろ、今の今までは全く糸口さえなかったものが、たとえ万が一でも、もしかしたら、という望みが出来たのである。

嘉永三年の年の瀬も押し詰まった頃、十一屋の次男である猷輔《ゆうすけ》が、維叙の使いで蓮月のもとにやってきて、

「以前にお話したお客さまがお見えになっておりますので、お越し下さいますように」

と告げた。

維叙の次男であるこの猷輔というのが、後に著名な南画家となった富岡鉄斎（一八三六年～一九二四年）であり、この時はまだ十五歳であった。六十歳である蓮月とは四五歳もの歳の差があったが、二人の親しい付き合いは、この頃から、蓮月が死ぬまで続いた。猷輔は生まれつき斜視であっただけでなく、幼い時、胎毒を病み、その時の薬が原因で難聴になってしまっていた。そのために人との付き合いは苦手であったが、一人の作業に熱中している蓮月とは気が合った。猷輔が学問に精を出し、後に寡黙な作業である画家の道に進んだ背景には、彼が難聴であったことと無縁ではない。それまでの間に鉄斎が描く絵に

は蓮月が〈賛〉を書いたりして合作が何枚も残された。それだけでなく、鉄斎は、蓮月の死後、間もなく、蓮月の坐像を描いただけでなく、蓮月の死後、二二年も経った明治三十年（一八九七年）にも、在りし日の蓮月の坐像を描いている。二人の絆がいかに強かったかを語っているものである。

この頃の猷輔はまだ勉学の最中であり、国学、漢学、詩文、絵画などとさまざまなことを学ぶが、その頃は、親の家から師匠のもとに通っていた。猷輔が幼い頃に十一屋の身代が傾いてしまったため、天保十四年、八歳の時に親元を離され、西八条村の六孫王神社（現在の京都駅近く）に稚児として奉仕することになった。この時の経験があったため、蓮月死後の翌年に当たる明治九年に大和の石上神社の少宮司に任じられることから始まり、石上神社や大鳥神社の神官を勤めることになる。

それはさておき、蓮月は急いで頭に剃刀を当ててから、真葛庵時代に誂えた、取って置きの白絹の着物に紗の茶色の法衣と輪袈裟を着けた尼僧の正装に着替えて、十一屋に出掛けると、客間で維叙から羅渓慈本《らけいじほん》律師に引き合わされた。

羅渓慈本（一七九五年〜一八六九年）は天台宗の学僧であり、詩文に勝れ、能書家でもあった。また猷輔の詩文の師匠でもあった。

維叙は、かねて蓮月に聞いていた蘆庵の直筆である『六帖詠草』稿本の話を切り出して

くれた。すると、慈本は、

「蘆庵翁を親しく召されておられたのは、前《さき》の妙法院宮真仁法親王じゃが、蘆庵翁の『六帖詠草』稿本は妙法院にあるはずじゃ。今のわしは妙法院から隣接した方広寺を預かっているる身じゃが、当代の宮の侍読も仰せつかってもおる。わしから宮にお願いして、あるならば、見せて頂けるように頼んであげましょうかの」

と気軽に言ってくれた。

　蓮月はびっくりして、

「本当でございますか」

「嘘など言うても仕方あるまい。じゃが、お前さまが門跡寺院の妙法院にじかに出入りするというわけにもいくまい。といって、お前さまの手元に借り出すことはとても無理じゃな。さて、どうするかのう。おお、そうじゃ、方広寺で拝見したらよい。お前さま、方広寺に通って読まれるかな。それとも、方広寺に泊り込んで見るかの」

　妙法院は知恩院と同じく家康の庇護を受けて寺領も拡大され、隣りにある方広寺を管轄下に置いていた。方広寺は秀吉が建立した大仏のあった寺で、子の秀頼が寄進した鐘に「国家安康」と家康の名前を分断したと、家康が大坂攻めの因縁を付けた寺で、大仏そのものは、その後に雷が落ちて焼失してしまっていた。だが、京都では当時も方広寺と呼ぶ人はほとんどなかったらしく、蓮月も書き残したものの中で、「大仏」と記している。しかし、ここでは「方広寺」という言い方で通すことにする。当時の方広寺は秀吉に庇護されていた頃の面影はなく、堂の大きさは保っている寺とはいうものの、住職もおらず、慈本が預かっているような、いわば荒れ寺に近いものになっていた。

「尼のわたくしがそんなことをしてよろしいのでございましょうか」

「寺におるのは留守番の寺男だけじゃ。だだっ広い寺じゃから、他にも狐や狸は住んでおるかもしれぬ。それゆえ、若い尼僧では寂しくてならんだろうが、お前さまなら大丈夫じゃろう。空いている部屋なら幾らでもあるから好きに使ったらよかろう。それでよろしかろうかの」

「ぜひぜひよろしくお願いいたします」

と、蓮月は畳に頭を擦り付けんばかりにして頼んだ。

「正月には宮のもとに年賀の挨拶に伺うことになっておる。年が明けるまで待っていなされ。方広寺の方に貸し出して下さるように頼んであげよう」

と、慈本は請け合ってくれた。

その暮れは坊官屋敷に帰らず、蓮月はひたすら慈本からの返事を待ちながら、相変わらず仕事に精を出して年を越した。

七草の日に、猷輔が、慈本律師がお見えになっているので、お出かけ下され、と維叙からの言づけを持って迎えに来た。蓮月は急いでこの前と同じように仕事着から尼の正装に着替えて輪袈裟も掛け、十一屋に行くと、座敷には慈本律師と維叙が酒を酌み交わしながら、話に興じていた。慈本は、蓮月の顔を見るなり、笑顔で、

「貸して頂けることになったから、心行くまでゆっくり読んだがよい。また写したければ、それもよい。三度の食事は寺男に作らせるように言うておくから」

とまで言ってくれた。ただ、妙法院では、「ある筈だが、何せ、昔のことなので、蔵の整理をしていないので、二、三ヶ月待ってほしい」ということであったという。

慈本の優しい言葉に蓮月は頭を下げながら、嬉し涙がこぼれてきた。西心の言葉を思い出し、読みたいと願ってから、十五年の年月が経って、ようやく望みが叶えられることになったのである。

『六帖詠草』の稿本を見せて貰えるまでに二、三ヶ月掛るというのを聞いてから、蓮月は、猷輔に、寒い間だけ坊官屋敷にいるので、もし、その間に連絡があったら、そちらの方に知らせてほしいと頼んでから、坊官屋敷に移った。どのくらいの期間、蘆庵の稿本を見せて頂けるか分からないものの、その間は働けないので、妙法院から連絡があるまでの間、出来る限り仕事をして、少しでも稼いでおきたかった。そのためにも少しでも暖かい坊官

屋敷に移っている方が良かった。というのも、昨年の秋の初め、物価の高騰が続いたため、路頭に迷う人が増えたことを耳にして、かねてから考えていた西心が残してくれた十両余りの金子のうち使ってしまった分を稼いだもので埋めて、十両を奉行所を通して窮民を救うために寄進したのである。蓮月としては、自分で自分の生活を立てることが出来るようになって、父から独立出来たことを感謝するために、初めて父への供養のために世の人々に役立てて貰いたいと考えての寄進であった。この行為が報われて、思いもよらなかった蘆庵の稿本と巡り会わせてくれることになったのかもしれないと考える一方で、現実問題としては蓄えが少なくなくなっていることにも気がついていた。最近は歌を書いた短冊がほしいという注文も亀屋を通じて来るようになっていたので、土捻りの出来ない冬は縫い物にだけ精を出すのではなく、短冊を書くのに時間を費やしていた。そこで、坊官屋敷にいるその冬はもっぱら短冊を書くことに専念して、少しでも蓄えを作って置きたかった。もともと金銭に疎い蓮月ではあったが、十五年前、亀屋の主人に、身体が老いてからは同じようには働けないのだからと忠告され、実際に六十歳になってみると、そのことを実感し始めてきたので、どんな仕事でも引き受けるようになっていた。しかも、妙法院と方広寺へは、たとえ僅かであっても、お布施を包まなくてはならないので、ゑみが食事の支度からその他の身の回りのことをしてくれるのに感謝しながら、朝から晩まで短冊に筆を動かしていられた。蓮月はすでに老眼になっていたため、針の目途がはっきりしなくなり、糸を通すのが難しくなっていた。それを見かねたゑみが、蓮月の着るものの仕立ては引き受けてくれるようになっていたのである。

聖護院村に戻って間もなくの四月に入ったある日、猷輔が方広寺の寺男の善八を連れてやってきた。善八は四十歳ぐらいの男であり、猷輔は善八を蓮月に引き合わせてから、稿本が方広寺に届いたので、いつでもお出でくださいと告げた。蓮月は、かねてから考えていたように、持っていくほんのわずかな身の回りの物を一包みにして、あとの家財道具から焼き物の道具もすべてを富岡家の男衆に頼んで、知恩院内の光正院にいる知人に預かって貰うように計らってから、家を引き払うことにした。どのくらい方広寺にいられるか分からないにしても、その間の家賃を払うのはもったいないと考えてのことであった。そして、翌日の朝、知恩院への荷物を出した後、尼僧の服装に着替えて、作務衣の他に身の回りの物だけを持って方広寺の門をくぐった。

蓮月が庫裏に回ると、善八が待ち構えていて、手荷物を受け取ってくれた。そして、まずは本堂に案内して貰い、しばらくお礼の意味も込めて読経をした。その間、ずっと善八は後ろに座って手を合わせていた。読経を済ませてから、奥の広い部屋に通されると、そこには『六帖詠草』を収めた桐の箱が幾つも置かれており、文机に座布団、それに行灯も用意されていた。

「はばかりさまでございました」

と蓮月が善八に礼を言うと、

「御用があれば何なりと仰せ付けて下さいませ。寝間は隣りの部屋をお使い下さいまし。それからご膳はわしが作りますので、お気に召さぬこととは存じますが、こちらに運ばせていただきます」

「雑作を掛けます。でも、ご膳はわたしが庫裏に行って一緒に頂きますから、声を掛けて下され」

「そんな……、わしのような者とご一緒とは……」

と善八は、座っている膝を後ずさりしながら恐縮して言った。

「わたしは、こうして大切なものを拝見させて頂くのも勿体無いほどのただの尼僧ですから、決してお客さま扱いはしないで下され。食事も普段からご馳走などは頂いておりませんので、善八さんが食べているのと同じものを頂ければ十分ですので、決してわたしのために別のものなど作らないで下され。ただ御仏にお仕えする身ですから、朝と夕方はお経を上げさせて頂きますから、それが済んでから頂きます。それから、毎月十五日は父の、二九日は夫の命日ゆえに、朝のお勤めを差せて頂いてから、粟田口まで墓参りに行ってきます。ご膳はその後でいただきますので、その日は先に済ませて下され」

「いえ、わしもいろいろ用事がございますので、その時は朝のご膳はお帰りになってからいただきますので、ごゆっくりお墓参りをなさって下さいまし」

と言って、善八は深く頭を下げてから、部屋を出て行った。

蓮月は、善八を見て、死んだ六助を思い出していた。六助より歳は若いが、善八も実直そうな男であった。本堂や庫裏は無論のこと、この部屋までの廊下も綺麗に磨いてあり、慈本が言うような無住の寺には見えなかった。おそらく、慈本が来ないときは、善八は自分が寺を預かっているつもりで、寺の中の掃除に精を出しているのだろうと、蓮月は思った。

それから、蓮月は部屋に置かれていた幾つも重ねてある箱の一番上にある箱の蓋を開けて見ると、そこには半紙に書かれて、紙縒りで綴じただけの『六帖詠草』五十巻の稿本が納められていた。蓮月は一番上の一綴りを取り出した。最初の部分には「六帖詠草　一」と直筆で書かれており、きちんと裏打ちがされてあった。『六帖詠草』五十巻はどれもきちんと裏打ちがしてあり、丁寧に保存されていたことがよく分かった。

これが初めて見る蘆庵の直筆であり、長年、恋焦がれていた恋人の顔を初めて見ることが出来たような感激に、蓮月は胸が高鳴ってくるのを抑えることが出来なかった。しばらくして胸が鎮ってから、綴りを押し頂いた。他の箱を開けると、『六帖詠草』は全部で四八綴りあり、一綴りが半紙五十枚ほどで綴られていた。残りの箱には「ざいう（座右）の記」二十巻と書かれた綴りがあるものの、こちらは裏打ちもされていないため、口惜しいことに、虫食いだらけで、ほとんど読めない状態になっていた。

『六帖詠草』は妙法院で開かれた歌会の様子を綴った歌日記のようなもので、蘆庵の歌はもとより、集まった他の人々の歌だけでなく、五十年以上も前の歌会の様子が書き込まれており、歌会全体の様が手に取るように思い浮かべることの出来る、いわば蘆庵たちの生きた姿を彷彿とさせるものであった。なかでも、蘆庵の歌は心のままに高吟している様子をはっきりと受け取ることが出来た。

その席には真仁法親王を中心にして、蘆庵の他に、僧蒿蹊、僧慈延、上田秋成、香川景樹、儒家で詩家の伊藤東所（仁斎の孫）、皆川淇園《ぎえん》、村瀬栲亭、栲亭の知人で儒者の香山適園、栲亭の弟子の梅辻春樵、村田春海、知恩院の詩僧の六如《りくにょ》、画家の松村呉春（蓮月の絵の師匠である景文の異母兄）、応挙の子の応瑞、応挙の門の画僧月僊《げっせん》、同門の画家の東東洋、書家の岡本保考、僧澄月《ちょうげつ》、歌人の加藤千蔭、僧湧蓮《ゆれん》らの名があった。

とくに、

この秋もゆきてかへらぬ跡みればわれもねにこそなきぬべかなれ（蘆庵）

紅葉《もみじば》はただふりしけやさをじかのあとをさつ男《お》のめにたてぬまで（蒿蹊）
たにふかく入しかよはのつまごひになきあかしたるあとはかくさで（慈延）
つまごひに鳴あかしたるさをしかのあとみるさえもあはれなりけり（千蔭）
紅葉ちるかた山ばやし秋ふけてしもにをじかのあとぞのこれる（春海）
などを読んでいると、蓮月は自分もその席に交わっているような気持ちに成りきってしまうほどであった。

蓮月は蘆庵の歌の中でも特に心酔した左記の歌十四首を特別に書き写した。

言のはは人の心の声なればおもひをのぶる外なかりけり
安からん大路ゆかで岩ねふみさかしき道にまどふよの人
岩ねふみからたち分てゆく人は安き大路を過がていする
ことのはのしげみこちたみ分かねてまどはゞかへれもときつる道
いにしへにかへらんことはみな人のもとの心の道の一すじ
すなほなる心ことばはいにしへにかへらん道のすがたなりけり
鳥すらも思ふがおもひのあればこそかたみにねをば鳴かはしけれ
おもふこといはでやまめや心なき草木も風にこゑたてつなり
一ふしとおもふややがてすなほなる心のゆがむはじめなりけり（ならましか）

ひたすらにいひもてゆけば言のはのよしとあしとはみづからぞしる
又外におもふことありて
たちよりてくめばにごらね水もなしよそめのみとそ清くみえけれ
いか斗はらだちさわぎうらみましみのとしなみを人のよせなば
いかばかりいひちらすともことのはの花をおもはばみはなかるべし
更ぬとてか丶げそへずばのこるよの猶くらからんまどのともし火

蘆庵の文字は、半紙一杯に細かく細い筆で、しかも薄墨で書かれており、おそらく歌会の場で、聞きながら走り書きしたものと、蓮月は思った。蓮月の書は喜和に習ったものであったから、喜和の手は『古今集』を写したものから引いているはずであった。そして、蘆庵も誰かの『古今集』の写しを手本にしたものらしく、蓮月には馴染みの手で、言ってみれば、蓮月の書は蘆庵の手に似ていた。それを見るだけでも蓮月は胸が弾むほどの喜びを感じた。

それからの蓮月は、来る日も来る日も、『六帖詠草』の稿本を読み耽り、写し続けた。慈本がお勤めのために現れた時は読経の席に連なり、そのあとで時折、茶席に誘ってくれ、その席で、様子を聞き、蓮月は『六帖詠草』の稿本を見ることの出来た喜びを思うまま語った。慈本は笑みを見せながら、役に立ったことをわが事のように喜んでくれた。そして、それ以降、慈本と蓮月の交流は慈本が死ぬまで続いた。そればかりでなく、蓮月は慈本を通じて多くの学僧たちと知り合うようになり、蓮月の人生に、蘆庵の稿本との出会いが、それまでとは全く違う人と語り合うことの楽しさをも齎《もたら》してくれた。

慈本以外に方広寺を訪れるのは、たまに維叙に言われて猷輔が日常品を届けに来るのと、ゑみが着替えを持ってきて洗濯をしていってくれるだけで、それ以外は善八の他には誰も合わずに、あたかもお籠りをしているかのようであった。風のない日の夏の暑さは凄まじいのに、それも気にならなかった。もともと似た書であったのが、これ以降、蓮月の手は蘆庵の手と見分けがつかないほどに似てきた。

蓮月は後に出した家集『海人《あま》の刈藻《かるも》』（明治三年刊）の巻末に「大仏のほとりに夏《げ》をむすびける折」という随筆を書いている。〈夏《げ》〉と言うのは、四月十六日または五月十六日から三ヶ月の間、僧尼が安居《あんご》して行なう行《ぎょう》のことで、この行に取り掛かることを結夏《けつげ》、行のおわることを解夏《げげ》といった。夏の間に写経することを夏書《げが》きといったから、蓮月が〈夏〉と書いているのは、方広寺に籠って『六条詠草』を書写したことを言ったのであろう。そこには「世の尼の真似をして、気軽に思い立って……」と書いてはあるが、蓮月にとっては六一歳にして、ようやく拝見することの出来た私淑する人の稿本であった。しかも、この時のことを〈夏《げ》〉に準えているということは、蓮月にとっていかに貴重な時間であったかを語っている。この随筆によると、方広寺にいる時、一夜まどろむ中で位の高そうな聖が現れて、「あまり世の中のことに干渉しないで、一途に仏を拝み、他力本願の教えを極めよ」と言われたこと、それに、六月九日に隣接している妙法院の門主教仁《きょうじん》法親王が亡くなられ（享年三四歳）、この宮は天台座主も兼ねていたにもかかわらず、若死であったため後継者が決まっていなかったので、死は秘され、葬儀も秘密のうちに進められて、ひっそりと裏山に仮埋葬されたため、話を漏れ聞いた人々が、蓮月自身も含めて悲しみにくれる様を綴っている。

嘉永四年は二月に閏月があったため、師走に入ると人気のない広い寺の中は寒さが身に染みてきた。蓮月が冬の間は知恩院の坊官屋敷に住むと聞いた慈本律師の内密の計らいで、読みきれずに残ってしまっていた五分の一ほどの稿本は坊官屋敷に借りられることになった。そして、稿本を知恩院に運ぶ役は、慈本が猷輔に言いつけて運ばせてくれた。

慈本のありがたい計らいで、翌年の正月から三月まで、聖護院に再び借りた家に移るまで、蓮月は毎日食事時を忘れるくらい稿本に読み耽る至福の時を過ごした。

六　青年鉄斎を預かる

蓮月は、富田泰州、香川景樹、六人部是香と三人の歌人に師事してきたが、どうも心から師事して、自分の歌を磨き上げるというわけにはいかなかった。だが、ようやく、最初の思いの通りに、長い間私淑していた小沢蘆庵自筆の『六帖詠草』の稿本に巡り会い、一年近くじっくりと向き合い、膨大な蘆庵の歌と書を書写することで自分のものとしてからは、歌にも書にも自信を持つことが出来るようになった。とくに面相筆を使っての蓮月の書は細いながらもしっかりしていて文字にも芯が通り、蘆庵のものと区別がつかないほどに上達した。ただ何分にも蘆庵は遠い昔に世を去った人であり、新しく詠んだ歌を見てもらうわけには行かなかった。そこで本職の向日神社の神職の合間に時たま京都を訪れる六人部是香に添削して貰うことにした。そして歌と書の両方ともが伸び伸びと器の上に彫ることが出来るようになって、蓮月独自の煎茶用の急須や茶碗などが出来た。売れ行きも伸びて、京都の街だけでなく伏見や大坂などにも広がりを見せ、しかも蓮月焼きと呼称されるようになって、相当の値がつくようになった。蓮月焼きは京見物にやってくる人々のために京土産としても持てはやされ始めた。もっとも蓮月の仕事をする手も年とともに僅かずつながら手のろになってきており、以前のような量産は出来なくなってはいたが、それでも順調な売り上げがあり、土捻りも何時の間にか経った二十年の経験ですっかり自分のものになってきていて、精神的にも経済的にも落ち着いて、極めて充実した日々を送れるようになっていた。

そのような日が続いていた中で、残暑も薄らぎ涼風が立ってきたため、蓮月は久し振りで丸太橋を渡って街へ筆を買いに出かけた。丸太橋は橋といっても、ちゃんとした橋が掛かっているわけではなく、流れの部分に板が渡してあるだけのものである。したがって人が歩いて渡るだけで、雨が降って水かさが増えれば、途端に板の上まで冠水してしまって橋の役目を果たさなくなる。そのような板を渡るのは足元も危ないのだが、蓮月は自分ではまだ足に自信があるため、板の上を渡って街に入り、行きつけの筆屋で気に入った筆を何本か纏めて買い求めた。その帰り道、夷川の通りにさしかかった時、

「もしや、お誠《のぶ》さんではありませんかのう」

蓮月は向こうからきた白髪の、見ただけで儒医と分かる髪形の老人から声を掛けられた。三三歳で出家して蓮月と名乗るようになって以来四十年近くなっており、もはや「お誠さん」と呼ぶ人はすべて泉下の人となってしまっていた。そのため、蓮月は「お誠さん」と声を掛けられても、一瞬、自分のこととは思わなくなっていたほど遠い昔の名前になっていた。

蓮月はちょっと戸惑ってから、

「もしや、堂島の義兄上《あにうえ》さまで？」

堂島の義兄上とは蓮月の最初の夫の兄の田結荘《たいのしょう》天民であった。

「そうじゃ。何せ年を取ってしまいましたからのう、すぐに分からなんだのは無理もないことじゃ。じゃが姿は変わってもお誠さんの色白で目鼻立ちの整った面立ちは少しも変わってはいない。それも歳も取ってはおられぬように若い」

「何の、もうすっかり歳をとりました。それにこの通りの尼姿。よくお分かりになられましたなあ。何十年もお目にかかりませなんだのに」

「全く何十年ぶりじゃのう。じゃが、一度は妹と呼んでいたお人じゃ。それに何よりもお誠さん、おっと、蓮月さんと言わんといけぬな、蓮月さんはまれに見る美形じゃ。それは今も変わらぬ。声を掛けて良いものかどうかは少し迷いましたがのう」

「何を仰るやら……。でも、お声を掛けて下さって本当に嬉しゅうございました」

天民夫婦は幼い長男と長女の野辺送りに、夫の直市とともに野辺送りに出られない双親に代わって喪主の代理を勤めてくれた恩もあった。それだけでなく、蓮月は久しぶりの対面を心から喜びを感じた。兄の又市賢古《かたひさ》が死んだ後、〈兄〉と呼んだ人は義兄である天民一人であった。

「いや、あまりに長いご無沙汰で、何から話してよいやら……。伴左衛門どのが亡くなられたことは風の便りで耳にして、線香を上げさせて頂きたいと思っても、何せ敷居が高すぎてな。直市の誤ちから生じた離縁だったからのう。あの折は伴左衛門どのが大層怒られて、その場で直ちに縁を切ると仰せになられて、わしにも取り成しようのないほどのお怒りで……。無理もないことを仕出かしたのは直市だったのだからのう」

蓮月は最初の夫である直市の名を聞いても、懐かしさこそ感じなかったが、夫婦でいた頃の恥辱を伴った不快な気持ちはすでに消えていた。年月が蓮月の心から過ぎた日の感情を忘れさせたというよりも、充実した毎日を送っているところからきているものであった。

そのため、蓮月はさらりと、

「それも過ぎた昔のことでございます。ご遠慮なさらずにお出かけ下さればよろしゅうございましたのに……。直市どのとわたくしとのご縁は切れても、田結荘《たいのしょう》家と大田垣家は親類同士、そのご縁が切れるわけはございませぬ」

と言った。

「親戚なればこそ、かえって訪ねるのもはばかられておったのじゃ。だが、そう言うて下さると有りがたくて涙が出ますわい。いや、年を取ると涙もろくなりましてのう。もし、お急ぎでなかったら、立ち話も何じゃから、そこの茶店で……、どうかな。どうも、すぐに座りたくなる、これも年寄りの習性じゃ」

「よろしゅうございますとも。お医者さまと尼が立ち話をしていては、人さんが避けて通らなければなりませんものねえ」

「おお、そんな冗談を言われるようになられたか」

天民は涙を拭うとすぐににこにこと笑い顔になりながら、すぐ近くにある茶店に入り、腰を下ろした。蓮月も、その隣に掛けながら、天民がすっかり老人になっている姿を見、会わなくなってから五十年近く経っていることに改めて思いを至らせた。

「蓮月さん……、どうも蓮月さんと言うと、他の人みたいで気分が落ち着かない。お誠さんと言うてはいけないかな」

「どうぞ誠と言うて下さりませ。もう誠と呼んで下さる方はどなたもおいでにならなくなりました。それとともに父の思い出を話し合える方もすっかり亡くなりました。義兄上さまと、このようにお目にかかれて、何よりも嬉しいのは父のことを知っておいでの方がまだご存命でいて下されたことでございます。わたくしの心には父の思い出が沢山に詰まっておりますのに。それを語り合える方はもういないものと諦めておりました」

「お誠さんの言うように直市との縁は切れても、大田垣家と田結荘家の親類縁者の関係まては切れていなんだのじゃ。まして、落ち度があったのは直市の方じゃ。幾ら敷居が高くとも、わしの方から線香を上げさせて頂きたいと頭を下げて伺うべきだった。伴左衛門どのの亡くなったことはずっと心にかかっておったんじゃが、この年まで生きていて、そんなことに気が付かなんだとは……」

と言いながら、天民は頭を抱えてしまった。

　蓮月はその様子を見て、このまま帰しては天民の心が落ち着くまいと思い、自分の方から家に人を招いたことはなかったのだが、思い切って、

「よろしければ、これからわたくしの家までお出かけくださいませぬか。もっとも家などと言えるものではない仕事場を兼ねた本当のあばら家で、取り散らかしておりますが、父の位牌のあるところでございます。もとの坊官屋敷にも位牌はございますが、きっと父はわたくし宅の位牌にお線香を上げて下さった方が喜んでくれると存じますので」

「よろしいのかな、お誠さんのところに伺って……」

天民はびっくりしたように言った。まさか、尼になっているとは言え、蓮月の家に行って線香を上げさせてもらえるとは思ってもいなかった。

「お急ぎでなければ、のことでございますが……」

「上洛してきた用事はもう済ませたのじゃ。気が付いたからには、伴左衛門どのに線香を上げてお詫びを言わねば大坂には帰られぬ」

と天民の頬が緩んできたのを蓮月は見逃さず、言ってよかった、と思いながら、

「それではお出かけなされませ。どうせならば、わたくしの家の方がお話をするにもよろしゅうございましょう」

と誘い、早々に立ち上がった。天民も続いて立ち上がり、茶代を置いてから二人揃って歩き出した。夷川通りから聖護院村の蓮月の住まいまではそれほどの距離ではない。歩きながら、天民は、

「蓮月焼きのことは大坂でも評判になっておる。その仕事場を見せて貰えるとは、これはいい土産話になる」

と、子どものように喜んでいた。年を取ると子どものようになっていくのは、西心の晩年の姿で承知していたが、考えてみれば、天民もすでに七十歳をこえているはずであった。

「斎治《さいじ》……、と言ってもお分かりにはならぬな、幼い時の名は不動次郎じゃが、あれもすっかり成人して、人さまから一角の学者と言われるようになってのう」

「斎治さんとは……？　ご次男でございますのか」

と蓮月は首を傾げながら尋ねた。

天民ははっとした。伴左衛門は直市が大田垣家にいた女中のおみねとの間に子を作ってしまったことは蓮月には言っていなかったのだろうと、すぐに察した。直市が死んだ後に、天民はその子を自分の次男にしていた。しかし、その後、長男が早世したので、今は斎治が跡取りになっていた。

「お誠さんは斎治が生まれたことはご存知なかったわけじゃな。そう、あれは直市が死んだ年の四月に生まれまてのう。長男の……、あれのことも幼名で言わずば分かるまいが、長男の不動太郎が二十歳で亡くなったので、今では斎治が大切な跡取りじゃ。一時は大塩平八郎の乱に加わったということで捕縛されたりしたのじゃが……」

「まあ」

蓮月はびっくりして思わず声をあげてしまった。

「いや、一時は宿預かりということで出獄して、後に無罪になって許されたが、捕らえられている間のお取調べはさすがに厳しく、それに牢の中というのは虱と蚤の巣窟だということで、出てきたときは持病の上に身体中に皮膚病も患っており、おまけにすっかり身体を壊しておった。何しろ二百日の余も牢にいたのでな。大塩どのの家塾には十二歳の時から八年ほど入塾しておったのじゃが、乱を起こされた大分前に大病をして塾は休んでおったので、乱に加わったわけではないのじゃが、塾に出入りをしていたということだけで捕らえられた。そのため、一時は、どうなることやらと眠れぬほどに心配しましたわい。それからもあれこれと病んで何度も死に直面してのう。髪の毛はすべて抜けてしまい、若禿になってはしまったが、ようやく身体が回復してから後はいろいろな先生方の塾などで勉学にも励み、特に武道は山元源平先生について剣、槍、長刀、柔術を身に付け、画は金子雪操先生に付きましたのじゃ。その後、長崎にも留学し、銕翁逸雲先生にも学んだ。その不動次郎が元服してからの名を斎治と称しておる」

「そうでございましたか。大塩どのの乱のことは京にも聞こえてまいりましたが、噂では罪もない人々の家にも火を放ったとか、噂が本当でございますならば、大塩どのとは恐ろしい方でございますなあ。それはともあれ、斎治どのが立派になられて、跡取りのご心配もないということは心強いことでございましょう。わたくしも嬉しゅうございます。義兄上さまのことは今でもたった一人の義兄上さまと思っておりまする。先ほど、お誠さんと、お声をと掛けて頂いて、わたくしにもそんな日があったことを思い出し、心の底に閉じ込めてあった気持ちに光がさしてまいりました。今となっては、義兄上さまは、わたくしが最初の子の鉄太郎たちを死なせてしまった時のどうしょうもない悲しさを知っていて下さるたった一人のお方でございますもの。その斎治どのが生まれた頃にはわたくしも身篭っておりましたし、父から離縁のことを告げられましたときにも、上の二人を亡くしておりましたから、今度こそ丈夫な子を生んで、無事に育ってくれるようにと、そのことばかりに心を取られておりまして。義姉上さまがご出産のことは少しも気が回りませなんだ」

不動次郎が直市の子ということには少しも疑いを持たない蓮月が哀れな気もしたが、天民は知らない幸せもあると思い、それよりもお誠とおみねの両方をほとんど間なしに身篭らせていた直市には、昔のことながら、改めてあきれ返る思いであった。

「それで、その生まれた子はご健在か」

何気なく尋ねる天民に、蓮月は俯いて唇を噛み締めながら、

「生まれたその日のうちに亡くなりました」

「それは……」

天民はとんでもないことを尋ねてしまったと絶句した。

「それでは三人の子すべてを亡くされたわけじゃなあ」

「直市どのとの後、父の勧めで再婚いたしましたが、その夫との間に出来た二人の子も、

夫が亡くなりましたそのあとを追うように次々と先立ってしまいました」

「それでは五人の子にか……」

天民はあとの言葉が出なかった。どんなにか、つらく悲しい日々を過ごしたことかと、天民は自分が長男を亡くしただけで苦しんだのに、自ら腹を痛めた女の身で五人の子をすべて亡くしてしまったとは……。そのあと、伴左衛門とも死に別れているのだから、天涯孤独の身になってしまったのではないかと、蓮月の顔を見つめながら、慰める言葉もなかった。それにしても、今は明るい顔をしている蓮月がどうやって苦しい歳月を乗り越えてきたのか不思議でならなかった。

蓮月は話を逸らすように、

「そして、義姉上さまはお元気でいらっしゃいますのか」

「ああ、あれは事情があって離縁した。そのさい、二人の娘は向こうに渡した。その後、後添えを貰ったが……、お順というのだが、お順との間には子ができなかったゆえ、今は斎治一人が大切な一人子じゃ。だが、斎治も嫁を取って、すでに孫もおるゆえ、賑やかにくらしておる。だが、お誠さんは天涯孤独になってしまわれたのじゃなあ。それにしても、晴々とした表情をしておられる。五人のお子をすべて失われて、さぞかし辛い思いをされたであろうのに、よくぞその苦しみを乗り越えられたのう」

天民は蓮月に心から感服していた。しかし、幾ら乗り越えられたとはいえ、蓮月が孤独に耐えていることは間違いない。それに引き換え、今の自分は斎治とその子どもたちがいることで、少なくとも孤独ではない。斎治が本当は自分の子ではなく、直市の子であることを話すべきかどうか迷って、押し黙ってしまっていた。しばらくして、

「お誠さん、わしは言うべきかどうか、さっきから心が揺れているのじゃが、いや、今のお誠さんならこんな話を聞いても心を乱されることはあるまい。実は、斎治はわしの本当の子ではない。本当の父親は直市なのじゃ」

「……」

「お誠さんが天涯孤独の身と聞いて、わしは黙っていられなくなってしまった。直市が死んだ後、わしの子とした。もちろん、実の甥だから血は繋がっておる。伴左衛門どのは直市がよその女子に子を孕ませたことに怒られて、直市を廃嫡し、離縁されてしまわれたのじゃ」

蓮月だけでなく、天民もまた直市が「大田垣家の子が次々と死んでいくのは何かに祟られている」と言ったことが伴左衛門の激怒を引き起こして離縁されたということは知らなかった。

「左様でございましたか。わたくしは離縁の理由を何も聞いてはおりませなんだ。何事も

父上のお決めなされたことでございましたから」

とだけ言って黙ってしまった。何の情も感じられなかった直市と離縁と言われても、別に心が痛むこともなく、かえって鬱陶しさがなくなったと思っただけであったことが蓮月の頭の隅をよぎったに過ぎなかった。

「お誠さんと斎治は無論血は繋がっていない。しかし、お誠さんと直市の間の子三人がすべて夭折してしまったとなると、直市の血を継いでいるのは斎治だけじゃ。それを思うと黙っていられなくなってしまった。直市は酒と女に溺れ、そのあげくに労咳に掛かりおったようなどうにもならぬバカな奴だった。お誠さんには辛い思いばかりさせて済まぬことであった。直市が早死にしてしまったのはあれの宿命じゃ。だが、兄のわしにとっては、自分の命と引き換えのように、たった一人でも子を遺して逝ったことがせめてもの慰めとなっておる。」

　蓮月は頷きながら、

「もしかしたら直市どのはご自分の寿命が残り少ないと思われたとき、お子に命を託されてとお考えになって、それを形にされてから逝かれたのかもしれませぬ。斎治どのが立派になられたのは、直市どのが全く生まれ変わられたということでございましょう。わたくしなど思いもよらずこんなに長生きしておりますのは、大事な五人の子の命を奪ってまで生きてしまったためなのかもしれませぬ。本当に悪い母でございますな」

「何を言われる。お子たちが命短く終えてしまわれたのは、それだけの寿命しか持っていなかったのじゃ。わしはそのように思うておる。わしが実の倅を二十歳で死なせてしまった時も、しばらくの間、自分を責めたものじゃが、やがて気がついたのは、それが倅の寿命だったということじゃ。だが、倅を若くして亡くしてしまったからには親のわしが倅の命を無駄にさせないように生きてやらねばならぬと気がついた。お誠さんもお子たちの命の分も己が命を大切にして長生きすることじゃ。それが短い年月しか生きられなかった子にたいして親が出来るもっとも大切な供養ではないかの」

と言って慰めた。だが、蓮月は首を傾げながら、

「さようでございましょうか。わたくしも子たちへの詫びとして本気で生きなければならぬとは思っておりますが……。でも、わたくしにお迎えが参りますときは閻魔さまからのお呼び出しがあったときと覚悟しております。何せ、みな幼な子で亡くなってしまいましたから、賽の河原で石積みしては鬼に崩されて嘆いておりましょうほどに……。これはつまらぬことを申しました。それで斎治どのを生みなされた母御はどのようなお方で、その後如何なされましたのか」

と蓮月に聞かれて、天民はどきっとしたが、一息ついてから、

「母親は在の女でな、直市が死んだあとは里に返した」

「そうでございましたか。さぞかし別れが辛うて嘆き悲しまれたことでございましょう。お気の毒なことでございましたなあ」

と、その女が女中のおみねだとは全く知らないながらも自分のことのように哀れんでから、

「それはそうと、斎治どのは真の父上のことをご存知なのでございましょうか」

蓮月は、昔、伴左衛門から自分が伴左衛門夫婦の実の子ではないことを聞かされた時のことをふと思い出して、話を変えた。

「大人になってから話した」

「さようでございますか。驚かれましたろうなあ」

「驚いてはいたが、生まれるとすぐに直市が死んだことを話し、母親も続いて死んだと言うて聞かせたら、それなれば、孤児《みなしご》の身を最初から育てて下されたのは父上と母上でございますから、わたしの両親はお二人以外にはございませぬとはっきり言うてくれた」

「左様でございましょうとも。斎治どのが義兄上さまを真の父上と思っておられるお気持ちは本当でございましょう。わたくしが大田垣の家の養女であることはご存じでございましょうが、わたくしも生みの父の顔は全く存じませせぬ。それゆえ、父は大田垣の父が真《まこと》の父と思っております。子どもたちを次々と亡くしたときも辛ろうございましたが、父に死

なれたときは一番辛く悲しく、あとを追って死にとうございました」

「そうであろう、そうであろう。伴左衛門どのが亡くなられたあとは天涯孤独になられたのじゃからのう」

「父が直市どのを怒られて離縁にしてしまわれたのが、よそに子を作られてのことであったとは……。わたくしはそれが原因とは知らされませなんだので……。でも、直市どののお子なら大田垣家とも血の繋がりがございましょうに、父はわたくしに遠慮されたのでございましょうか」

「いや、遠慮などというのではなく、伴左衛門どのはお誠さんをことのほか可愛がっておられたからのう。そのお誠さんに辛い思いをさせるのは忍びなかったのであろう」

「でも、直市どのの男のお子ならば、父は大田垣家の跡取りとして引き取られたかったことでございましょうに……。ああ、これは申し訳ないことを口に致しました。斎治どのは田結荘家の大事な跡取りでいらっしゃいました。つい大田垣家の跡取りのことばかりに気が行ってしまいまして申し訳ございませぬ」

「お誠さん、そう言うてくれて礼を言います。今のわしにとって、斎治は掛け替えのない倅なのじゃ。しかし、お誠さんとは血の繋がりこそないものの、直市の子であれば、全くの他人とは言えなかろう。そのうちに、斎治を挨拶に訪ねさせよう」

「これまで何も知らずにおりましたが、お聞かせ頂いたからには、もはや無縁のお人とは思えませせぬ。義兄上さまの跡取りになっておられるのでございますから、わたくしは叔母と言うてもよろしゅうございましょう。ぜひとも一度お目にかかりとうございます」

二人は話し合いながら歩いてきて、蓮月の家に着いた。

蓮月はすぐに仏壇に灯明を上げ、一寸手を合わせてから、天民に座を譲った。天民は線香を上げてから、しばらくの間手を合わせて、直市の仕出かしたことを詫びていた。

長いこと、会うこともなかった蓮月と天民が出会い、親交を回復させたことは、すでに老年期を迎えた二人にとって幸いなことであり、これ以降、二人の間ではお互いを労わりあう心の篭った書簡を度々交わしており、斎治も蓮月を訪ねたりして身内のような付き合いとなった。

その年も冬の寒い間、蓮月は知恩院の坊官屋敷に身を寄せていた。

そんなある日、自分の部屋になっている仏間で手紙を認めている蓮月のもとに太三郎と養子の謙之輔がやってきた。二言三言取りとめもない話をしてから、蓮月が書きかけの手紙を巻き戻して二人の方に向き直ったところで、太三郎は、

「つかぬことを伺いますがお許し下さい。余所から耳にしたのでございますが、母上が西

心さまの養女というのは本当のことでございますか」

と、二人はじっと蓮月の顔を見詰めながら尋ねた。

　蓮月は何時かは聞かれるときがあるのではないかと思っていたことが来たのだと、冷静に受け止めて、

「本当ですよ。でも大田垣家に貰われたのは生まれてすぐとのことで、養女と教えられたのは婚礼の少し前、十六歳の時でした」

「やはり事実だったのでございましたか。わたくしは考えてもいなかったことなので、その話を耳に致しましたとき、嘘ではないか、嫌な噂を立てるお人もいるものだと思ったのでございます。しかし、一度母上にははっきり伺ってみようと思い、思い切ってお尋ねしたような次第でございます」

「わたしも初めて西心さまから伺うまで全く知りませんでした。それほどにわたしは両親から可愛がられて育てられていましたから」

「それでは実のご両親はどのようなお方なのでございますか」

と太三郎は好奇心を顔に出しながら尋ねた。

「それは西心さまも話しては下さいませんでしたので全く存じませせぬ」

と蓮月ははっきり言ってから、少し間を置いて、

「ただ生まれた場所は三本木と聞いています」

と言った。

「三本木？……」

と太三郎はびっくりしたように言い、傍らの謙之輔と顔を見合わせ、そのあと、

「三本木といえば、色街ではございませぬか。それでは母上を生んだ人は芸妓ということで……」

太三郎の顔にありありと軽蔑の色が浮かび、生母を指す言葉が「お方」から「人」へとぞんざいになった。太三郎は町家の出から養子に入って武士の身分は得たものの、お寺の中で、同僚の者が、寺侍とはいえ、譜代の身分の武士であるために、町人出の自分を軽蔑の眼で見ていることを感じていて、つねに劣等感を持っていた。それは同僚ばかりでなく、この母も同じだと見ていた。そこへ蓮月自らが、生母が三本木の人だと言うのを聞いて、「何だ、芸妓の生んだ子なのか」と、途端に普段の劣等感の裏返しとして、蔑みの表情と言葉になってしまった。

蓮月は、万一、自分が養女であるようなことを尋ねられた場合、出生の場所だけははっきり言おうと決めていた。かつて喜和から三本木という場所で生まれたと聞かされたときは、三本木がどのような場所か全く知らなかった。おそらく喜和も知らなかったからこそ、

聞いていたことを蓮月に語ったのであろう。蓮月自身、三本木が色街であることを知ったのはずっと後になってからであった。そして、もしそのことを口にしたら、それでは生母は芸妓か、と問われるかもしれないということも予測していた。しかし、蓮月が絶対に口にしないようにと清浄院から強く言われたことは、喜和が亀山藩の家臣である岡本家に嫁ぐ前に子を生んでいたということで、蓮月はそれだけは喜和のためにも決して漏らすまいと固く心に決めていた。もし仮に「何も知らない」と答えた場合、誰かが生母のことを探り出すかもしれないと、蓮月は一抹の不安を感じていた。それならば、いっそのこと、三本木で生まれたということをはっきり言っておけば、生母は芸妓ではないかと思うであろうが、それはかまわない。そうすれば亀山藩の家臣に嫁いだ喜和の存在に辿り着くことはあるまい、というのが散々考えた結果に出した答えであった。蓮月は太三郎の軽蔑したような眼差しを受けながら、いよいよその時が来たと腹を括っていた。生母が芸妓ではないことは蓮月自身が承知しており、母娘として心を通わせ、最後の看取りをしているだから、他者《ひと》が何と思っても、すでに岡本家の墓に眠っている喜和の身の上を傷つけることだけは出来なかった。

「さあ、それは存じませぬ。聞いているのは、ただ三本木で生まれたということだけですから。そして、生まれて十日目にはもう大田垣の家に引き取られたということでした」

「色街では芸妓が父《てて》なし子を身篭ってしまった時、密かに生んで養子に出してしまうという話を聞いたことがございます。そうすると、そのようにして生まれた……」

と、それまで黙っていた謙之輔が口を挿んだ。

その口調に少しきっとなった蓮月は、謙之輔の言葉を遮るように、

「父《てて》なし子とは無礼な……。わたしの誠《のぶ》という名前は生みのお父上が付けて下さったもので、お七夜に西心さまがお父上から命名書をお預かりして、届けて下さったと伺っています」

と毅然として謙之輔を睨み付けた。そして、続いて、

「生みの母の身分についてては何も教えては頂けませんでしたし、父上についてもお名はもとよりご身分も教えては頂けなかったものの、西心さまが囲碁のお相手に呼ばれるようになってから、大層お目を掛けて頂くようになったそうで、そのご縁でわたくしを養女に託されたと伺いました」

蓮月はそこまで言うつもりはなかったが、「父なし子」と言われたことで、生父の身分こそ口にするのは抑えたものの、西心よりずっと身分が上にあることだけは承知させて置きたくなってしまった。蓮月の心には、謙之輔は十六歳にもなって、坊官見習いになっているのにと、あきらかに礼儀知らずの町人育ちという見下げた気持ちが働いていた。

蓮月にそう言われると、太三郎と謙之輔は黙り込んで下を向いてしまった。母の出自は何であれ、父の身分こそが当人の存在を意味づけしていた時代であったから、二人は蓮月の生みの父が西心よりもずっと身分が高いと分かると、もはや何も言えなくなってしまった。太三郎は両手を付いて、頭を畳に擦り付けんばかりにして、

「謙之輔は未だ世間知らずでございますゆえ、無礼の申し様を口に致してしまいました。何卒お許しくださいまし」

と、太三郎は懸命に詫びた。

その態度に、蓮月は少し冷静さを取り戻し、

「わたしも、つい言わいでもよいことまで言ってしまいました。でも、お父上がどのようなご身分の方かは存じませぬし、お目にかかったことさえもないのです。それに、どのような理由《わけ》があれ、お側に置けない子であったからこそ、西心さまにわたしを養女にと託されたのでしょう。それに双親ともわたしの子どもの頃に亡くなったそうですから、生みの父上や母上がどのような方であれ、わたしにとっての真《まこと》の親は大田垣のご両親だと、いまもずっと思っています」

蓮月ははっきり言ってから、一息ついて、

「この話は身内なればこそ話したことですから、他言無用、そのつもりでいてくれますよ

うに」

と釘を指した。それからすぐに、

「今日は少し暖かいようですから、西心さまのお墓参りに行って参りましょう」

と話を反らしてしまい、文机の上に置いた手紙を文庫にしまって立ち上がった。

謙之輔が太三郎に突付かれて、気が進まないながらも、

「お供させて頂きます」

と言ったものの、若い謙之輔は見るからに嫌な様子であった。

蓮月は、謙之輔の返事から、そうした様子はすぐに見て取った。それだけでなく、このような話の後で、父の墓に詣出たくなったのは、今、口にしてしまったことを詫びたくもあった。西心は蓮月が三本木で生まれたことなど、一言も口にしたことはなかったし、蓮月もまた喜和から聞いたことを父には言ったことはなかった。それをあたかも西心から聞いたかのようにしゃべってしまったのである。それだけに一人で行って西心に詫びたかった。それに、まだ足には自信があるので、ともすると年寄り扱いされるのは嫌であった。

「勝手知ったる道であれば、供など無用なこと。それに足腰はまだ衰えてはおりませぬから。急な坂道なれど、ゆるりと参りましょうほどに」

とやんわりと断って、一人で出掛けて行った。

蓮月は、決して言うつもりもなかった生みの父のことを初めて口にしてしまってから、顔も知らない生みの父のことを考えるようになっていた。とは言っても、考える手がかりもなかった。喜和の墓参りには、人に知られないように何回か亀山の岡本家の墓には参っていた。だが父の墓参りのことは思ってもいなかったものの、生みの父がいたればこその自分であり、自分を喜和のいる亀山に行かせるようにしたのは生みの父であったと聞いていた。それだけに父の墓参りに行けば、喜和がどれほどか喜んでくれるだろうとも考えるようになった。墓は伊賀上野にあることは確かだが、菩提寺も戒名も清浄院から聞かされたような気がしたものの覚えてはいなかった。しかし、ご城代の墓であれば、伊賀上野に行って尋ねれば、すぐに分かるだろうと思った。伊賀上野という場所は、昔、夫の重二郎と彦根の実家に行った帰りに信楽に行き、戻ってきたとき、西心から、

「信楽から山を越えれば伊賀上野の盆地だ」

と聞いたことがあるのを思い出した。とはいえ、坊官屋敷にいるうちは、「旅に出る」、と言えば、行き先を聞かれたりして面倒になるので、暖かくなって、聖護院村に帰ってから出掛けることに決めた。

聖護院村に戻って早々、桜の蕾が膨らみ始めた頃、蓮月は初めての伊賀上野への旅に出

掛けた。

伊賀上野は長閑《のどか》な盆地で、中央に堀を廻らせた城がある。かつて関が原の戦いの前に藩祖である藤堂高虎が天守閣を建てたが、大坂方の味方をするのではないかという噂を恐れて、間もなく壊してしまった。それ以降、天守閣はなく、城内の屋敷は役所に使われているだけで、城主はいない。つまり藤堂本家の出城として、城代が置かれているのである。城代の役職には高虎の叔父の家系が継いでいて、蓮月の生父はその六代目であった。したがって武士の数は比較的少なく、郷士と呼ばれている戦国時代以前からの豪農の大きな屋敷があちこちに目立っていた。その中には忍者だった者の子孫もいたが、蓮月にはそこまでの知識はなかった。

蓮月は一泊した宿で、朝、出立するときに、

「ご城代さまの墓所は？」

と尋ねると、すぐに、

「山渓寺でございます」

と答えが返ってきて、道順も親切に教えてくれた。

山渓寺はさすが藤堂一族である代々の城代のものだけあって森と見まがう深い木々に囲まれ、伽藍も立派なものであった。蓮月が記憶しているのは、生みの父が亡くなったのが

八歳のときで、その年の寛政十年に遺言によって自分が亀山の城に奉公したというだけであったが、寺の者に
「寛政十年に亡くなったご城代」

と、伝えると、すぐに覚源院殿惟法以心大居士という生父の戒名を教えてくれ、墓所まで案内してくれた。

墓にはあたかも蓮月の墓参を待っていたかのように早春の木漏れ日が当たって陽だまりが出来ていた。蓮月は樒《しきみ》と線香を供えて墓前に額ずいたものの、初めて生みの父上に向き合ったことであり、その顔も知らなかったのだから、合掌した後、観音経の一部を静かに読経した。そのうち自分が生まれたのは、ここに眠っておられるお方と喜和が結ばれていたればこそと思うと、感謝の念が湧いてきて心を込めて読経することが出来た。手を合わせているうちに喜和の喜んでいる顔が自然に浮かび上がってきた。伊賀上野と亀山と離れて眠っていても、こうして二人の子である自分がお参りすることで、蓮月は父と母が一つになれたような気がしてきた。

そして、五十年も前のことながら、すでに死の床にあった喜和が、

「誠さんを生んでおいてよかった」

と心からの呟きを漏らしたことを思い出した。喜和は三本木という場所がどんなところ

であるか知らなかったのであろうが、それにしても知らない人々に囲まれて心細い中で秘密の出産をして、しかも生んだ子をすぐに手放さなければならなかったということがどんなにか辛かっただろうと改めて思った。その辛さが蓮月が「母上さま」と呼んだとき、解けたからこその喜和の心からの呟きが出たのだろうという念が湧いてきた。

——母上は、父上が生きておいでのときはお目にかかれなかったにしても、せめてお墓参りにはおいでになりたかったに違いない。母上さま、誠はようやくお参りにまいりましたが、母上の分も十分にお参りさせて頂きますよ。

と、蓮月は呟きを口にしながら、もう一度心を込めて手を合わせた。

それから後も蓮月は何度か生父の墓参りのために伊賀上野を訪れている。

墓参の帰り道、蓮月は信楽に寄って、少しばかり土を買った。蓮月の心の中では歌と書に自信が出てきたところで、茶碗や急須以外の自分が作りたい焼き物をやってみたいという気持ちになってきていた。信楽の土は白く細かい石珪が多く混ざっているため独特の焼き上がりとなる。墓参りへの旅をしながら、どうせなら新しく信楽の土を使って試みてみたいと考え始めていた。『六帖詠草』の稿本を一年近い月日を通して書写してまで自分のものにした蓮月にはそれまでと違った充実感が生じており、これから先、何時まで手捻りが出来るか分からないという年齢のことなど考える余地もないほどに新しいことへ挑戦したいという気持ちが強くなっていた。とくにそれまでほとんど意識しなかった生みの父の墓参りをし、生母が果たしえなかったことを果たして差し上げたという満足感は蓮月の心を遠く前に向けて歩み出させていた。

蓮月は、その足で夫の重二郎と共に遊んだ滋賀山に回って一泊した。花の時期には少し早かったが、半日、のんびりと昔の思い出に耽りながら辺りを散策しているうちに、松村景文について折角習った絵をどんな形であれ生かした作品を作ってみたくなっていた。重二郎の絵も趣味の域を出なかったものの、自分の絵も趣味の範囲である。それでも絵心を作品の中に生かせたら新しい境地が拓かれるのではないかと考えた。少しは蓄えも出来てきたのだから、売ることなど考えずに遊び心を手捻りに取り入れてみたくなってきた。

聖護院村の自宅に帰ると、早速、昼食前の時間を信楽の土を使って試作に取り掛かることにした。そうなると、蓮月は食事を作ることも忘れて、新しい作品作りに没頭してしまっていた。だが、桜が咲いて、暖かくなるに従って、俗客の家への出入りも多くなってくると、門口に吊るした「蓮月るす」の札も用をなさなくなった。案内もなく、仕事場にまで入ってきて、そこに並んでいる急須や茶碗を手にしたり、彫られている歌を短冊にも書いて欲しいと頼んだりという人が日に数人から十人にも及んだ。そうなると、蓮月は落ち着いて試作に浸っていられなくなり、引越しの虫が頭を持ち上げてきた。

「もっと人里離れたところへ移りたいのだけれど……。出来れば蘆庵先生のお墓のある心性寺の近くに適当な場所があればと考えているので探して貰えないだろうかしらねえ」

と蓮月はしばしば訪ねてくる猷輔に相談した。

　北白川の心性寺には小沢蘆庵の墓があり、蓮月もすでに何度か墓参りに行っていた。蘆庵は心性寺の付近の風景を愛し、とくに滋賀山から三井寺のある大津に半日で行かれるため、たびたび足を運び、そこで詠んだ歌もあり、蓮月はそれらの歌もとても気に入っていた。その頃には蓮月の蘆庵への傾倒振りは単に師として私淑している領域を越えて思慕の念になっていた。

　——お目にかかったこともなく、お顔も知らない方なのに……

と苦笑しながらも、蓮月は自分の心に生じてきた蘆庵への気持ちに戸惑いを感じ、それでいながらますます蘆庵の歌と書に自分の気持ちを一体化させていく思いを抑えることが出来なくなっていた。そして、出来ることなら蘆庵の墓の側に住んで、毎日お参りしながら仕事に打ち込みたいと思うようになっていた。

「心性寺の近くならば、人の訪れも少なく静かでございましょう。それなら心性寺の原坦山《たんざん》和尚がときどき昼の食事のためにお見えになりますので、その折に和尚にご相談してみられたら如何でしょうか。父に話しておきます」

と言って献輔は引き受けてくれた。献輔の家は曹洞宗御用達の法衣商という商売柄、多くの曹洞宗の僧が出入りしており、坦山もその一人であった。

献輔は、蓮月が方広寺に篭って蘆庵の『六帖詠草』稿本を真剣に読んでいる姿を目撃して以来、六十歳を過ぎても心身を打ち込んで学んでいることに心を打たれ、尊敬の念を持つようになり、祖母を慕うような気持ちで蓮月に接していた。

それから間もなく、献輔が、その日の昼、原坦山《たんざん》和尚が来宅すると知らせてくれた。原坦山（一八一九年～一八九二年）はまだ三十代の果敢な僧であり、方広寺を預かっていた羅渓慈本律師の天台教学の弟子で、蓮月も何度か会ったことがあった。豪快な性格で、学識も高く、面白い人物であった。

蓮月は早めに昼食を取ってから、富岡家へ出かけた。主《あるじ》の維叙は一昨年、体調を崩し、献輔より五歳年上の長男の敬憲に家督を譲り、隠居の身になっていた。その日は久し振りに具合が良く、客の前に出てきたということであったが、身体が一回り小さくなったように思えた。

坦山はすでに昼食を済ませて維叙と歓談しており、献輔も側に控えていた。蓮月は坦山に無沙汰の挨拶をし、維叙に体調が良くなったことへの労わりの声を掛けた後に、家捜し

の話をしようとするより先に、維叙が、

「猷輔から聞いたところによると、蓮月どのは今、新しいものを作ろうと試作に掛かっておられ、どこか静かな場所に引っ越したいとのこと、出来れば心性寺の辺りに借家を探しておられるのですが、僭越ながら、お寺の一間を貸して差し上げられんでしょうかな」

と口を切った。蓮月がびっくりしていると、思いがけず坦山が、

「そりゃあお安い御用ですわい、良かったら明日にも引っ越しておいでなさるがよい」

といとも簡単に引き受けてくれた。

「知ってのとおり、さして大きな寺ではないが、蓮月どのが土を捏ねるぐらいの場所はある。寝起きしているのはわしと侍僧が二人、それに寺男だけじゃ。訪れるのは時たま参詣の者があるだけで、静かそのものじゃ」

「お寺を使わせて頂けるとはありがたいことでございます」

と蓮月が礼を言うと、坦山は、

「蘆庵大人《うし》に私淑しておられる蓮月どのが墓のある心性寺に居を移されるのも縁というものでござろう。ただ寺の辺りは静かじゃが、それだけに不便な場所でもある。食事などは一人や二人増えたところで手間が掛かるわけではないので、寺の方で用意しようが、維叙どの、どうであろうかのう、猷輔どのを蓮月どのにお預けになられぬかのう。蓮月どのも

お歳じゃから、窯元への使いなどをするにも、側に若い者がいたほうが何かにつけてよいように思うがのう。猷輔どのならば寺から塾などに通うても造作なかろう。蓮月どのはどうかな」

蓮月もすでに六六歳になっていた。窯元の帯山与兵衛は亡くなり、息子が後を継いで四代目帯山与兵衛を名乗っていたが、父親の時と同様、親切にしてくれることもあって、蓮月は同じ窯元の世話になっていた。

「維叙どの、猷輔どのを貸して頂けましょうか」

と蓮月もすぐにその気になって、維叙に尋ねると、

「お二人が猷輔をお望みならば、わたくしの方は一向にかまいませぬ。わたくしが隠居いたしまして、富岡の家も今は長男が当主になりましたから、猷輔も何時までも兄の厄介者にしておくのはどうかと思うておりました。蓮月どのにお預けすることで、猷輔が一人立ちするきっかけが出来ますれば、ちょうどよろしゅうございます。猷輔はわたしと同じで学問が好きで、その上、ご承知のように耳が不自由でござれば、商人には向きませぬ。すでに二一歳になっておりますが、まだ将来どのような道で立ちますのか決めてもおりませぬ。今はまだ望むままに好きなようにあちこちに勉学に通わせておりますが、いずれ嫁を取り、世帯を持ちました折には分家させるつもりでおります。そのためには学問ばかりの

頭でっかちになってしまっては世間さまを相手にして世帯も張れますまい。それゆえ、その前に蓮月どののお側で御用が果たせるものかどうか見てやっていただければ、それに越したことはございませぬ」

家を傾けて仕舞ったとはいえ、商人の家に育った維叙は蓮月が女の身で、しかも年を取りながらも自分で糧を稼ぎ、その一方で学ぶことにも衰えぬ意欲を持って暮らしている様に一目も二目も置いて尊敬の念を抱いており、親しくしていることに満足していた。

「見るなどとはとんでもないこと。出来うるなれば、猷輔どのは養子に迎えたいほどでごじます」

蓮月はまだ一人前になっていないとはいえ、猷輔が何事にも熱心で努力を怠らず、学んだものを自分のものにしていく性格であるのが気に入っていた。自分が学び始めたのは遅かったとはいえ、若い時に喜和から教えられた和歌と書が基本にあったことが後年にもっと深く知りたいという手がかりになった蓮月は、学ぶことを許される立場にいる猷輔が、若いうちはいろいろとやっておけば、何になるにしても、そうしたことがすべて自分のものとして生きてくるはずだと考えていた。それゆえ蓮月にとっては、猷輔は先の楽しみがある青年であった。しかも親しくなってからは、孫ほどにも年の違う猷輔に「お婆《ばば》」と呼んでくれるように言い、猷輔もそれではということで、二人だけのときは「お婆《ばば》さん」というようになり、蓮月も「猷さん」と呼び合うようになっていた。

「いや、養子には出せませぬ」

と維叙は即座に拒否した。

「そうおっしゃるだろうと思うておりました。親御さまが養子には出せぬと言われるほどのお子なればこそ、養子にと思うたまでのことでございますよ」

と蓮月は声を立てて笑った。坦山も、

「さすが蓮月どのでござるわい」

と言って、大声で笑い興じた。

「恐れ入りましてございます」

と維叙は恐縮しながら、傍らにいる猷輔に、

「どうかな、蓮月どのにお供しては……」

と問いかけた。

「わたくしでお役に立つことが出来ますならば、お供させていただきとうございます」

と、猷輔はすぐに答えた。

猷輔はすでに野之口（後に大国姓に改める）隆正（一七九二年～一八七一年）に国学を、岩垣月洲（一八〇八年～一八七三年）に漢学を学んでいたが、その頃は陽明学に強い関心

を持ち始めて、久我家の諸太夫の家柄である春日潜庵（一八一一年〜一八七六年）のもとに陽明学の講義を聴きに通っていた。潜庵は梁川星巌（一七八九年〜一八五八年）が「京師第一等の人物」と評した人で、尊皇攘夷の思想を明快に説いていた。潜庵には弟子も大勢いたが、その他にも潜庵の人物に魅かれて出入りする者も多かった。猷輔は潜庵の塾に通うようになってから、星巌はもとよりのこと、西郷隆盛（一八二七年〜七七年）、横井小楠（一八〇九年〜六九年）、頼三樹三郎（一八二五年〜五九年）、貫名海屋《かいおく》（一七七八年〜一八六三年）などの名士との付き合いが始まっていた。猷輔はかねて隆正から学んでいた尊皇の思想を潜庵のもとでも強く影響を受け、ここでのさまざまな人との交流からはっきりと尊皇の思想に心を寄せるようになった。潜庵の塾の他にも、儒家の梅田雲浜（一八一五年〜五九年）の講義も聴きに行ったり、その合間には窪田雪鷹（伝記不明）のもとに南画を習いにも通っていた。猷輔はのちに鉄斎の名で南画家として一家をなすが、このときはまだ画の道に進むつもりはなく、文人の一人としてちょっとした絵ぐらいは描けるようになりたいという気持ちで始めたものであった。一方で潜庵のもとで知り合った山水画を得意とする貫名海屋の画にも魅かれて、しばしば海屋の家に通っては画を見せて貰ったりしていた。そして海屋の画を手本にして自分でも画を描いたりした。また海屋は能書家でもあり、猷輔は海屋の書も手本にして学んでいた。

坦山は猷輔の返事を聞いて、

「それはよかった。わしが口を切るのもどうかとも思うたが、以前に蓮月どのが寺に廬庵どのの墓参りに見えたときに、猷輔どのが一緒に付いて来られたときの様子では、二人はまるで仲の良い真《まこと》の祖母《ばば》どのと孫のようにお見受けしてな。猷輔どのも一部屋を好きなように使ったらよい。寺は静かな場所にあるから本を読むにも画を描くにも落ち着けるであろうよ」

と、安堵したように言った。

「わたくしも体調を崩しましてからは何やら気が弱くなりまして、遠く離れた場所に蓮月どのを一人住まいさせるのが我がことのように心配になりまして、お寺にお願いしたのですが、猷輔がお側に付いていてくれるならば安心いたします」

と維叙は自分より年上の蓮月のことを案じていたことを口にした。

蓮月は恐縮しながらも、

「自分の年を省みずにいろいろと勝手なことを言い出して皆様にご迷惑をお掛けいたし申し訳ございませぬ。動作はあれこれと鈍くなりましたが、これでも自分ではまだまだ一人暮らしでやって行けると思うているのでございますよ。足もまだ達者で、先日は伊賀上野まで一人で用足しに行って参りましたほどでございます。その帰りに信楽《しがらき》に寄りまして、かの地の土を買い求め、届けて貰いました。お寺に住まわせて頂く間に信楽の土を使った新しいものを作って見たいと考えております」

と創作についての希望も話した。

「それでは信楽の土もお寺に運ばなければなりませんな」

と維叙が言うと、猷輔はそれを受けて、自分が運ぶつもりだと言った。

その翌日、蓮月は早速心性寺に引っ越すことにした。引越しを繰り返している蓮月の所帯道具は常に纏められており、普段、手近に使っている硯箱や皿、小鉢などを茶箱に収め、父と夫、そして五人の子の位牌を袱紗に包めば、すぐに引越しが出来るようになっていた。猷輔は富岡家の男衆を一人連れてきてくれ、二人で持ってきた大八車に所帯道具と土捻りの道具と信楽から届いた土をも積んだ。心性寺までは二里程度の道程があったが、男衆に車を引かせ、猷輔が後を押して運んでいった。

蓮月は、学問好きで机の前ばかりに座っている筈の猷輔が力仕事が出来ることに驚いたが、猷輔は、

「そんなに柔《やわ》ではありませぬ。信楽の土はわたしが運ぶと坦山和尚の前で言ったではありませぬか。これからは粟田の窯元までの荷運びもわたしが致しますから安心しておいでなさいまし」

と笑いながら答えた。

「それは頼もしいこと、でも猷さん、わたしの手伝いは二の次にして、お前さまは勉学を怠ってはなりませぬよ。それからねえ、猷さん、わたしも昔、松村景文先生に画を習ったことがあるので、少しは画のことも分かるのだけれど、お前さまには画の才能があると思うのですよ。とくに猷さんは耳が不自由なのだから、人さまの話を聴いたり、また話を交わさなければならないようなことを業《ぎょう》とするよりも一人で描ける画の道に進んだ方が合っていて良いと思うのですよ。なれど、仮に画の道に進むにせよ、学問は画に深みを持たせるためには必ず役に立つことなのだから、勉学もお励みなさいよ」

と、やさしく心をこめて先のことをあれこれと語り聞かせた。

心性寺で始まった二人の暮らしを楽しみながらも、蓮月は共に夕餉を取る折などにいろいろと猷輔の将来を考えた忠告を与えた。蓮月は、毎朝起きて洗顔を済ませると必ず境内にある蘆庵の墓を綺麗に掃除してから、墓前に線香を上げて読経した。そして、昼食までは新しく創ろうと考えている花入れや水差し、建水から抹茶茶碗などの構図の下書きをいろいろと工夫したりして過ごし、昼食後は何時もの通り、売り物の急須や煎茶茶碗作りに精を出していた。猷輔は一日か二日置きに勉学のため外出し、寺にいるときは画を描いたり本を読んで過ごしていた。二人がゆっくりと話を交わすのは、大体夕餉の時であり、それが時には話が弾んで、膳を下げた後まで続くこともあった。そのような時、蓮月に促されて話すのはもっぱら猷輔で、聴いてきた講義の内容を披瀝した。蓮月は、どのような話でも、興味深げに頷きながら耳を傾けて聴くため、猷輔は年寄り相手に話していることなど忘れてしまうほどであった。だが、時々蓮月が、

「猷さん、そこは一寸おかしいんじゃないかしらねえ」

などと言うことがあった。猷輔は首を傾げながら、

「確かめてみましょう」

と答えて、次の講義の時に確認してくると、蓮月の言う通りであったということがしばしば起きた。蓮月は一緒に暮らしてみて、猷輔の耳が思っていた以上に聴こえていないことを知った。そして出来るだけ大きな声を出して話すように心掛けたものの、さぞかし不便だろうと憐憫の情を感じるほどであった。しかし、聴こえていない時は黙っているのではなく、むしろ「聴き取れていない」とはっきり言うことにして、自分自身の聴力のなさを自覚させるように勧めた。

「猷さん、お前さまは耳が不自由だから、よく聴き取れないのでしょう。人さまと話をするときはよほど注意していないと間違ってしまうことがあったり、曖昧なまま早合点してしまうといけないから、大事なことは気をつけなされ。大事なことを聴き間違えたり、聴

こえなかったりして間違って覚えてしまったのでは大変なことになりかねないので、先生方の書物があるものは必ず書物を読んで調べて置くことが必要だと思いますよ」と、忠告した。猷輔は自分は耳が不自由なことは分かっていたものの、日常の暮らしの中では父や母から何回となく注意されたことはあっても、勉学について、そのような忠告してくれる者はいなかったため、蓮月の言葉を素直に聞き入れて、出来るだけ多くの書物を読むように心掛けた。

梅雨に入ってしばらくした五月の末近くに、富岡家から維叙が急死したという使いが訪れた。維叙の体調は一時良くなっていたものの、心臓麻痺による突然の死であった。享年五三歳。猷輔は取るものも取り敢えず帰宅し、蓮月も通夜と葬儀に参列した。

維叙の死は猷輔の気ままな勉学生活を一変させることになった。当主となっていた兄の敬憲は猷輔が二十歳を過ぎても親掛かりのまま勉学に興じている姿を、父が甘やかせているものとして苦々しく思っていた。それが父の死を境に、敬憲はもはや学費は出せないと猷輔に言い渡した。敬憲は維叙の前妻の子であり、猷輔とは異母兄弟であった。そのため後妻である維叙の母親は敬憲に強く頼むことは出来なかった。というより、母親自体が猷輔が何時までもきちんとした業にも就かずに勉学に明け暮れしていることに不満を抱いていた。母親は猷輔が子供の時から本を読んでいると取り上げてしまうことがしばしばあり、商人の子が勉学にうつつを抜かしていれば、夫が家を傾けてしまったようになることが目にみえているとして良しとはしなかった。母親は出来ることなら猷輔にも暖簾を分けて貰い、法衣商を営ませたかったが、耳が不自由な猷輔が商人になることは不可能と分かってからは、耳が聞こえなくとも出来る仕事を身に付けさせ、早く一本立ちしてくれることを願っていた。猷輔が少年時代に六孫王神社に神官の修行に出されたのも、母親のそうした気持ちからであった。だが、学問に強い関心を持ち始めた猷輔は母親の気持ちとは違って、父親が許してくれるままに次から次へと関心が広がっていく学問にのめり込んでいった。猷輔が蓮月を慕うのも、六十歳を過ぎてもなお勉学への志を持ち続ける姿勢に惹かれていたからであり、蓮月と一緒にいると、母親から得られなかった自分を認めてくれる心の広い愛情で満たしてくれるという安らぎが得られた。

葬儀が一通り終って、猷輔が心性寺に戻ってくると、蓮月は、

「猷さん、お父上が亡くなられた以上、兄上や母上に甘えることは適いますまい。兄上の言われることは尤もなことで、決して理不尽なことではありませぬ。猷さんの画はまだ未熟ながらなかなか筋がいいと思いますよ。それゆえ、わたしが歌を書きますから、お前さまはそれに画を描いて、少しでも売ることをお考えなさい。お金を稼ぐということは世間のどなたもがやっていること、何処かのお屋敷に仕えて禄を頂く以外には自分で稼ぐこと

がなければ暮らしてはいけませぬ。それをお前さまは今まではお父上に頼りきって考えないで済んできただけのこと、でも、それでは世間では一人前としては通りませぬ。わたしが急須を作って売って暮らしを立てているように、まずは自分の糧を自分で稼げるようになることが大事なことなのですよ。学問で暮らしを立てるということはよほど高名になり弟子が大勢来るようにならなければ無理というものでしょう。しかもお前さまは耳が不自由とあっては弟子たちの質問もよく聞き取れない。それでは、たとえ学問で身を立てられるとしてもなかなか難しいことではないでしょうかね。と言って、差し当たり何という目当てもなければ、このお婆が力を貸しましょうほどに、本気になって画に取り組みなされ」と諭すと、蓮月は、早速、猷輔に短冊と半切を買いに行かせた。

蓮月はその夜から、猷輔が買ってきた短冊と半切に、画が描けそうな歌を選んで書き始めた。猷輔は言われるままにそこに主として山水画を描いた。ここに蓮月と猷輔の合作が始まった。とはいっても、全く無名の猷輔の画ではそれほど売れるものではなかった。しかし、蓮月は猷輔に決して諦めることなく続けるように言い、足りない分の塾の学費は蓮月が出した。そのようにして、人の訪れもほとんどない静かな心性寺での蓮月は毎朝蘆庵の墓参りをしてから仕事に打ち込み、充実した日々を過ごすことが出来ていた。猷輔も画を描き、塾に通う傍ら、粟田の窯元へ大八車で荷を運ぶ仕事をも引き受けて、忙しい毎日を送っていた。

　十月末に木枯らしが吹き始めるようになると、北白川の辺りの寒さは、蓮月にとって身に堪えるようになった。そのため、蓮月は岡崎に屋移りすることにした。そこでは父を失った猷輔も一緒に住むことになった。岡崎に移ってからの蓮月は昼前に信楽の土を使った創作品の製作に精を出し、昼ご飯を食べてからは以前からの売り物用の急須や茶碗を作り、夕食後は筆を取り、短冊に歌を書いたり、また猷輔に画を描かせるために半切や短冊に歌を認《したた》めるという規則的な、しかし楽しい毎日を送るようになっていった。幸い創作の品も思っていた以上に評判になり、売れ行きも順調で、蓮月焼の名を高めるようになった。

七　攘夷への疑問

安政五年（一八五八年）、井伊直弼が大老職に就任してから幕府の開国政策を批判する尊皇攘夷を唱える者に対する取締りが厳しくなった。そうなると、それらの人たちと親交を持っていた猷輔は、打ち合わせと言っては、連日のように絵筆を置いては外出するようになった。そのような日が続くうちに、九月に入って、春日潜庵、梅田雲浜、頼三樹三郎らが次々と所司代の手によって逮捕された。猷輔は潜庵の家に出入りしていた人々とともに幕府の横暴を怒り、同士との連絡に駆けずり回り、めったに蓮月のもとには帰って来なくなった。

蓮月はもしや猷輔も捕らわれることがあるのではないかと恐れて落ち着かなくなり、ようやく帰ってきた一日、膝を突き合わせるようにして、耳の不自由な猷輔に聴こえるように大きな声で暴走することを留めに掛かった。

「猷さん、お武家や学者の先生方ならともかく、剣術の一つも出来ない町人のお前さまが、まるで志を持っているかのようにお政治向きのことに走り回っているとは何事ですか。お前さまはまだ自分の一生を掛けていく道も見つけられずにいる中途半端な身ではありませぬか。それが日々の糧を得る仕事も忘れて、若さゆえの熱に浮かされたようにお政治向きのことに走り回っているとは……」

と諫めに掛かった。猷輔は、

「お婆さま、わたくしは何も若さに浮かれされて動いているわけではありませぬ。すでに潜庵先生や雲浜先生方が江戸に送られるという噂が聞こえてきているのです。江戸に送られてしまったら先生方を取り戻すことは適わなくなります。私は先生方とは親交が深いのですから、何とかお助けしなければならぬと思い、そのために走り回っているのです。どうぞ今はこれ以上のことは仰らないで下さい」

と片手を開いて前に突き出して蓮月の諫めを止めようとした。

「お前さまが私淑しておられる方々が囚われたのですから、衝撃を受けている気持ちはよく分かります。しかし、それぞれのお方はお政治事に命を賭けようという志を持っておられるのでしょう。そうであれば覚悟も決まっているはずです。だが、猷さんはそうではありますまい。武道の技一つ身につけていないうえに耳が不自由の身で、お前さまはお政治事に命を賭ける志もなく、第一、お政治事に付きものの話し合いなどには入れても頂けないでしょうが」

と突かれると、猷輔は、

「それは……、確かに、密議には加えて頂けませぬが……」

と下を向いて少し口篭った。

　蓮月は畳み掛けるように、

「それごらんなされ。お前さまには言伝てをする役も出来はしない。出来ることといえば、書状などを届けるなどの走り使いぐらいしか勤まりますまい。じゃが、猷さん、よく聞きなされ。その書状などを懐にしているような者は、お上が一番付け狙われるものなのですよ。書状は何よりの証拠になるものではありませぬか。それも分かりませぬのか。お前さまは耳が悪いため、世間のこともよく分からないまま、そのような走り使いに追いまわされていることとも思わずに駆け回って夢中になってしまっている。今のお前さまは足が地に付いていないとわたしには思えますぞ。ただ熱に浮かされたようにカッカとなっているだけのことじゃ。書状を持っている者が捕まれば、お上のお取り調べは、それは尋常なものではありますまい。わたしの知り人に、天保八年の大塩どのの乱に巻き込まれて、かつて大塩どのの塾に通っていたというだけで捕らえられ、最後は無罪放免になったものの、拷問による惨いお取り調べのために酷く身体を痛めつけられ、治るまでに長い年月が掛かって人生の大事な時期を病のために無為に過ごせざるを得なかったというお方がおりますのじゃ。お前さまが、今、走り回っていなさる身で捕らえられたなら、お役人の言うこともよく聞こえぬまま、まともに答えることも出来ずにいて、その結果、どのような恐ろしい拷問が待っているか知れませぬ。婆は思うただけでも身体が震えてきますのじゃ。親御さまから頂いたたった一つの身体をお取り調べなどでめちゃめちゃにされたりして命を無駄にするようなことがあれば、これ以上の親不孝はありませぬぞ。父御は亡くなられても、母御はご健在。命は一回限りのもの。万が一、その命を失うようなことになれば、母御に逆さを見せることになる。子どもが病で亡くなっても親の悲しみは耐えがたく計り知れないもの、ましてや自分から命を無駄に捨てるようなことをして嘆きを見せるなら親不孝も極まるというものじゃ。今のお上は攘夷の志を持った者に容赦はしないという態度で臨んでいるとか。お前さまのような世間知らずが、そのようなときにお上に立ち向かうようなことをして、命を無駄にしてしまうようなことで大切な親御さまに顔向けの出来ないようなことをするとは……、婆はそのようなことをさせるために猷さんに目をかけてきたのではありませぬ。一日も早く己れの歩むべき道を見つけて欲しいからこそ出来るだけの手助けをしてきたのじゃ。猷さんなら必ず遠からぬうちに自分の一生を賭ける道を見つけてくれると信じていればこそ、一緒に暮らすことを許し、言いにくいことまでも言うてきたのではありませぬか。そうした婆の気持ちが分かりませぬのか」

と、耳の不自由なことを強調しながら、順々と諭した。猷輔は耳が不自由なことを隠したがっていたが、蓮月はむしろそのことを自他共に受け入れなければ始まらないことを予てから説いていたのである。それゆえ、何度も口にした。

その日の蓮月には何時になく迫ってくるものあり、慈愛に満ちた眼差しながらも鋭い威圧感さえ感じられ、猷輔はとうとう項垂れてしまった。六八歳になる老婆にもかかわらず、これほどまでの迫力を持って迫ってくると、二三歳の猷輔は立つに立てないようになってしまって、そのうち畳に手を付いてしまっていた。狭い家の中には蓮月の気迫が漲《みなぎ》っており、行灯の灯火さえもが蓮月の迫力に押されたかのように揺らいでいた。蓮月は猷輔を見つめたまま、次に何を言い出すかと待っているかのように沈黙していた。だが、猷輔も何も言えずに押し黙ったままであった。

しばらくして、

「分かってくれましたな」

と、蓮月の、何時もの穏やかな、さりながら念を押すような凛とした声が猷輔の頭の上から聞こえてきた。猷輔にはその穏やかな声さえもが心を圧してしまい、口を開けぬまま頷いてしまった。

「潜庵先生、雲浜先生方のことは御仏にお任せなされ。今のお前さまに出来ることは御仏にお任せして、皆様がご無事であられるように祈りなさることだけじゃ」

それだけ言って、蓮月は立ち上がり、仏壇に灯明を上げると読経を始めた。

猷輔はうな垂れたまま動けなくなっていた。

それから幾日かした早朝のまだ暗いうちに、春日潜庵らを乗せた唐丸籠が大勢の役人に囲まれた物々しい行列をなして江戸へ向けて出発して行った。攘夷派の面々も悔しがりながらも、遠巻きにして手出しもで出来ないまま行列を見送った。前日に密かに知らせを受けた猷輔は、粟田口で仲間とは離れた場所の木立の蔭から目立たないように跪いたまま、師匠たちの行列を涙ながらに見送り、別れを惜しんだ。

一年後、紅葉が京の都を染めている最中、猷輔は画家の貫名海屋を訪ねて、九月十四日に梅田雲浜が獄死したという話を聞いた。初めて聞いた猷輔は、溢れてくる涙を隠すため、外に飛び出し、一日中人気のないところを彷徨っていた。蓮月の言ったように、取り調べの惨い拷問によって雲浜が死んだということが実際に起きてしまったのである。その後、十月になって、頼三樹三郎、長州の吉田松陰らが斬首されたことが猷輔の耳にも入ってきた。猷輔は松陰には会ったことはなかったが、名前はしばしば耳にしており、幕府の攘夷派に対する残虐なまでの仕置きが並々ならぬものであることを嫌が上にも認めざるを得なかった。と同時に、猷輔は心にぽっかりと大きな穴があいてしまったようになった。

潜庵らが江戸送りになって以来、猷輔はずっと画筆が取れず、自分の部屋になっている三畳の間で一生懸命に読書に向かっていた。だが実際は内容はほとんど頭に入らず、出来ることなら酒を飲みに出掛けたかったが、画筆を持たないためにお金も入らない身ではそれも出来なかった。まして雲浜が獄死したということを聞いてからは本も読めなくなり、蓮月に呼ばれて食事の支度を頼まれ、ようやくお膳を調えても、食欲のないなかで無理に箸を取る時以外は一日のほとんどを机の前にひっくり返っていて、ただ思いにふけっているだけであった。しかし、いくら考えても今の猷輔には何をすることも出来なかった。

ほとんど外出もせずに家に篭っている猷輔に、

「集中できないのであれば、この際、自分の耳にも聴えるように大きな声を出して本を読みなされ。こんな時にこそ頭を切り替えて勉学に精を出すものじゃ」

と蓮月は促した。歌の道を通じて大勢の国学者たちとも付き合いのある蓮月も大獄の仕置きのことは耳にしていたが、そのことは猷輔には一言も触れなかった。京都に生まれ、亀山にいた一時期を除けばずっと京都で暮らしている蓮月にしてみれば、お政治向きのことはよく分からないながらも、天子さまを崇める気持ちは人一倍あった。ただ、漏れ聞くところによると、当今さまは激しく攘夷を主張しておられるという。だが、蓮月はどうも攘夷という点では疑問を持っていた。かつて嘉永六年（一八五三年）に江戸湾にアメリカの艦隊がやって来て、開国を求め、その回答を次の年の春に受け取りに来るといって帰っていったという噂を耳にしたとき、周囲の人々は、「すわ戦《いくさ》」といきり立っていたなかで、蓮月はそうは考えずに、

ふりくとも春のあめりかのどかにて世のうるほひにならんとすらん

という気持ちだった。その思いは今もかわらず、攘夷を叫んで異国の人々を敵としてしまうのではなく、今、長崎にいるオランダ人や清国人との間に交易があるように、その他の外国とも親しくなり、さまざまな交易が出来ることを願っていた。それだけに猷輔が攘夷派の人たちと親しくして、その考えに染まってしまうことにはどうしても賛同できなかった。といって、幕府の非道なご政道には言い知れぬ怒りもあったが、さりとて猷輔を賛同しない攘夷の道には進めさせたくはなかった。蓮月は、決して死に急ぎするようなことはせずに、年とともに成長して、才能を拓いて命を大切にして長生きしてこそ生きていく価

値があるという信念を持っていた。寒さに弱い蓮月は風邪を引くのを恐れていて、薬を欠かすことはなかったが、漢方薬より蘭方医が処方してくれた薬が良く効いて以来、なかなか手に入らない南蛮の薬を捜し求めては愛用していた。そのため、異国の医学がもっと入ってくれれば病気の治療に効くことを信じていて、異国の人を敵視する攘夷には賛同出来なかったのである。そして、誰彼にたいしても、「長生きして下され」と言い、また、書状を書くたびに同じように認めていた。これはもっと生きたかったであろう夫の重二郎や五人の子どもらを死なせてしまった蓮月の血を吐くような悲願であった。

献輔が画を描けないでいるうちに、蓮月の方は煎茶道具の他に自分の好きな焼き物を次々に製作しては亀屋に納めた。どれも売れ行きは良く、この一、二年、そこへ割り込むようにして、蓮月焼きと呼ばれ、持て囃されるようになっていた煎茶道具の偽物が出始め、市で売っているという噂が広まってきた。蓮月は偽物が出ていることは耳にしてはいたし、また偽物を作ることを止めさせるべきだと注意してくれる者もあったが、蓮月は、

「放っておきなされ。わたしのようなしがない婆が作っているものを真似るようなことは貧しい暮らしの毎日の糧を得るためにやむを得ずすることじゃ。しかも自分で汗を流して土を捻って、ようやく日々の僅かな糧を稼いでいる。わたしとて世に残るような品物が作

れるわけではなし、誰が作ろうとたいして変りがあるものでもない。買う人がそれで良いなら、蓮月焼として売ってもかまわぬことではないかえ」

と涼しい顔で笑って聞き流していた。

だが、偽物作りに蓮月の歌の釘彫りを真似ることは難しく、ある時、偽物を作っていた男の独りが平伏低頭しながらやってきて、詫びを言いつつ、

「蓮月さまの焼き物の真似をさせて頂きましたものの、どうしてもお歌の釘彫りばかりは出来ませせぬ。厚かましいのは承知の上でのお頼みなのですが、何とかお教え願えないでしょうか」

と乞うた。蓮月は笑いながら、

「わたしの書を真似ることは無理でしょう。書はわたしが彫ってあげるから持ってきなされ」

とさらりと言った。蓮月の余りの寛容さに男はびっくりして、

「宜しいんでございましょうか」

と念を押した。

「構いませんとも。お前さま方もその日の糧を得るために作っていなさる身であろう。わたしとて同じことじゃ」

しばらくして、男が恐る恐る手捻りしたての急須を持ってくると、見ている前で、蓮月は歌を彫って渡した。そればかりか、ある時、自分が手捻りして歌を彫りこんだ急須を一つ出し、

「一つぐらいはわたしが作った本物が混ざっていてもよいでしょう」

と紙に包んで渡したため、男は身体を二つ折りにするようにして何度も頭を下げ、出された紙包みを大切に抱え蓮月が何も言わないのに、

「気持ちだけでございます」

といくらかの銭を置いて帰っていった。

蓮月は粗衣粗食に甘んじ、物欲はほとんどなかった。着るものも少し派手でも安い木綿があると、それを買ってきて相変わらず男しか着ない作務衣を自分の寸法にに仕立てて着ていた。それを見た人が、

「いくら何でも派手ではありませぬか」

と言っても、笑って、

「安うございましたから」

と答えて、涼しい顔をしていた。

その代わり、以前、飢饉の折、父の西心が残してくれた十両余りの金子を奉行所に寄付

したことがあったが、それ以降も凶作や飢饉で人々が飢えに泣き、奉行所がお救い小屋をつくると、蓮月は五両とか七両などと溜まった金子を猷輔に頼んで、匿名で奉行所に寄付していた。ただ、その話をどこからか聞いて金を乞うてくる人があっても簡単に出すようなことはしなかった。あくまでも自分の意思で寄付する時と場所を決めていたのである。もっとも、持っている日常の物や人から貰った書画の大半は欲しいと言う人には気楽に与えてしまったりして、けろりとしていた。

　蓮月にある欲といえば知的な勉学と、そのための道具には惜しまずに金を使うことであった。それは自分のことだけでなく猷輔に対してでも同じで、学費を出し、本や画材を買うときは少しぐらい高くとも気前よく金を出した。その代わり、食事の支度や掃除、走り使いなどの家事を含めた用事は遠慮なく猷輔に言いつけた。それらは蓮月が毎日の暮らしでしなければならない生活なればこそと考えていた。時々訪ねてくる太三郎の妻のゑみが、男の猷輔が台所に入っているのを見てびっくりして、

「男の方がそのようなことを……」

と止めようとしたが、蓮月は、

「まだ家族を養っていない身ならば、男であっても台所仕事をしてはならぬということはおかしなこと。猷さんにはそのくらいのことをやらせるがよいのじゃ。何かのことで女手

がないとき自分が食べるものも作れないようでは困りましょう」と取り合わなかった。もっとも食事を作るといっても、蓮月が教えたのは、ほとんどが茶粥の中に大根の葉を刻んで入れるだけの簡単なもので、猷輔もすぐに手際よく作れるようになっていた。

蓮月は忙しい毎日が続いていたにもかかわらず、猷輔の方は月日が経っても、画を描いても何処か勢いが足らず、蓮月は気に入らなかった。原因は梅田雲浜や頼三樹三郎を失ってしまって以来の衝撃が戻らず、何をしても気力が集中出来なかった。蓮月は心を痛めて、何とかしなければと考え続けていた。

そのような時に、蓮月は初めて大坂の田結荘斎治の訪問を受けた。父の天民と会ったのは一度きりであったが、その後は手紙が度々届き、時には「女房から」と書き添えて保存の効く大坂名物の昆布や煮込んだ豆のなどを送ってくれていた。その日、斎治もまた天民からの言伝と言って、煮豆の佃煮を土産に持ってきてくれた。蓮月は斎治とは初めてであったが、目鼻立ちは最初の夫である直市に良く似ていた。しかし、酒と女に身を持ち崩し、二十代で人生を終えてしまった直市とは違って、斎治の顔つきは一人前の男としての責任を持った立派なものであった。ただ若い時の病で禿となっているため、頭巾を被っている姿が俳諧の宗匠のように見えた。

　蓮月と斎治は互いに初対面ながらも、すぐに親しく語り合う仲となり、蓮月は斎治から大塩の乱で無実の罪に捕らえられたあとの心の傷を治すことが出来たのは、長崎に留学して、出島でオランダ人や清国人に出会い、異国の文物にも触れ、いろいろ学ぶことが多かったことで、すっかり気力が蘇ってきたという話を聞いた。

　猷輔のことに心を痛めていた蓮月はそのことを話すと、斎治は大きく頷き、

「それはぜひ旅に出されたが良い。とくに長崎に行けば新しい文物がいろいろあり、都とは言っても京都などでは味合うことの出来ない多くの経験をすることが出来ますする。わたくしとて長崎に行きましてすぐに次々と眼から鱗が落ちる思いを味わい、自分が如何に過ぎたことに拘《こだわ》っていたかを痛感しました。とくに出島に行かれると異国情緒に満ちていて、この国の小ささを嫌というほど教えられましょうぞ」

と言ってくれた。蓮月は斎治の親切に喜んで、

「それは良いことを伺いました。今の猷さんに必要なのは何よりも気力を取り戻させることと思います。早速に勧めてみましょう」

「ただ、出島へは特別の手形を持っていないと入れないので、出島にかかわりのあるお方にお願いして手形を手に入れて行かれたほうがよいでしょう」

と教えてくれた。

猷輔は出かけていて留守であったが、帰ってきて話してみると、すぐに乗り気になった。問題は出島に入る手形をどのようにして手に入れるかであったが、いろいろつて伝を探してみると、暦を扱う陰陽師の土御門家が清国の暦を参考にするため、出島に出入りが可能であることが分かった。蓮月は自分のこととなると、厚かましい気分が先に立って人に頼むことに躊躇してしまうのだが、猷輔のことになると、迷わずにあちこち当たっていった。そして願いがかなって土御門家の家来であるという手形を貰うことが出来、旅費も与えて猷輔を旅立たせた。蓮月にとってはもはや猷輔は子どもか孫も同然であり、後は旅から戻る猷輔が元のように元気になってくれることを祈るだけであった。


翌文久元年（一八六一年）の春はいつもの年より早く暖かになったため、蓮月は、梅の花が盛りを過ぎた頃に知恩院から聖護院村にある自分の家に戻った。

次の日の朝、久しぶりで土の感触を確かめるように土を捏ね始めていた蓮月のもとに、一人の品のいい五十代半ばと思われる尼が訪ねてきた。蓮月は土を捏ねる手を休めずに、顔だけ上げた。

「大田垣蓮月さまでございましょうか」

蓮月が黙って頷くと、その尼は、

「お初にお目にかかりまする。わたくしは九州小倉に住む野村望東尼と申す者でございます。蓮月さまのご高名を耳に致しまして、はるばる上京して参りました」

「お前さまが小倉の野村望東尼さまか。お名前とお歌は以前から伺っておりまする。それにしても、わざわざ遠いところを訪ねておいでなされましたのか」

蓮月は半分怪訝そうな顔で望東尼を見つめた。

「蓮月さまは大勢の国学を修めておられる方々ともご親交があると伺いまして、本日はぜひお願いしたい儀がございまして参上致しました」

「お願いとはなんであろう」

望東尼の丁寧な言葉使いを受けながら、蓮月は土を捏ねていた手を桶の水で洗いながら、

「取り散らかしておりますが、まあお掛けなされ」

と上がり框に掛けることを勧めた。

「それではお言葉に甘えて」

と望東尼が腰掛ける間に、蓮月は濡れた手を拭き、

「それにしても、七十を過ぎたこの婆に一体何を頼みにこられたのじゃ。見ての通りのあばら家で、この年齢《とし》になりながらも力のいる土を捏ね、手捻りで茶碗などを焼きながら、

ようやくその日の糧を得る仕事をしている貧しい年寄り。歌さえも手遊びに詠んでいるだけのわたしに、まさか歌のお相手ということでもありますまい」

と首を傾げながら言った。

「出来ることなら歌の手ほどきを頂きたいとは存じますが、今日お願いに上がったのは、その儀ではございませぬ。蓮月さまはご存知かと存じますが、いま、長州の若いお侍方が天子さまを中心にした新しい世の中を作ろうと命がけで動き始めております。それには現在諸外国がこの国を属国にしようと虎視眈々と狙っておりますのに、幕府は朝廷のお許しもなしに、外国と不平等な条約を結んでしまうなどと不甲斐ない限りの売国奴振りでございます。そのため、長州の若いお侍方は外国に対抗するためにも新しい国を作って、この国を守らなければならないと考えておられるのでございます。しかし、幕府はそのような将来のある若いお侍方を秩序を乱す不逞の輩と称して探し出しては捕らえておりまする。蓮月さまも安政の大獄という凄まじい処刑が行われたのをご存知でございましょう。あの折には、いま、新しい国を作ろうと命がけで動いておられる方々のお師匠さまであられた吉田松陰さまは捕らえれ、あろうことか斬首にされました。斬首とは武士にとってこのうえない屈辱でございます。わたくしがお願いに参ったのは、幕府に狙われている方々を、少しの間だけでも、こちらのお宅に匿って頂けないないかということでございます。お国のために真剣に働いておられる前途のある若い方々をむざむざと捕まえられたり殺されたりするのはあまりにも忍びませぬ。わたくしどものような女子に出来ることといえば、せめてそっとお匿いするようなことしかありませぬ。都のうちにそのような場所が幾つもあれば、つかの間とはいえ、志士の方々をお助けすることが出来まする。幸いこちらのお宅は都の外れ、幕府の目もここまではなかなか届かぬ場所と思い、お匿い頂けないかと、小倉からの長旅も厭わずにお願いに参りました。いかがでございましょうか」

蓮月は思いもよらなかった頼みごとに、じっと望東尼の顔を見ていた。しばらく黙ったままでいたが、やがて、ゆっくりと、自分の言葉を確認しながら、口を開いた。

「望東尼どの、近頃は京の街でも幕府のお侍と長州のお侍が斬り合いをしているという噂は、このあたりまで聞こえてくることがあります。年寄りには物騒なことゆえ、最近はほとんど街中には出掛けませぬ。それにわたしのような無学の婆には難しいお政治向きのことはさっぱり分かりませぬ」

蓮月は本当に政治向きのことはよく分からなかった。勤皇だの佐幕だのと分かれて争ってはいるらしいものの、はたして若いお侍が作ろうとしている新しい世の中とは天子さまを中心にしたものとかいうものの、どんなものになるのやらさっぱり見当も付かなかった。新しい世の中を作るというのなら、飢饉のときに、奉行所のお救い小屋の前に、縁《ふち》が欠けたり罅《ひび》の入った茶碗を持った大勢の襤褸を纏った貧しい人々がたった一杯の粥を求めて行列を作るようなことがなくなり、また貧しい者も患ったときに医者にかかれるようになったり、女子が男たちに犯されたりして泣かなければならないようなことがなくなる世の中になってほしいとは思うものの、はたして、そのような世の中が出来るものやら全く見当も付かなかった。ましてや天子さまは大層な異人嫌いで攘夷を願っておられるとのこと、たとえ異人との戦さであっても殺しあう戦さなどはまっぴらであった。

それだけではなく、蓮月は俗人から隠れてひっそりと暮らすことを願っており、見知らぬ大勢の人と関わらなければならないような政治向きのことには出来る限り無縁でいたかったからこそ人里離れた所に引越しを繰り返していたのである。そして、いま、ようやく、学識豊かな老僧たちの話を聞く充実した時間を持てるようになり、そのうちの何人かとは付き合いも深まって気心の知れた仲になっていた。しかも七十代になって、気の向くままの焼き物を作ったり歌を詠んだり出来る静かな境遇が得られたのに、その暮らしを手放すようなことはしたくなかった。そのため、なおのこと、人中に出たり面倒なことに巻き込まれる政治向きのことに関わるのは嫌であった。

「何を仰せなさいますする。蓮月さまのように国学を修めておいでの学者の方々と深いご親交がおありの方が、お政治向きのことが分からぬなどとお戯れをおっしゃいますな」

「わたしのお付き合いはただ歌を教えて頂くだけのことで、それも末席でお話を伺っているだけで、それ以上のお政治向きのことはさっぱり分かりませぬ。国学者の方の中には、この日本の国は正しい神の国で、異国の者が言う神は間違っているなどと言われるのを耳にしたことはありますけれど、わたしは異国の神について全く知りませぬゆえ、それも分からぬとしか申し上げようがありませぬ。

なれど、折角お訪ね下され、同じようにみ仏に仕える尼でおられますゆえに、少し思うことをお話ししましょうかのう」

と言って蓮月は望東尼と並んで上がり框に腰を下ろした。

「わたしはいかなる理由があれ、勤皇だの佐幕だのと言いながら、人を殺すのは良くないことと思っておりまする。子どもを病で亡くしてさえ、親にとってはその悲しみは身を切られるように一生心の底に張り付いて消えませぬ。それなのに子を殺されたら、と思うだけでも堪りませぬ。それゆえ、折角のお頼みながら、お国のためを思って働いておられる方々であっても、そのように殺し合いをなさるお方に手を貸すことは出来ませぬ。人は殺し合いをすれば、その後に残るのは悲しみと憎しみ、それに恨みだけが残りましょう。若いお侍方がどのような世の中を作ろうと考えておいでになるかは全く存じませぬが、憎しみと恨みから出来た世とは、人々が平穏に暮らせる住みよいものになるとは到底思えませぬ。そのような世の中はまた憎しみと恨みが繰り返されるだけではございますまいか。

それにもう一つ、口幅ったいようではございますが、わたしは攘夷という考え方にはどうも納得いたしかねますのじゃ。異国の方々ともっと親しく交わってお話なさるようになれば、この国にはない学問や考え方、文物も入ってくることが出来ましょうのに。すでにオランダという異国の医学はこの国では出来ない治療の方法を持っておられ、オランダ渡りのお薬はこの国で作るものとは違って良く効くと聞いております。オランダ一国でさえそうであれば、他の異国にも日本にはない新しい医学などがあるかも知れませぬ。それを学べば、これまでは手の施しようもなかった病も治せるでしょう。それなのに異国の方々を頭からこの日本国を奪おうとする敵と決め込んで、拳を振り上げるように、攘夷攘夷と叫んで敵視するような考え方は間違っているとしか思えませぬ。お若い方はともすると、血の気が有り余っておられるゆえ、一途になり、すぐに血気に流行って刀を抜いたりして戦に突っ走ってしまわれることが多いのではございませぬのかのう。そのような時、冷静に考えて、粘り強く説いていくのが深い知恵と経験を重ねてきた大人の務めではないかと存じますよ。もっともいい年齢《とし》になっても狭い考えに捉われて、わが身ばかりが可愛いお方も少なくはございませぬから、そこはよくよく見定めねばなりませぬがのう。

わたしはこれからの世の中を生きていく先のある若いお方には死に急ぐような真似だけ

はしてほしくないと思っておりますのじゃ。人は長生きしてこそ思いも寄らなかった能力を出せるというものではございませんでしょうか。繰り返すことになりますが、今一番大事なことは、異国の方々を敵視することではなく、互いの話に耳を傾け合い、親しくなるのが先ではございませぬかのう」

と蓮月は、何時になく一気にしゃべってしまっていた。

もちろん蓮月は異国の人など見たこともない。しかし、異国の人と言っても、同じ人間同士ではないか。蓮月自身、もし知恩院の中だけで父に頼りながら暮らしていたら、同じ国の人であっても、市で地面の上に皿などを並べて売っているみすぼらしい身なりのおさわ婆のことなど生きる世界が違うと思って警戒が先に立ってしまい、とても親しく口を利いたりすることなど有り得なかっただろう。そうすれば今日の自分はなかったということを深く反省していた。違う生き方をしている人々を、初めから自分とは違う世界の人と決め付けてしまえば、親しくなることなどは出来ず、相手も同じことだろう。そうすれば相手から何一つ学べないことになると経験を通じて得心していた。それゆえ、たとえ異国の人でも恐れずに親しみをもって近づき、こちらが心を開いて、相手の話をよく聞き、また、こちらもきちんと話していけば、敵になるわけはない。それよりも最初から警戒して敵視してしまえば、相手も同じようになるに違いないと考えていた。

「お言葉を返すようでございますが、志士の方々は何も幕府の捕り手を敵に回して、殺したくて刃を抜くのではございませぬ。斬らなければ斬られてしまうゆえ、やむを得ず身を守るために刀を抜かれるのでございます。それは武士である以上当然のことではございませぬか。また異国の人々が戦さを仕掛けて来る時に背中を見せて逃げ出すことは武士としては有るまじきことでございます。たしか蓮月さまもお武家のご出身と伺っておりますので、そのようなことは十分心得ておられるはずと存じまするが……」

「武家とは申せ、わたくしは寺侍の娘。剣の道については全く存じませぬ。しかし、優れた武士《もののふ》というのは、剣の道においても峰打ちとか申す方法で相手を倒しても殺すようなことはしないと聞いたことがございます。本当に志を持ったお武家であるならば、そのくらいの剣の道を心得て置くべきではないかと思いますがのう。それに何よりも今は殺生を禁じる御仏にお仕えする尼でございますよ。御仏の教えは死者を供養する前に、殺生を戒めることこそわたしども尼僧に与えられたお勤めと心得まする。さればこそ、たとえ何のためであれ、同じ人間同士を敵と決め付けて斬り合うような方々にお力を貸すようなことは御仏の教えに反することでございましょう。

わざわざ遠くから旅をしてこられたのに、申し訳ないことながら、お心に添いかねまする」

それだけきっぱりと言うと、蓮月は静かに頭を下げた。

望東尼は、蓮月が国学を学ぶ勤皇の歌人と聞いたため、わざわざ出掛けてきたのに、あまりに理想を語り、しかもはっきりと言いのける姿に返す言葉もなく黙ってしまった。

玄界灘に面した下関や小倉にいると、隣の清国が西欧の圧倒的な武力で攻撃され、主要な土地を次々と西欧の思うままにされているという情報が次々と入ってくる。そうしたなかで、次は西欧列国がこの国に襲い掛かってくるであろうという話が乱れ飛んでいた。藩のお偉い方々はのんべんだらりと小田原評定に明け暮れしているさまに、居たたまれなくなった若い藩士たちが生命など構っていられなくなって立ち上がっているのである。尼の身である自分でさえじっとしていられなくなって、彼らを助けるために動き出しているというのに、遠く離れた場所にいるとはいえ、血気に流行って死に急ぎするのは良くないと言われてしまっては、もはや取り付く島もなかった。

松陰先生を斬首にされながら、一年前、勤皇の志の高い水戸藩士たちが、江戸桜田門外で、開国を断行した井伊大老を暗殺したということで、他藩に遅れを取られてしまったと息巻きながら、長州の若い侍の間では攘夷の空気がいやがうえにも高まっているというのに、強固な攘夷論者であられるという天子さまがお住まいになっている京の街は、ここに来る前に一回りしてきたが、いたってのんびりしており、まださしたる緊迫感はなかった。

しかも、都といえども、周囲を畑に囲まれた辺鄙な所で土を捏ねって焼き物を作って日々を送っているこのお方には、これ以上話をしても理解しては貰えないと、望東尼は残念でならなかった。

——長州の若い方々は天子さまのために命がけで国を守ろうと動き出そうとしているというのに、都というのは、所詮、口先だけのお公家さま方の集まっているところなのか。だが、間もなく攘夷の熱気が都に広まってくることは間違いなく、そうなれば、今でも大老を暗殺された幕府の監視が強くなっている京の街でも、勤皇派と佐幕派の争いがもっと熾烈になるに違いない。蓮月さまとて、そのような時がくれば、悠長に若い者が殺し合いをするのは良くないとか、人は長生きをしてこそ、などとのんびりしたことは言っていられなくなるであろう——

と自らを慰めるようにして、黙ったまま蓮月に頭を下げて帰っていった。

望東尼が去った後、蓮月は何事もなかったように無心に戻り、再び土を捏ね続けた。

　　伏見よりあなたにて人あまたうたれたりと人の語るのをききて
　きくままに袖こそぬるれ道のべにさらす屍は誰が子なるらむ

うつ人もうたるる人も心せよ同じ御国の御民ならずや

というのが蓮月の偽らぬ心情であった。

獣輔が約半年の長崎留学を終えて京都に戻ったのは文久元年の夏の終りのことであった。半年の一人旅を過ごしてきた獣輔はすっかり元気になり、出島で清国の画人たちから見せられた本場の南宋画に心惹かれたようで、帰って早々画に向かい始め、蓮月を安心させた。そこで、文久三年の夏、蓮月は住んでいた聖護院の家を獣輔に譲り、自分は丸田町川端の植吉こと植木屋吉兵衛宅の離れを借りて移った。

聖護院村というのは別名文人村と呼ばれていたほど文人墨客が大勢住んでいた。なかでも蓮月が親しくしていたのは歌人の高畠式部、税所《さいしょ》敦子、書家の貫名海屋、南画家の小田海僊、画家の冷泉為恭などである。その他に獣輔の父である亡くなった維叙の紹介で大勢の僧と親しくなっていた。蓮月はそうした住まいを惜しげなく獣輔に譲ったのは、獣輔の実家が同じ聖護院村にあり、老母が住んでいたからである。それともう一つ、蓮月は川端の植吉宅の母屋に風呂があって、風呂を貰うのに、近くなければ骨が折れる年齢になっていたこともあった。

衣食ともつましく暮らしてきた蓮月がようやく自分の家を建てたのは、その庭の一部を借りてであった。家といっても炉を切っただけで、天井も煤竹の粗末な三畳間の小さな部屋ひとつだけで、暮しも仕事場も借りた離れで営んでいた。新築の三畳はすでに七十歳を過ぎた蓮月を訪ねてくる歌友を招き入れるための部屋であった。師の六人部是香が京都に出てきたとき訪れるのもこの部屋であった。

蓮月が三畳間を建てたのには今一つ理由があった。それはその年の冬、死に水を取ってもらおうと考えていた太三郎の妻のゑみが風邪から肺炎を起こし、急死してしまったためであった。養子の謙之輔もすでに嫁を貰ってはいたが、蓮月は孫嫁の世話になる気はなかった。それだけでなく、どういうわけか、謙之輔は代々の大田垣家の定紋である桑の中に葛の紋を使わずに、勝手に違う紋を使い始めており、それに対して太三郎が黙認していたことが蓮月の気に触った。といって、いまさら蓮月の口から注意する気も起きなかった。武家の家で定紋を勝手に変えることは許されることではない。定紋はその家の印である。だが、そのようなことを知ってか知らずか、知っていてあえてやるような者が大田垣家を継いでいるならば何とも気に触った。だが何か言えば角が立つので、蓮月は黙って大田垣家に行かないことにした。そして自分が死ぬときの場所として三畳間を作った。そして、その年の冬からはもう坊官屋敷には帰らなかった。太三郎からも何も言ってはこなかった。

この川端の部屋を訪ねた者は大勢いたが、国学者で著名な歌人である橘曙覧《たちばなのあけみ》（一八一二年～六八年）もその一人であった。曙覧は福井城下の紙筆墨商を営み、家伝薬巨朱子円《こしゅしえん》製造販売の老舗の家に生まれた。兄がいたが、夭逝したため、跡取りとなって、一時は家業をついだものの、商いは好かずに身が入らず、結局、家業は異母弟に譲った。その後は中江雪江《せっこう》（一八〇七年～七七年）の勧めによって本居宣長門下の田中大秀《おおひで》（一七七七年～一八四七年）に入門して国学に精励した。曙覧は権勢を望まず富貴を求めず、藩主松平慶永（後の春嶽）から勧められた出仕をも辞し、清貧に甘んじて、風雅の生活に喜びを求めていた。

曙覧が初めて蓮月を尋ねたのは文久元年（一八六一年）九月のことであった。二人は半年ほど前から文通で歌のやり取りをするようになっていた。その年、曙覧は、伊勢神宮に詣でた帰り道に京都に立ち寄って、蓮月も見知っている人の案内で、川端の蓮月の家を訪ねてきた。

蓮月は、

「かねてからどれほどかお目にかかりとうございました。それが適うとは夢のようでございます」

と茶を立てて来訪を喜び、もてなした。そして、二人は『古今集』に始まって段々と蘆庵の話へと、時の経つのも忘れて、歌論に興じあった。曙覧が帰る際、蓮月は土産に手作りの煎茶用の急須を与えた。曙覧はそのお礼に、

みるからにまろうどほしくなりにけりひとりゆいれてのむがをしさに（『橘曙覧拾遺歌』）

と詠んで、贈った。
後に、曙覧はその急須を割ってしまったとき、よほど惜しかったのであろう、

ゆく水のゆきてかへらぬしわざをばいひてはくゆる鴨の川岸（『春明草・第三集』）

と詠んで残念がった。

その後も曙覧は上洛すると、度々蓮月を訪問しては親しく語り合った。二人はよほど気が合ったらしく、慶応四年、曙覧の訃報を聞いた蓮月は、

越路より四方に照らしつ玉手筥《はこ》あけみのうしの亡きぞ悲しき

と嘆いた歌を遺族に送っている。

蓮月にはほかにも歌の道の女の友達もあり、訪ねて来ては歌を詠み合って楽しんだ。左記の歌は祇園のちか女、島原のさくら木と一緒に詠んだものである。

さそふ水あるにはあらで浮草の流れで渡る身みこそやすけれ（蓮月）

さそふ水あらばといはぬ色ながら下ゆく水に花の乱るる（ちか女）

さそふ水あらばあらばと川竹の流のこのみ浮草にして（さくら木）

蓮月は相手が色街の女であろうが高僧などと同じに付き合い、すべてが歌の友で差別するということはしなかった。それだけに歌の仲間の大勢の人に慕われ、そうした人たちが訪れることがしばしばあった。そうした付き合いは蓮月にとって何よりの楽しみでもあり、慰みでもあった。そしてその度に狭い三畳間は楽しそうな声に包まれた。

だが、訪れる人は会いたい人ばかりではなく、相も変わらず、名の知れた蓮月が手捻りに向かう姿を好奇心から見たさに覗きにくる人や、短冊を書いてくれとかなどといった俗客が日に何人も訪れて煩わしかった。そのため、あいかわらず「蓮月るす」の札を出してあり、そのうえに、植吉の小女に、ふいの客がきたら適当に外出していて留守だと言って欲しいと頼んでおいた。そのことを知っている旧知の客は、札を見ても、承知していてそのまま奥まで入ってきて、じかに蓮月に接した。

ある時、天民の旧友で西賀茂の神光院の月心和尚が蓮月を訪ねた折、例によって、小女が、

「蓮月さんはお出かけです」

と答えたため、月心はその言葉をまともに受けて会わずに帰った。しばらくして、大坂天満の竜興寺の道休和尚が月心からその話を聞いたので、その旨を蓮月に伝えた。蓮月は恐縮しながら、

「それは申し訳のないことを致しました。招かざる客が多いので居留守を使いまして大変失礼しましたと、おついでがありましたら言付けて下さりませ」

と詫びた。道休は神光院の月心を訪ねた折にそのことを伝えてくれた。

するとと月心は、

「そんなに訪ねる人が多くて煩わしいのなら、この辺りなら訪ねる人もないので引っ越してこられたら良い」

という話を伝えてくれた。道休から話を聞いた蓮月は、早速に猷輔を行かせて見ると、なるほど洛中からは離れた閑静な場所であった。そのうえ、月心は、

「良かったらこの寺の茶所が空いているから、それを使われたらよい」

とも言ってくれた。茶所とは寺に参詣した者にお茶を振舞う狭い建物だが、その頃は使っておらず空き家になっていた。月心は人に煩わされることのない静かな場を求める蓮月ならば、かえって神光院の片隅にある茶所も相応しいのではないかと勧めてくれたのである。

八　月心に帰依

蓮月が西賀茂の神光院の茶所に移ったのは慶応元年（一八六五年）、七五歳のときである。

文久二年（一八六二年）閏八月、京都守護職に会津藩主松平容保が任命され、京都に入った。十一月には幕府が攘夷の勅旨の遵奉を決定したことで、尊皇攘夷派が勢いを得て大手を振って天誅の声が広まり、京の街中はますます騒々しくなっていた。そして文久四年（一八六四年）一月には将軍家茂が朝廷に参内すべく三代将軍以来の上洛を行なった。そのため京都には幕臣はもとより各藩の武士が溢れるようになった。そしてその年の七月には禁門の変が起きて、戦さ騒ぎでごったがえした。その騒ぎは蓮月が住む川端辺りまで夜中にもざわめきが聞こえて来るようになり、蓮月は出来る限り外出を避けて身を潜めていたが、騒がしさはますます激しくなり、落ち着いていられなくなった。そこで月心に誘われたのを機会に、街からずっと離れた西賀茂に移る決心をした。散々引っ越していた蓮月は、それでもずっと鴨川の東にいて、知恩院の裏にあった大田垣家の墓に詣でるのにさして距離のある場所からは離れなかった。それが七五歳になって、初めて鴨川の西に移ることにして神光院の茶所に落ち着き、結果的にここが終の住まいとなった。茶所は寺の門を入ってすぐ左の所にある小じんまりした建物であったが、土間と反対側には蹲《つくばい》のあるちいさな庭もついており、蓮月は気に入った。

いのちのみ長くて、老ゆくほどに世の中さわがしくなりて
夢の世とおもひすててもむねに手を起きてねし世の心こそすれ

おそろしければ北山の辺西加茂といふ所ににげいりて
露のみをただかりそめにおかんとて草ひきむすぶ山の下かげ

神光院に引っ越した折、蓮月は月心の許可を得て自らのために川端の植吉の庭に建てた

部屋を解体して茶所の土間に隣り合わせて移築し、そこを仏間として朝夕読経するための部屋にした。また、この引越しの話を仲介してくれた竜興寺の道休和尚へは、そのお礼として蓮月が特に気に入っていた小沢蘆庵の歌十四首を書き送った（二三九頁参照）。

一方、猷輔を供に連れて、八月十五日の父の西心の祥月命日に知恩院裏にある大田垣家の墓参りをし、西心と夫の重二郎に大田垣家のことはすべて太三郎父子に任せたこと、西賀茂からは遠くなるので、老いも手伝って、これから先果たして墓参りにこられるかどうか分からないことを詫びた。そしてその時、焼き物の手ほどきをしてくれたおさわ婆の墓に詣でることも忘れなかった。おさわにもこれが最後の墓参りになるかもしれないと、心を尽くして手を合わせ礼を言った。

神光院の境内は真ん中に池があるものの割合に広いので、陶器を作り、七日ほど広げて天日干しするにも都合がよく、何よりも洛中から二里余りも離れているために、たまに訪ねてくる猷輔以外にめったに来る人もなく、人の訪れによって時を妨げられることが少なくなったことが気に入った。人の訪れが少なくなれば、自然に余計なことは耳に入ることも少なくなって俗世に煩わされることもほとんどない。

この間に世の中は幕府が大政奉還し、朝廷を中心とする勢力が王政復古を旗印にした新政府の時代に移っており、一年後には天子さまは東京と名を改めた江戸に行幸されそのまま東京に居を移された。それにつれて公家たちの多くは東京に移って行き、京都は静けさを取り戻した。しかし蓮月は天子さまの東京移転にも何の関心も示す様子もなく、ただ攘夷の嵐が鎮まり、新しい国の進路が開国へと替わって行った話を耳にしてそっと胸を撫で降ろしただけで、あとは毎日の仕事に精を出していた。

すでに七十代の終半になっていた蓮月は土を捻ったりする仕事は腰に響いて痛みとなり、ますます遅くなっていたが、休み休みしながら時に追われず、気の向くままに仕事台に向かって好きな焼き物に夢中になっていた。器を陽に干したり、粟田口の帯屋与兵衛のところまで運んでいく力仕事は寺の小僧が受け持ってくれた。そして気分転換に月心に誘われるまま、月心から画を習い始めた。画はかつて松村景文に手ほどき受けて以来のことであった。その画に歌を書いた条幅画賛の筆を取ったりして、ときには月心との合作も行なった。また、焼き物にも画の工夫を施すなどして、画の才能を発揮して楽しみを増やした。蓮月の気持ちは歳を取っても衰えることなく、ますます充実した毎日を送った。そしてたまには人気《ひとけ》の少ない西賀茂の辺りを気ままに散策して過ごした。

蓮月が神光院での暮らしを何より気に入ったのは、時間に縛られず月心和尚とともに画を描いたり、また月心やその息子の智満と心のままに国学や歌の話が出来ることであった。二人は時間が空くと使いを寄越してくれて、しばしば庫裏のほうに招いてくれた。

神光院は真言宗の寺である。蓮月が育って剃髪を受けた知恩院は浄土宗の寺院であったが、読経を覚えるだけで浄土宗の修行はしていなかった。蓮月は神光院で暮らすようになり、月心たちと話をするようになってから初めて真言宗の教義に付いて知ることとなり、特に密教に深く関心を持った。

とくに蓮月が大恩のある大田垣家の定紋を養子たちが勝手に代えてしまっているという嘆きを心のままに口にした。

「寺侍と言えども大田垣家は武家でございます。武家にとっては定紋は大切なもの。それを勝手に代えるとは何とも気に触りまして」

するとと月心は、

「蓮月殿はもう出家して家を出た身ではなかったのかな。ただの隠居の尼ではあるまい。親兄弟もいないで養子の代になっている家という世俗のことに心を煩わせているのであればまだ修行が足りぬ。真言宗では不動明王は心の厄を取り除いてくださる有り難い仏さまじゃ。さすれば不動明王さまにおすがりして心の自由を得られたがよろしかろう」

と教えてくれた。大田垣家のことには一切口を挟まず、訪ねることも止めていても、蓮月の心には長年育ててもらった恩愛のある家のことであるため、神光院に移ってからもなお心に刺さった小さな棘のように時々疼いていたのである。そのことは天民への手紙にも書いていた。

　そこで蓮月は三畳の仏間に不動明王を祀り、朝な夕なに祈りを込めて読経した。月心も蓮月のために護摩を焚いて祈祷してくれた。蓮月は護摩の燃え盛る火に心を委ねて手を合わせていると詰まらない世俗の悩みなど徐々に焼き消してくれるようであった。

　蓮月は時間に縛られずに二人から教義を学ぶことによって、だんだんに心が透明になっていくようであった。身体は年のせいであちこちにがたが来ていたが、頭ははっきりしていて学ぶことにはますます好奇心が湧いてきていた。そうしたなかで月心から真言の五戒を受け、それまでは食べていた魚類も口にすることを絶った。蓮月は真言宗に帰依するというよりも月心に帰依して真言の道に導かれていった。これをきっかけにして蓮月の心は解放され、自由の境地へと歩み出していた。

　真言宗の本山は高野山である。神光院に寄宿してからの蓮月は大田垣家と心のけじめを付けるために真言宗の本山である高野山に蓮月の名前で大田垣家一族の永代供養をしたいと考えるようになっていた。高野山は女人禁制のお山であり、歩けても蓮月が行くことは許されなかったが、幸い、智満が年に二回ほど高野山に詣でると聞いて、蓮月は智満に頼むことにした。父と母、それに伯母のお種、夫の重二郎、夭逝した五人の兄たちと五人の我が子、自分の持っている過去帳を開くまでもなく、それらの人々の戒名は空んじていた。

それを改めて書き写していくうちに、蓮月は直市のことを思い出した。幾ら時が経ったにしても懐かしい人ではなかったし、離縁してしまっていたので、過去帳には戒名もなく、大田垣家の墓にも入っていない。しかし、上の三人の子の父親であることは変わりない。永代供養を頼むなら子供たちの父親として一緒に供養しておきたかった。そのため、蓮月は田結荘天民に手紙を書いて知らせてくれるように頼んだ。すると天民はすぐに返事をくれて、直市の戒名を教えてくれると同時に、蓮月が直市にまで心を配ってくれることを大変有り難い、あんなだらしのない男でも弟となると何とか成仏して欲しいと願っていたが、蓮月に供養して貰えれば、直市でも成仏出来るであろうと書き加えてあった。蓮月は高野山への永代供養料として五両の金子を包み、智満に託したことで、大恩ある大田垣家に対して心のけじめをつけることが出来るようになり、すっきりとした。

一方、献輔も嫁を迎え、世帯を持つようになってからは、生計の道として国学の小さな塾を開き、その合間に描いた画を蓮月の所に持ってきた。画のほうの腕も上がってきており、蓮月は時には歌ではなく賛を書くこともあって合作が増えた。それが出来るまでに献輔が成長したことは蓮月にとって願ってもない喜びになった。献輔はすでに鉄斎の号を使うようになっていた。

蓮月が七九歳の時、来年は傘寿の祝いだからと月心から歌集を出すことを薦められた。しかし、その前年、やはり勧められるままに聖護院村にいた時に近くに住んでいて親しくしていた歌友の高畠式部（一七八五年～一八八一年）とともに『蓮月高畠式部二女歌集』を出したところが、世間でいろいろ取り沙汰されるので、蓮月はすでに出版は懲りていた。しかし、企画者である月心は、

「そなたの歌は素直で、決して後の人が見ても恥ずかしいものではない。ぜひとも傘寿の祝いを機会として今度はそなただけの歌集を出されたら良い」

と熱心に勧めてくれた。それならばと、すべてを月心と智満に任せることにして、その結果、明治三年の正月、近藤芳樹の編集で、八十歳の傘寿の祝いとして歌集『海人《あま》の刈藻《かるも》』を刊行した。何か随筆を入れたらと勧められるままに、蓮月は巻末に方広寺で蘆庵の『六帖詠草』を拝見している時に書いた「大仏のほとりにげ夏《げ》をむすびける折」と題したものを付け加えた（二四一頁参照）。

歌集が出来たのを見届けたかのように、それから間もなく月心が没した。享年七一歳であった。その後の蓮月のことは智満がすべてを引き継いで、以前にも増して蓮月の身の回りにも気を配ってくれた。

蓮月は八十歳を境に力仕事の陶芸の仕事を黒田三右衛門光良に任せることにした。三右

衛門は蓮月が聖護院村にいたときに隣りに引っ越してきた元膳所《ぜぜ》藩の武士であった。どういう理由で禄を離れたかについては聞いたことはなかったが、妻子はなく一人暮らしであった。三右衛門は陶器作りに関心を持ち始めると、蓮月のもとにちょくちょくやってきて、もともと器用だったのか、めきめきと腕を上げた。蓮月が川端に移った後もときどき通ってきていたが、神光院に引っ越したとき、蓮月は、

「もし続けて作ってくれるならば……」

と言うと、否応はなく、早速に神光院の近くに引っ越して、毎日通ってきてくれるようになったので、三右衛門が土を捏ねるのから陶器に仕上げたものに蓮月が釘彫りをしていくというのが仕事の手順となった。そして三ヶ月もしないうちに、三右衛門は蓮月の文字を真似てそっくりに書けるようになったので、蓮月はだんだんに釘彫りも任せることにした。そして蓮月自身は三右衛門が捏ねてくれた土を使って、好きな時に手遊《てすさ》びに好きなものを作り、後は真言の教えを学ぶことに毎日を過ごすようになった。そして蓮月は三右衛門に二代目蓮月焼を名乗ることを許し、八十歳を境に売り物にする急須と茶碗をつくる仕事のすべてを譲ることにした。

蓮月にはもう一つ死を前にして墓所を決めておかなければならないことがあった。高野山に供養の金子を納めることで、もはや蓮月は粟田口の大田垣家の墓に入るつもりはなく

なっていた。幸い、智満から、近くに西芳寺の小谷共同墓地があると聞いて見に出かけた。神光院から三町ぐらいの場所にある狭いながらも静かな墓地で、永遠の眠りにつく格好の場所として気に入り、そこを最後の場所と定めた。

八四歳のとき、蓮月は鉄斎宛に自筆の履歴を書いており、そこには西心夫婦を親としている。そして、その末尾に歌を付け加え、何時でもお迎えが来るのを待つ心境になっていた。

猶長らへて今は八十あまりになりたり
あけくればはに（埴）もてすさびくれゆけばほとけおろがみおもふことなし

夕ざりそらをながめて
ちりばかり心にかかるくももなしいつの夕やかぎりなるらん

死を迎える前にすべての支度を調えた蓮月は、明治八年（明治六年から太陽暦に変更）の十月中頃から風邪気味となり、寝たり起きたりの暮らしとなった。身の回りの世話は蓮月を慕って茶所にやってきた寂黙という中年の尼が見てくれていた。十二月に入ってもう

つらうつらとする日が続いていたが、少し具合がいい日に、寂黙が、

「和尚さまが蓮月さまの病気平癒を祈って断食祈祷をして下されておいでてでございますよ」

と教えてくれた。

「何と有り難いことか、わたしのようなもののために断食までして下さるとは勿体ない。今日は少し気分がよいので起こしてくだされ、お礼状を書きますほどに」

そう言って、蓮月は、床の上に起き上がり、紙と筆を手元に頼み、智満宛てに礼状を書いた。

「御たんせいにおがみあそばしいただき候おかげにてきのふころよりうすきかは一まいぬいだほど一めんにらくになり有りがたく存上奉り候。むねもいたのごとくねつもありやはりかたでいきしてゐ申候へども四、五日いぜんとはらくになり申候事おかげありがたく存上奉り候御礼申上つくしがたく候」

智満に礼状を届けてくれたと寂黙から聞いて、安心したのか涼やかな顔になって眠りについた。

それから三日後の十二月十日の夕方、蓮月は結縁の人たちが見守るなかで八五年の生涯を静かに閉じた。

死んだときは富岡だけには知らせてくれと言われていた者が言付けを伝えにきたのを受けて、猷輔が駆けつけたときは、蓮月はすでに黄泉路に足を踏み入れていた。経帷子も用意されており、遺体は猷輔が月と蓮《はす》を描き、蓮月自身が自由の境地に達した辞世の歌として、「身まかりけるとき」と題して、

願はくはのちの蓮の花のうえにくもらぬ月をみるよしもかな

と書いた白い布に包まれた。そして、これも予ねて死んだ時に棺桶にするようにと用意していて、普段は米びつに使っていた桶に収めるように言い残してあった。天涯孤独のわが身を誰にも迷惑を掛けまいとして死出の旅路への準備をすべて用意した見事な最後であった。

遺骸は、これも遺言通り、神光院の近くにある西芳寺の小谷共同墓地の片隅にある小さな墓に運ばれ、蓮月は八五年の長い生涯を終えて永遠の眠りについた。

あとがき

『最後の江戸歴問屋』（筑摩書房・一九九五年刊）で一部に小説の手法を使ったが、本書はわたしにとって初めての小説である。

一九四五年の敗戦までの大田垣蓮月は野村望東尼と並んで勤皇攘夷派の志士たちを支援したように描かれているものが多い。だが、蓮月が勤皇派の国学者たちと付き合いがあったのは事実としても、歌や消息を注意深く読んでみても直接攘夷派の支援をした形跡はない。また蓮月は人の眼に晒されるのを好まず、そのために数え切れないほど引っ越しをしている。蓮月には逸話が多く、望東尼とも歌のやり取りをしたり、訪ねてきたりしたために勤皇派にされてしまったのではないか。とくに明治維新は勤皇派が成し遂げたものであるため、明治時代、間接的であれ、蓮月を知っていた人が勤皇（攘夷）派にしてしまったのではないか。寒がりだった蓮月は蘭方の医学に関心を持つなどしていたので、攘夷よりも開国を望んでいたと見るほうがよいだろう。「ふりくとも春のあめりか……」の歌（二九四頁参照）からもそれが推察される。

蓮月（本名誠《のぶ》）は十三歳の時、兄と、続いて養母と死に別れて以来、生んだ子ども五人すべてにも先立たれ、最後に老父を看取って天涯孤独の身になったのは四二歳のときである。三三歳で夫と死別したときに髪を切って出家したとはいえ、父に扶養されていた一家庭人に過ぎない女性が養子の世話にもならず、公家、大名家の奥に終生奉公の形で仕えもせずに、知り合いの老婆に陶芸を習い、自分で糧を得て自活していく道を選んだのは、まさしく一からの再出発であった。一と言うのは蓮月には子ども時代から学んでいた和歌の心得があったということだが、それは武家の女の教養程度で、いわば手慰みに過ぎなかったから、和歌で食べていくほどの力があったわけではない。女の地位が今とは比べること も出来ないくらい低かった幕末の時代、四二歳と言えばすでに初老の年代である。手捻りで急須（きびしょ）を作り、自分の詠んだ和歌を釘彫りで施し、市に並べて売ることでようやく生活費を稼ぎ出したのは四四歳のときである。蓮月の社会人としての自立の道はここから始まった。

蓮月には勉学以外に物欲というものがほとんどなく、金子《きんす》が溜まれば、凶作などのとき匿名で奉公所が作るお救い小屋に寄付をし、清貧の道を選ぶことで、何にもかけがえのない自由な生き方を得た。彼女は人目を引くような華やかな業績は残していないが、むしろ誰にも頼ることなく多くの人を人々に慕われながら、その「結縁」の人たちとの交友を大切にしてひっそりと生きた。

好き好きもあるが、蓮月の陶芸も歌もそれほど優れた域に達しているとは、わたしには思えない。しかし、惹かれたのは蓮月の後半生の生き方の見事さである。前半生は次々に身内の死に向き合わざるを得なかったが、後半生は天涯孤独となりながらも、その悲しみを乗り越え、富岡猷輔、後の富岡鉄斎の面倒を見つつ、影響を与え、自由の境地を得て、家からも自立して自ら定めた共同墓地で永遠の眠りについたことである。僅か五十センチほどの楕円形の墓石は見逃してしまうほど小さく、土台石もなく、鉄斎の筆で「大田垣蓮月墓」とのみ認《したた》められている。

西賀茂の神光院を訪ねた折、門前で蓮月の墓の在り処を教えてくれた初老の女性が「蓮月さんは賢い人やさかい、ときどき孫を連れてお墓参りさせて貰うています」と言った。百年以上も前に世を去った蓮月はひっそりとしながらも京都の街の人の心に生き、その孫へと伝えられている。

本書を書くに当たり、江戸っ子の末裔のわたしには千年以上の歴史を持つ京文化と言葉は良く分からず、付け焼刃では落ち着かない。そこで思い切って自分の血肉となっている江戸（東京）の文化と言葉を使うことにした。そのため「江戸っ子蓮月」になってしまったきらいがあることをお許し願いたい。

なお、本書を出版するに際して、江戸時代に刊行された小沢蘆庵の『六帖詠草』を初め貴重な文献を貸して下さった国際日本文化研究所名誉教授の杉本秀太郎氏、五年余り前、朝起きぬけに左大腿部の痛みが走り、原因不明のままずっと自由に歩き回れなくなっているのを察して、資料を見つけては送って下さった幼友達の荒井良一氏、出版を引き受けて下さった社会評論社代表取締役松田健二氏、それに松田氏に繋がりの労を取って下さった元筑摩書房の編集者中川美智子氏、その友人である三冬社の編集者野中文江氏に感謝したい。

二〇〇五年三月

寺井　美奈子

寺井美奈子（てらいみなこ）
1937年東京に生まれる。日本女子大学英文科卒業。
著書に、『ひとつの日本文化論』（講談社学術文庫）
『根の国を求めて』『戦争のとき子どもだった』
『最後の江戸暦問屋』（共に、筑摩書房刊）
思想の科学研究会所属

蓮　月

2005年5月15日　初版第1刷発行

著　者――寺井美奈子
装　幀――幅雅臣
発行人――松田健二
発行所――株式会社 社会評論社
東京都文京区本郷2-3-10お茶の水ビル
TEL.03-3814-3861/FAX.03-3818-2808
http://www.shahyo.com
印　刷――ミツワ
製　本――東和製本

ISBN4-7845-1446-5

作家・田沢稲舟

明治文学の炎の薔薇

●伊東聖子

樋口一葉と同時代に生き、二三歳の若さで散った女性作家・稲舟。一葉との異質性、山田美妙との愛の枠溺と離反、透谷や樗牛とのかかわりなどに焦点を据え、細やかな筆致で描かれた評伝。「明治文壇史の欠落をみたす力作」（真壁仁・詩人）

Ａ５判上製／３６００円＋税

逆癒しの口紅

●志治美世子

「セカチュー」「冬ソナ」でメソメソするな！　オンナは鏡の中の自分に口紅を引くことで、真に孤独から身を守る。作り物の「癒し」に身を任せるのではなく、自らを輝かせる「逆癒し」を。女性の生き方を提唱したエッセイ。

四六判並製／１５００円＋税